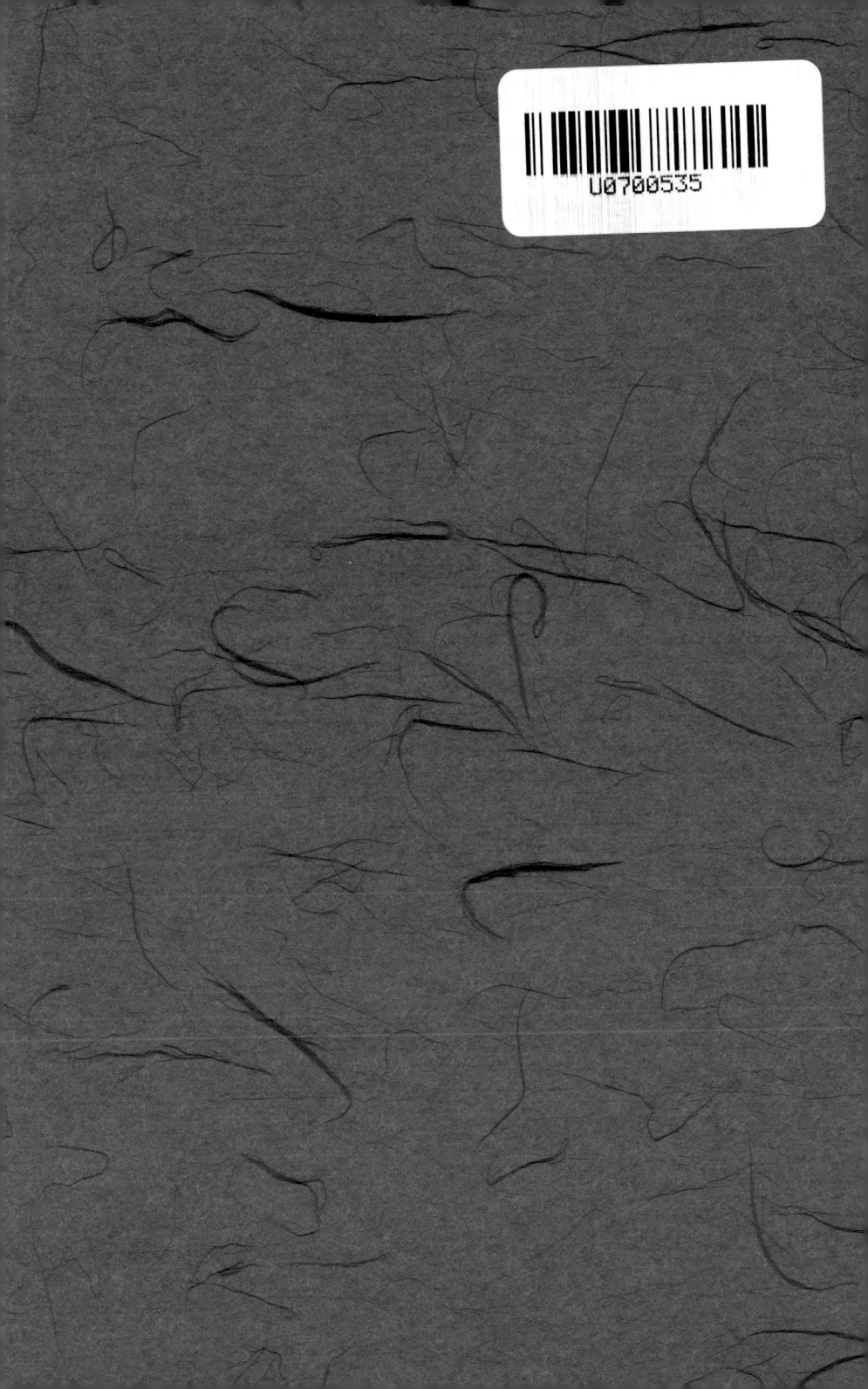

浙江文化艺术发展基金资助项目

带不走的处方

干亚群 著

宁波出版社

图书在版编目(CIP)数据

带不走的处方 / 干亚群著. -- 宁波：宁波出版社，2020.12
ISBN 978-7-5526-4127-1

Ⅰ.①带… Ⅱ.①干… Ⅲ.①散文集—中国—当代 Ⅳ.①I267

中国版本图书馆CIP数据核字(2020)第233266号

带不走的处方

干亚群 著

出版发行	宁波出版社
地址邮编	宁波市甬江大道1号宁波书城8号楼6楼　315040
网　　址	http://www.nbcbs.com
责任编辑	苗梁婕
责任校对	周真渝
封面设计	马　力
印　　刷	宁波白云印刷有限公司
开　　本	880mm×1230mm　1/32
印　　张	11
字　　数	190千
版　　次	2020年12月第1版
印　　次	2020年12月第1次印刷
标准书号	ISBN 978-7-5526-4127-1
定　　价	48.00元

如发现缺页或倒装，影响阅读，请与出版社联系调换
电话：0574—87248279

目　录

一件借来的白大褂 · 001

红　卡 · 010

拆　线 · 020

一个人的夜晚 · 029

意　外 · 038

电影院的门 · 049

合　谷 · 059

写作是另一场孕育 · 071

紫云英 · 079

尾随时光 · 090

给春天一个邮戳 · 105

看一副牌打完 · 115

被劝进来的病人 · 123

因为一棵桃树 · 131

暗　房 · 142

信 · 151

五脚鼠 · 158

落地时辰 · 169

断　桥 · 177

末脚位 · 186

环　形 · 196

刘老师和他的雄鸭 · 206

门诊贴 · 216

拖拉机的叫声 · 230

角　色 · 239

风中呼啸的娘 · 248

偏　方·257

气　味·265

文　友·274

风掌握生长秘密·283

半路无门·291

电话机·302

不能去的舞厅·312

瘢　痕·323

大年三十熄灯·334

后　记·342

一件借来的白大褂

我第一天住在医院里,醒来时一群鸟正好飞过窗口,叽叽喳喳,像撒了一把碎米。淡蓝色的窗帘上闪过数条高低起伏的黑线,画出一张心电图的样子。风吹动窗帘,心电图便活动起来,随之而来的是一股浓浓的来苏尔气味,仿佛是一下子从窗帘上跳落下来,占据了整个屋子。

忽然,窗外走廊里传来打招呼的声音。一个说你起来了,一个说你回来了。一会儿有人说昨晚来了一个急诊病人,看样子是阑尾炎,不知道在人民医院动了手术没。有人在附和,但听不清,啪嗒啪嗒走远了。他们说话完全不同于我老家,他们的舌头始终在抵抗着什么,出来的第一个语音特别重,而跟在后面的却莫名其妙地轻手轻脚起来,仿佛一个领舞的人跳着跳着,成了独舞。

我在床上发了一会儿呆。然后起床,洗漱。

七点整,一阵急促的电铃声在医院里响起,持续了十几秒,像是病床上的呼叫铃。过后,医院里一片寂静。在这寂静当中,窸窸窣窣的声息从一间间开着门的诊室里漫出来,有一辆自行车响着铃声咔嗒咔嗒奔进了医院,挂号室里传来噼里啪啦打算盘的声音。不知道这是核账,还是结账,我倒觉得像一种仪式——出纳上班前对算盘的招呼。

我被陈院长领到了产科门诊室。他换上了白大褂,后摆高高地翘着,看起来像是不太合身。他前面走,我跟在后面。到了产科门口,他立住,对里面的童医生说,小干今天来上班了。然后搓着手跟我说,听诊器我一会儿让人给你送来。陈院长是个中年人,他的样子也集中了中年人的特征,话不多,表情沉稳,身板结实,只是背略微有些驼。陈院长说完后离开了。我心里准备好的词一个没用上,我想象的那种庄重仪式感也丝毫没有体现。我说不清自己有没有被失落感啃噬了一下,但心里到底有点淡淡的怅然。

对面的童医生正帮我擦桌子。童医生三十五六岁,但看上去很年轻,五官端正,皮肤白皙,再加上身材小巧,白大褂套在身上更显得玲珑。童医生还给我摆放好了处方笺与笔,一台簇新的血压计搁在玻璃板上。我有些手足无措,一时词穷,半天才想到找抹布,却找不到,只好站着任童医生忙碌。

其间,清洁工阿德给我们送来两瓶热水,但他把热水放在远离诊室约十步路的地方,差不多是中药房的门口。他放下热水瓶后,重重咳嗽了几声,最后一声似乎故意往上提,然后戛然而止,有一种特别提醒或强调的意思。我猜想医院里的人都听到了阿德的咳嗽声,有人探出脑袋跟阿德道谢,也有的扯长声音叫阿德送水进去。我面薄,尤其是上班第一天,自然不敢喊阿德送水进来。于是,我跑到走廊里把两瓶热水提到诊室。童医生正在晾抹布,看到我提水进来,笑嘻嘻地说,这个死阿德,从来不送水到产科门口,好像躲瘟疫一样。我笑了笑,不响。

童医生给自己倒了一杯水,转过身来想帮我倒,发现我没有带杯子。她说,我去药房里给你拿一只,有些药瓶就是好杯子,样子不难看,而且比市场上普通的杯子质量还要好。童医生说话像倒豆子一样。她还晃了晃手中的杯子,一只磨砂玻璃杯,绿莹莹中透着豆色,显得很贵气。她说,这是药杯,原来盛放片剂,因病人配不了多少,就把药片放入散装药瓶里,这杯子我已经用了三年。她手里的杯子正热气袅袅,似乎小心翼翼地温热着从她嘴里出来的每一个字。

童医生放下杯子，出门替我去拿药杯，我来不及拒绝。这时进来几个人，年纪跟童医生差不多，手里提着竹篮子，里面装满了蔬菜、鱼肉，还有瓜果。门诊室本来就很小，进来四五个人，再加上我跟童医生，一下子被挤得满满的。但凳子只有两把，只好有人站着，那些篮子一只只蹲到了地上。

第一个坐到童医生面前的是一个中年妇女，脸色黑里透黄，说话的声音很轻，童医生几次让她说得响亮些，她有些不好意思，回过头来看看其他人。另外三四个人的目光正聚在她身上，见她一回头，目光立马散去。童医生说，都是女人，有什么好难为情的。她红了一下脸，声音稍稍提高了一些。她说她下面痒。说完，她不由自主地低下了头。童医生问了她一些妇科方面的病史，她仍有些扭扭捏捏，眼皮不时往下耷拉。童医生起身领她去隔壁的妇检室做检查。

诊室里一时静了下来，只有头上的吊扇呼啦啦作响。她们几个人也不交谈，彼此的目光却有意无意地进行着交流，交流的对象自然是我。我坐着，目光却不知道安放到哪里。我几次想开口问坐在我旁边的那个女人，只是怎么也鼓不起勇气来。她坐下来之前看了我一眼，没有言语，坐下后又看了我一下，眼神却变化了。一种生硬的情绪堵在她的眼睛里。她的脚边放着一只篮子，几个绯红的番茄叠在篮子的右侧，一捆芹菜歪斜在另一边，一条鲫鱼在篮底蹦跳着挣扎，因裹着一只塑料袋，发出窸里索罗的声音。好几次，那条鲫鱼想跳出来，最终只能躺在篮子里。我觉得此刻的自己跟鲫鱼差不多，再怎么努力，也没办法脱掉轻薄的塑料袋。我只好端坐着，尽量装出一副老成的表情。

妇检室里响起噼里啪啦的金属叩击声，随后是水流的哗哗声，这当中还有童医生跟那个病人间的对话，内容听不清，但我基本能猜到两人交谈的内容。女病人的声音听上去利索多了，刚才遮遮掩掩的语气已被淡化。很快，妇检室的门被童医生打开。她急匆匆地坐到桌前，捉起笔开处方。开到一半，她似乎想起了什么，抬起头，说，这是新来的小干医生，你们也可以找她看的。童医生说话的时候面带笑容，目光从她们身上一个个扫过去，仿佛想把她们推向我。

她们中有人嘟哝了一声，阿拉就喜欢找侬看。另一个人接上去，说，年纪介轻，像个学生，她懂不懂呀。随后是克制的哂笑，虽然听起来很弱，但落在我耳边特别重磅。吊扇在头上呼啦啦，可我仍感到一阵阵燥热。

童医生又领了一个病人去做检查。无所事事的局促与不安啃噬着我。我感觉自己像一片孤叶漫无目的地飘荡着，不由回想起昨天在小镇下车时的情形。昨天我是早上五点半从家里出门的,到小镇时已经晌午。我从汽车上下来的时候,迎接我的是一只大黄狗。它蹲在离我一米开外的地方,一根猩红的舌头吊在嘴里,微微抽着,眼圈上有一撮漆黑的毛,像是有人用毛笔蘸了墨水随意涂上去的,显得它的瞳仁有些枯黄。狗看着我,或许是瞪着我。我无法理解它的目光,只能从它枯黄的瞳仁里解读它的眼神。或许我在它的眼睛里也是枯黄的。因晕车一直靠在车座上,我的头发有些凌乱。在县城转车后车子一直跑在山区的公路上,路面坑坑洼洼,有时车子跳几下,颠簸了足足一个半小时,胃胀胀的,似乎顶到了胸骨。我知道自己脸色极差。它俯下头,猩红的舌头几乎触到地面。我别过头去。刚才还有几位下车的乘客,他们叽叽喳喳的,站在我旁边说了些话,一会儿散去了。他们把空出来的地方全让给了我,包括片刻的寂静。我的回忆跟我此刻的尴尬把我推向了某个年龄段,可我并不清楚此刻的我应该落在哪个年龄。

这时又进来几个人,她们有穿裙子的,有穿中裤的,无一例外的花色,好像涌进了一群花蛾子,其中还有一个大肚子。刚才站着的几个人便挪移了几步,一条人缝曲里拐弯朝我这儿闪过来。有一个盘发的妇女往我这边靠,一股花露水的气味逼了过来。我不由捂了下鼻子,想到这个动作不妥,于是把手放到了处方笺上。那里干干净净,包括医生签名栏上也是干干净净,像一垄刚整理干净的农田。

童医生很快又出来,一看这么多人站着,脸装作拉下来的样子,说,人家是新分配来的医生,大医院里待了一年,你们完全可以信任。我现在这么忙,你们等到什么时候呀。童医生一边利利索索开方子,一边利利索索说着话。人群里的目光似乎矮了下去,可仍没有人找我看病。我感觉自己的内心慢慢坠入空洞,那里聚集了委屈与焦躁。

又一个孕妇要从外面进来,她在门口站住,室内的光线蓦地暗了少许。她似乎观望了片刻,从童医生的位置一直看到我这儿,然后挺着大肚子晃到了我跟前,对坐在矮凳上的那个女人说,你检查吗?如果不检查,我要检查了。那女的看了她一眼,中途还愣了愣,后像被谁推醒似的,忙站了起来把位子让给她。

我心里瞬时温暖起来,甚至还带着激动。产检,是门诊中相对简单的检查,测血压、听胎心、量宫高,再摸一下肚子,以确定是头位还是臀位。我实习时不知摸过多少大肚子,基本手势也能做得熟练。之前童医生已经告诉我,产检卡都放在她背后的柜子上。孕妇一边把手搁到我桌上,一边报村名与自己的名字。我起身去翻卡,簇拥的人群闪出一条道来。

可能有一个人踩到了另一个人的脚,被踩的人嘀咕了一下,一个道歉的声音跟了上去,室内又恢复了平静。孕妇自然很熟悉检查的流程,我量好血压,她就朝对面的产检房走去。我紧跟在她后面,脑海里立马出现了一只蹒跚而行的鹅领着一只小鸡这样一个场景。还好,我抑制住了愉快的笑声。我故意抬起头,装成一副老练的样子,而心里对这位叫刘小梅的孕妇充满了感激之情。

快中午的时候,童医生才有空坐下来,此刻诊室里已恢复到早上的清静,但各种气味混杂其间,好像替人留下了某种记号。我有些疑惑,这么小的一个镇,怎么会有那么多病人。后来童医生告诉我,这天正好是市日,逢三逢七的时候病人就会相对多一些,她们赶集,顺带来看病。我听了觉得有意思,看来我们的科室既要逢日子,又要撞日子。

这天我摸了三个大肚子。我还开出了第一张处方,虽然不过是简单的几种药,但医生的身份就这样被坐实下来。

下班时,刘会计领着一个人进来,她话还没有来,几道皱纹争先恐后地朝外面奔去。她说,她带来了裁缝,做白大褂还是量一下身好。裁缝手里握着卷尺,早在我身上比画起来,还半打趣半认真地说,身材好小巧,像个高中生。我不响。童医生在旁边呵呵着,帮我应了下来。

四点半,电子铃又急促地响起来。随即自行车铃声、人语声朝走廊里涌来。我脱下白大褂搭在椅背上,想了想,把它挂在墙上,旁边是童医生的,两件白大褂像一对双胞胎。这白大褂是童医生早上给我的。我的还来不及做。陈院长说这话时是一脸的歉意。

红卡

我到医院报到时,陈院长在他简陋的办公室里叮嘱我,有红卡的接生,没有红卡的不能接。说这话时,他的语气很硬,每一个字出来仿佛搁着一块石头。我不知道自己点头了,还是嗯了,总之他的话砸进了心坎。

只是,我不晓得他说的红卡是指什么,我也不好意思向他求证红卡的内容。

之后,陈院长才面露笑容,说代表全院14位职工对我的到来表示欢迎。事后,我得知自己是医院第14位职工,他把我也算了进去。

坐了三天门诊,住进来一位产妇。产妇称童医生阿娣姐,产妇的婆婆也称童医生阿娣姐,听起来童医生是她们的亲戚,而且是没有辈分的亲戚。左一口阿娣姐,右一口阿娣姐,童医生的脾气都被她们叫没了。产妇阵痛的时间比较长,隔一会儿她们就会来叫童医生。童医生屁股还没坐热,又被她们叫走了。

我也没什么事,想帮童医生做产程记录。找到产妇的产检卡,发现上面写着"红卡欠",心里的疑问快速被置换成惊慌,目光抖抖地移下来,下面有一排小字:5月25日持有红卡。看来,没有红卡连产检也做不成。

我翻过去,折页式的产检卡里并没有附上红卡。童医生也算是医院里的老医生了。据她自己说,她当年接生的孩子,现在都快找对象了。红卡上的错误,她绝不会犯的,不管产妇们怎么亲热地叫她。

这时进来两个人,一个年纪轻轻,比我大不了多少,一条白色的手绢把头发拢成一束,脸上有淡淡的褐斑,从鼻梁中间往外延伸,像卧着一只蝴蝶。她与其说是穿了一件连衣裙,倒不如说是套了一件睡衣,微微隆起的小腹透露了她身上的秘密。另一个是看上去四十多岁的中年妇女,两个颧骨像要飞出去似的,一双眼睛窝在眼眶里,黑色的仿绸短袖与玄色的裤子,使得整个人看上去又黑又瘦。她一直紧紧跟在年轻孕妇的后面,简直是贴着孕妇,像一根拐杖。

她们进来后走到了童医生位子那边,年纪大的赶紧把凳子挪出一些,让孕妇坐下来,自己则站到她后面,还是紧紧地贴着,生怕年轻孕妇累着了。

我心里直打鼓,要不要主动问问她们。童医生现在没工夫接待病人,一个产妇够让她忙的,既要做护士,又要做医生,进了分娩室还要做助产士。可她俩的眼神有点硬,我的目光偶尔跟她们碰撞一下,她俩就把脸转向童医生那边。

产妇的婆婆突然慌慌张张地闯了进来,说是阿娣姐让我去一下。我忙扔下笔,奔了出去。产妇已进分娩室,宫口全开,可一直看不到拨露,童医生怀疑头位不正,想请我会诊。童医生跟我说话的口气很谦逊,完全不像一位有着多年接生经验的老助产士。

我戴上手套,很快碰到了胎儿的头,并顺着顶骨往下摸,到了颞骨时用食指与中指插入宫腔,并轻轻往里探。产妇阵痛的时候,我中止操作。等她阵痛过后,我嘱咐她哈气,自己再往里触摸。我摸到胎儿的一只耳朵,从耳朵的轮廓来判断,胎儿是枕后位,也就是说胎儿的头位是正常的。

我把检查意见告诉了童医生。童医生有些犹豫。我听了一下胎心,每分钟 148 次,在正常范围内。童医生双手叉腰,从分娩床踱到窗口,又从窗口踱到床边。产妇的家属大气也不敢出,个个默不作声,一会儿无助地看着童医生,一会儿给产妇揉腰捏脚。只有产妇在阵痛来袭时哈呼哈呼地吸气,再嗯嗯啊啊地屏气。

童医生决定用催产素助产。童医生开了处方,我帮她去领药。经过门诊室时,我不由自主地看了一下,她们还在,一个静静地坐着,从后面看已看不出曲线,另一个已站到她的左侧,似乎靠着她在说话。我顾不得这些,快速走过。

给产妇打上点滴后,我又听了一次胎心,跟刚才一样。我便回到了门诊。

她们瞟了我一眼,我也看了她们一眼。大家都不响。

后来我实在忍不住了,问她们,是不是找童医生?那位妇女忙不迭地接过话,说,阿娣姐什么时候好?我说,她上午可能没空了,有一个产妇在。坐在凳子上的那位孕妇面露失望之情,说,阿姆,我们还是回去吧。说完意欲站起来。

我说,你们有什么事?我这是明知故问,但也找不出合适的问话。

中年妇女一边去搀年轻孕妇,一边说我们来做检查的。听得出她有些不太情愿回答我的话。

我说,是产检吧?孕妇点点头。她的阿姆瞅瞅我,犹犹豫豫地问我会不会检查。我顿时觉得有一只飞蛾呛进了咽喉。

我咬了一下嘴唇,说,你坐到这边来吧。不知怎的,我感到自己的脸烧了起来,似乎中年妇女刚才的话正毫不客气地摊在我的表情上。

她们飞快地交换了一下眼神,年轻的好像拿不定主意,眼巴巴地看着她的阿姆。她的阿姆说,既然来了,就做个检查吧。

我询问了一下末次月经、妊娠反应等情况,随后给她测了一下血压,准备领她去做产检时,我突然想起红卡的事。于是,我问她,有没有红卡?

年轻的孕妇不响。她的阿姆脸顿时沉了下来,没有红卡就不能检查了啊?阿娣姐呢?我找阿娣姐去,你这个人我们就是不信任。她的话像一颗颗粗粝的小石子朝我扔了过来。我站着,觉得自己的身体一点点僵硬起来,仿佛被她的话点中了麻穴。有那么一会儿,委屈与羞怒交织成一条围巾,紧紧地勒住脖子。

中年妇女迅速抽身,跑到分娩室门外,紧一声慢一声地喊阿娣姐。产妇的婆婆推门出来,压低着嗓子说,阿娣姐没工夫,然后就把门紧紧关上。我听到童医生在里面说话,但听不清说什么。

一会儿,她回来了,脸上有些怒气,显得两个颧骨很不像话的样子。她说,我们回去,下次找阿娣姐检查,我们没有红卡会到医院里啊?小娘介木啦!坐在凳子上的孕妇慢慢站起身来,看看我,目光里有些过意不去,可最后还是跟着她的阿姆出去了。

眼泪,在眼眶里打了几转。我深深吸了一口气,然后把它吐出来,结果叹了一口气,人像漏了气的皮球,塌陷在椅子里。

窗外有一对麻雀正站在树上叽叽喳喳,一只跳到枝间,另一只跟着跳了过去,继续叽叽喳喳。一只叽完了,便蹦到上面一根枝上,另一只喳喳着也跟了过去,两只又叽叽喳喳起来,听着听着似乎两只麻雀拌起了嘴。一只咻地飞上了枝头,压得枝条一颤一颤的,另一只仰头,嘴里仍是叽里喳啦,仿佛辩解着什么。

我看得出神。

"小干,童医生呢?"陈院长不知什么时候站在了门口。

我忙站起来,说,童医生在接生。

陈院长说,你跟我去一趟镇政府,跟计生办的几位同志认识一下,方便以后的工作。

我一边嗯,一边脱去了白大褂。

镇政府与医院隔着一条小河,没几分钟我们就到了镇政府。这是一个有着三幢楼的院子,站在院子里能看到所有办公室,有的门开着,有的门虚掩着,而有的门紧闭着。间或有吃吃的笑声飘到院子里来,也有嚷嚷声从门后奔出来。头上的阳光慢慢收敛,巨大的阴影一寸寸摊开。风过,然后紧紧抱着花,顺带也抱住树。我突然没来由地想到:风吹开花朵,却让一颗颗尘埃在地上打转。

陈院长拐进南边一幢楼,熟门熟路地敲响右侧第一间办公室的门。听到里面有人应答,陈院长推门进去。我跟了进去。

办公室里坐着三位中年模样的妇女,一个在对名册,一个正翻箱倒柜,不知在找什么,嘴里嘟嘟囔囔着,另一个在看文件,手指头在文件上移动着,仿佛扶着一个个字。

陈院长叫了声陈主任。那个看文件的抬起了头,而手指头仍停留在文件上。另外两个抬头的抬头,转头的转头,三个人的目光集中到陈院长身上,脸上的笑容呼之欲出。

陈院长别过头来,说,这是新来的小干,卫校毕业的助产士。她们三个人同时把视线投向我。我感觉她们的目光像是摇过来的,而且根本不需要上下对焦。我有些局促地往前走了两步。那个陈主任放下文件,热情地给我和陈院长递椅子,那个翻箱倒柜的阿姨忙噼里啪啦关玻璃门,扣抽屉,又手忙脚乱地给我们倒茶水。陈院长一边说不客气,一边屈起手指,轻轻在茶杯边叩了几下,表示谢意。

陈主任长得矮矮胖胖,根本看不出腰在哪里,像只鸭梨,五官倒很清秀,笑起来有两个浅浅的酒窝。她伸出胖乎乎的手跟我握手。我紧张地伸出手,觉得自己僵硬的手瘫在了她绵软的手心里。

陈院长向我介绍,这是张主任。张主任笑眯眯地看着我,不失时机地打量了我一下,说,医院现最需要卫校毕业的妇产科医生。说这话时,她的笑始终荡漾着,我放松了下来。陈院长又把我介绍给曹主任。曹主任瘦瘦高高,肤色很黑,穿着一条肥大的裤子,看上去整个人晃在衣服里。她偏过头望着我,脸上的笑是淡淡的,但眼睛里却流露着真诚,嘴里不停地说好咯,真好。

陈院长跟她们攀谈了几句,我喝了几口茶。其实茶水很烫,可我也不敢呼哧呼哧地吹。我陷在陈院长他们的谈话里一时无话,只好一次又一次把手伸向茶杯。

这期间不断有人来推门,大多是村里的妇女主任,她们露一半身子,一只手紧紧攀着门把手,把头探进来,谁先发现她们,她们就叫谁,然后再把余下的一个个叫完,看到我时,说不认识。

陈主任马上纠正,说是新来的妇产科医生小干,你们以后工作需要她支持呢。于是,她们再露出一部分身子,叫我小干。她们脸上的笑生动地括在嘴边。我忙把茶杯放到桌上,人像没有章法似的站起来,可接下来不知道做什么。陈主任忙示意我坐下。

她们有的是拿避孕药具来的,也不管陈院长是个男的,拿了避孕套还要问安不安全,说是上次有人用了避孕套还意外怀孕,流产后个人送了50只鸡蛋才没被她家里人赶出来。不知是陈主任,还是张主任,跟那个妇女主任开玩笑说,你要学会看相,结实一点的让他戴两个。那个妇女主任也不示弱,说,男人的力气谁知道啊,一个瘪老头还顶三个妇女呢。说完,门里的哈哈,门外的也哈哈。

陈院长低头喝茶,脸上是一本正经的神情。倒是我觉得怪难为情的,只好一次又一次地捧起茶杯。

就在我们起身告辞时,又一位妇女推门进来,人还没站稳,阿姐阿姐的叫声在办公室里开始密集起来。她俯到陈主任办公桌前,叫阿姐的声音才猛然顿住。她低下声,说是来办红卡的。陈主任问她是谁的,她说是她侄女,并报了一个村名。陈主任让她把结婚证与身份证拿出来。她忙从随身带的布袋里掏出一只牛皮纸袋,再从袋里取出一个信封。她把手伸到信封里,摸出两本烫着金色喜字的结婚证和两张身份证,然后捧到陈主任面前。陈主任仔细地看了看,又问了一些事,便让对面的张主任在名册上查一下。于是,这位妇女忙把身子俯到张主任的桌上,脸上堆着笑,似乎仍在分泌阿姐阿姐的称呼。

张主任翻到第二张,找到了要查的名字。陈主任便别过脸来,让曹主任拿一张红卡。曹主任从柜子最下面的抽屉里抽出一张红纸,并把红纸上的编号告诉了陈主任。陈主任捉笔记下,又在红纸上签下名,后转交给张主任。张主任拉开抽屉,拿出公章对着嘴哈哈了几下,将章盖在了陈主任的名字上面,在提起公章前左手压在右手上,往下重重地一揿。妇女笑呵呵地接过,走向门边的时候,办公室里再次涌动阿姐阿姐的声音。

她手里拿走的是红卡——准生证。

拆线

我一脚高一脚低地走在青石板上,上面窝着褐色的小坑,像是被谁踩来用作记号的,而我一不小心闯了进来。我手里的饭盒不时撞到大腿上,发出沉闷的碰撞声。饭盒里放着止血钳、剪刀,还有镊子,它们在里面滑来滑去。前面走的是钱姓产妇的老公。今天他老婆拆线。他不时回过头来等我。他伸出手来想帮我提饭盒。我说很轻的,没事。刚说完,饭盒里又一阵哐当。

两边是木排屋,散发着陈旧的气息,太阳光照到木门木窗上后似乎都出不来了,顺着斑驳的条纹沉到了时光深处。偶尔能看到一扇玻璃门,像是突然打开了某个意外的情节,只是上面落满了一层厚厚的灰尘,这样倒又符合了老街的章节。

老街上的店铺还真不少,布店、老酒店、杂货铺、米店、裁缝店,一家紧挨着一家。最显眼的是照相馆,挂满了被放大的照片,只是黑白照有点恐怖,让人联想到遗像。你从他面前走过,他黑黑地看着你,你回过头来,他仍黑黑地盯着你,即使走远了,感觉那双眼睛还留在脊背上,随时会叫你一声。

产妇的老公在距我约十米的地方立住,他的背后是一家服装店,里面挂着牛仔裤和港式衫,门口还吊着长筒丝袜,一个画着大长腿的广告牌子倚在门边。乍一看,产妇的老公像被人一脚踢了出来。

过了服装店,是一家面粉店,店门口站着一个穿花衣服的中年妇女,脸上涂着一层白粉,因涂得不均匀,看上去像落了一层雀屎。她捧着一只碗,正呱唧呱唧往嘴里扒拉,黑乎乎的脖子从衣领处毫不客气地露了出来。她看到产妇的老公,提着嗓子跟他打招呼,显得有些热情,但一对眼睛骨碌碌往我身上溜。产妇的老公勉强应付了她一下,然后给我指了指方向,拐进一条巷子。

这是老街的背后,有平房,也有楼房,不像前面那样整齐,完全是一个小村落。前面的人与人之间看不出有什么区别,你住一间小排屋,我住一间小木屋,要说人跟人的关系,无非是出售商品的不同。时间长了,人跟商品混出了气味。就像刚才那个中年妇女,她把自己的脸涂得很白,或许是整天跟面粉打交道,没有一点面粉质,可能对面粉抱有歉意。我真有点怀疑她脸上涂的就是面粉。

这里也铺着石板,是那种灰白色的,不如青色的厚实。有时中间窝一缕苍绿,老而有劲,且出其不意。两边一会儿是簇新的院子,一会儿是倒塌的矮墙,几只母鸡蹲在上面打瞌睡,上眼皮慢慢垂下来,像窗帘一样耷拉下来,忽地翻一下白眼,再慢慢合上。一条浅沟顺着石板路蜿蜒,上面半是淤泥半是垃圾,一些狗尾巴草恣意地长着。

产妇的老公在前面拐弯时,总会停下来等我。好几次我以为他家快到了,可他又转身往前走。我只好继续跟着。阳光哗啦啦在头上闪出一片白,我不住地踩到自己的影子。

路过一个荒芜的院子,空寂无人。三间瓦房上钻出几株瓦楞草,阳光落在上面,显得它们更加枯色,仿佛向人摊开一本陈旧的故事书。一阵秋风吹过来,瓦楞草轻轻抖了几下。我很久没有看到瓦楞草了,记忆中好像是童年的时候在独居老人的瓦房上见过。院子外面有一扇半掩的门,里面是一个天井,一蓬血红的鸡冠花长在墙角,非常大,有脸盆那么大。跟院子的孤寂相比,鸡冠花的怒放看起来有点妖狐。我忍不住多看了几眼。

产妇的老公告诉我,这户人家姓陈,跟他还有点远亲。三年前讨了一个外地媳妇,花了五千元。那个女人是贵州人,据女人说她是被人骗来的,不肯跟他结婚。后来男人又寄了五千元给女人的娘家,娘家这才同意把女人的户口迁过来。这时候男人已经花完了所有的积蓄。男人拿着女人的户口本去登记,才发现女人只有十八岁,还没到法定结婚年龄,可偏偏这个时候怀孕了。村里的妇女主任三天两头上门做工作,跟他讲登记可以,不算非法同居,因为两个人年龄加起来五十岁了,但生育不可以,是计划外生育。男人已经三十多岁了,否则也不会讨外地媳妇,自然不肯去医院。也不知他从哪里得来的消息,说镇上准备扒他的房子,罚他的款,第二天就消失了,谁也不知道他夫妻俩去了哪里。镇里的计生办来过几次,向周围的邻居打听他们的行踪,甚至晚上派人来盯过,都没有什么线索,连他的父母都不清楚他们的去向。

说到这儿,他轻轻咳嗽了几下,不知道是替他这位远亲感到尴尬,还是觉得自己话说多了。过后,他低头前行,不再说话。我也没问,顾自走着。

在一幢二层小楼前,他立住脚,说,到了。一位上了年纪的妇女从里面迎了出来,一脸的笑。老人是产妇的婆婆,我有点印象。她手忙脚乱地给我端椅子,又奔到里面给我泡了一杯茶,嘴里不停地说,医生,让你跑一趟,罪过,罪过。

"罪过"是这里老人们的一句口头禅,类似"辛苦"。

我问产妇,恶露多不多。话一出口,我忙纠正过来,月经量多不多。恶露是教科书上的术语,平时只用来写在病历上。产妇回应我,还好,只是下面有时候有点痛。我说,配来的药每天都在用吧。老人接过话,说,每天都用的。说这话时,她往前倾了一下身,脸上的笑像一朵晒透了的棉花。

我说,窗帘不要那么死死地拉着,室内还是要保持通风的。产妇面露不快,说,我都快被闷死了,让他们开窗,他们根本不允许,连窗帘都不能拉开,黑漆漆的,牙也不让我刷,头发也不让梳,整个人成了一个臭婆。

她老公笑嘻嘻地说,这都是老一辈传下来的,不能见风的。老人也赔着笑,说,老人都是这样说下来的,一旦见风,要留下后遗症的。我本想开句玩笑,最终还是咽了下去。

产妇姓钱,是本地人。每次来产检,身后跟着两个人,有时是三个,老公,婆婆,加上自己的母亲。他们像伺候公主一样伺候着她,连量个血压,他们三个都抢着帮她捋袖子,从产检床上起来时,她老公几乎是抱着她,生怕她闪了腰。回去时,她挺着大肚子,骄傲地走在前面,他们在后面巴结地跟着,是她领着他们回家。

那天随着婴儿哇的一声,老人伸长脖子,很紧张地问我生的是男的还是女的,但一只手始终叉在产妇的腰部,侧着身已经帮媳妇揉了半天的腰。我说,是个千金。她的脸上闪过一丝失望,人往后缩,但又很快支起身子,朝我这边望。我处理好脐带后,把婴儿举起来,让他们看了看,以确认性别。老人把头勾了勾,目光聚到婴儿的生殖器部位。也就几秒钟的时间,老人说,女孩好,我们还可以再生一个。她的话有些轻,既像是对她媳妇说,又像是对自己说。她媳妇刚才痛得直喊要死过去了,这会儿却响亮地说,不生了,生什么生。产房里一片死寂,连婴儿也突然噤声,只是间歇性地哎哎几声,像是帮自己的母亲缓解一下不尴不尬的气氛。她老公抚摸着她的脸,讨好地说,不生,听你的。老人有些尴尬,冲着我不好意思地笑了笑。她母亲在旁边嗔怪了她几句,但不痛不痒,嘴里还嘿嘿几声,听得出她在声援自己的女儿。

产妇住了一天院后非要出院。我自然不允许,虽然顺产,但产后的护理非常重要,如果有个闪失,会导致阴部感染,甚至会引起大麻烦。可产妇的婆婆一趟又一趟地往我办公室跑,甚至还托人来说情。对面的童医生起初不吭声,后来慢吞吞地说,这里的产妇大多如此,产后第二天就要回去,既是考虑住院费,也想居家照顾。我有些诧异,说,那拆线怎么办?童医生说,家属会来叫你的。我一时接不上话。

产妇的针线脚拆后很平实,既没有高高隆起,也没有红肿。我悬了几天的心,终于放了下来。产妇在家里如果护理跟不上,切口很难愈合。这是我最担心的。

我叮嘱产妇好好休息,满月后到医院做个检查,随后下了楼。

我系好鞋带准备回去,老人不知什么时候端来一碗热气腾腾的面条,上面卧着三四个鸡蛋,说什么也要让我吃了再走。我推脱再三,也再三感谢她的好意,可她始终拽着我的手,不肯让我走。两个人像陷入了持久战,最后还是我投降,端起面条。

老人在面条里放了不知多少糖,我的嘴巴跟舌头差不多要粘在一起了,弄得我那天回到医院后在菊婶婶那里夹了半碗的腌菜,才拦住不时涌上来的甜味。吃晚饭的时候,我看到菊婶婶正往银耳里放白糖,一阵恶心不可原谅似的冲了上来。无奈之下,我把菊婶婶剩下的半碗腌菜也夹得精光。

回去的时候,产妇的老公要送我。我不让他送,我说,我现在认得路了,也就拐弯,左转,笔直,再拐弯。见我执意不肯,他也就不再坚持。

很快,我走到了那个有鸡冠花的小院。我发现刚才还半掩的门,现在全开了。我有些好奇,朝里张望。三个人影,正扒着门缝朝里看。一个蹲下来,一个踮着脚,还有一个贴着门。其中一个胖乎乎的背影看上去很熟悉,梨形的身材,喜欢把手叉在胸前,让我想到一个人。

我抬脚离开时,她转过身子来。果然是计生办的陈阿姨。她已经看见了我,亲热地喊我。我只好缩回脚,叫了一声陈阿姨。话一出口,脸开始涨红,似乎我刚才无意之中看到的一幕变成了我的蓄意为之。

陈阿姨对我的出现有些意外,所以尽管亲热加客气,可她的目光里含着疑问。我说,我拆线回来。陈阿姨一听,忙问我谁生了。我报出产妇的名字。陈阿姨转过头去,叮嘱旁边一个女的说,不要忘记,产后42天陪她去医院检查,上环卡还有吧,不够到我这儿来拿。陈阿姨利利索索的话在小院里飘来荡去。

旁边那个女的,三十五六岁,长得很秀气,连笑的时候也充满了秀气,她不住地点头,一连几个嗯从她的嘴里跑出来。另一个女的,年纪跟陈阿姨差不多,肩上甩着两根辫子,肉嘟嘟的脸上却长了一张薄薄的嘴,被割了一刀似的,但她的眼睛水灵灵的,十分明亮,看人的时候一眨一眨,给人一种充满智慧的感觉。她俩客气地跟我打招呼,我也客气地回应她们。只是,我不想在这儿多待,赶紧跟陈阿姨她们告别。

这时,一只大公鸡顶着一头傲人的鸡冠,慢慢踱了进来,侧过头看了我一眼,又偏过头看了我一眼。然后,它把爪子抬起收拢,放下摊开,再抬起收拢,放下摊开,一步步挨近鸡冠花,一屁股坐在那里,侧着脸,一动不动,仿佛,一朵鸡冠花正砸向另一朵鸡冠花。

一个人的夜晚

医院里有一台黑白电视机,象征性地搁在挂号室的角落里,上面蒙了一层灰,太阳光照进来,尘埃在光线里飞舞,挤挤挨挨。

偶尔,有一只黄头白鼻子的猫蹲在电视机前面,但不那么正经,眼睛不住地瞅挂号室里梅姨的屁股,轻轻喵呜几声。梅姨扭过头来,推推瓶底似的眼镜,脚一跺,喊门卫老伯把猫赶出去。

门卫老伯如果不立马应声,梅姨就抡起门背后的扫帚,朝猫身上打去,顺带把猫待过的地方狠狠扫几下,再拎起浸过来苏尔的拖帚拖了又拖。梅姨嫌猫身上有蚤。

与童医生闲聊时,无意中说起那台电视机。童医生像是过度解读了我的意思,嘴上还挂着话,脚跟早迈出了诊室。我想叫住她都来不及。

一会儿,她笑嘻嘻地回来了,说跟刘会计打了招呼,那台电视机搬到你寝室里去。一个人在夜晚吭休吭息,多难熬啊。童医生把后面一句话又强调成"难熬啊,吭休吭息"。那个"啊"字,开口很大,类似于她看病时嘱病人把嘴张大,压舌板搁在舌头上,一边"啊",一边让病人也跟着"啊"。

我刚来,寝室里没有什么东西,一床、一桌,还有一椅,也不知是谁曾经用过的,上面的斑驳结着一些疙瘩,让人容易联想到光阴的幽暗嵌在里面。桌脚有些瘸,我塞了块小木板,才勉强撑住。椅是折叠的,但一旦叠起,很难放下来,跟你抬杠似的。倒是床,看着有些年纪,睡在上面却没吱嘎吱嘎,仿佛对前主人的事缄口不语。

所以,一台十七寸电视机的到来,拯救了寝室的暗淡。被我用干抹布擦了数遍后,银灰色的电视机焕发出一种锃亮的光泽,与木质的褐色、墙壁的白色,在对比中散发出宁静的气息。

黑白电视机有两根天线,能履行职责的,只有左边那根,右边的断了。一截铁锈,像是坏死的组织,看着很碍眼,随时提醒我这是台被淘汰的电视机。于是,我拿了一把老虎钳,把它清理干净。电视机的信号不太好,看着看着,雪花开始飘扬,里面的人像也跟着扭,歪着身子粉墨登场,靠拧才出来台词,声音自然也好不到哪去,听起来跟病人的主诉差不多。

内科的阿其医生给我拿来一圈铅线,嘱我挂在天线上,这样可以接收到一些信号。我照办,屏倒清晰很多,可好景不长,雪花又三三两两赶拢过来。隔壁的王医生让我把天线朝向他们家的水龙头,那里有一根粗竹竿,上面挂着看起来像只蜻蜓的天线。我也依了。屏幕上的雪花没了,只是声音听起来很黏,一团一团的。

后来,电视的频道越来越少,我拍打电视机,起初还有点灵,里面的人物像是被我拍醒了,能好端端地说会儿话,继而也不太灵了,任我啪啪又啪啪,顾自闪来闪去,把头拉得像一道道波浪。无聊加气急,啪,电视机屏幕上留下一个亮点,还久久不散。

一个人坐在黑暗里,不想动。窗外的路灯,透过淡蓝色的窗帘,幽幽落在桌上,风一来,窗帘掀起来,桌上的光跟着站起来,并顺势扑到了墙上。

我开门,下楼,跟菊婶婶打了声招呼,让她晚点关门。菊婶婶跟门卫老伯头挨着头一起看电视,里面正在放越剧《五女拜寿》。从背后看过去,根本看不见电视的屏幕,只有咿咿呀呀的唱腔在小屋里回荡,感觉把两个人的日子推向活色生香。他俩回我话时也没转过头来,只是有要无紧地嗯了声。

远处三两点灯火,散落在山峦的起伏中。间或还有狗吠,隐隐拐过四五个弯,朝我这边跑来。空气里弥漫着稻谷的清香,风过去,稻田里响起窸窸窣窣的声音,如同挤进了一些小动物。萤火虫零零星星地飞着,殷勤地给稻田断句,抑或给开镰的人留下记号。

我每天觉得闲,一闲,心里的杂念更恣意。我很希望忙碌能来找我,帮我挤走一部分执念。有时我眼见着一些病人被童医生推掉,让她们去大医院看,其实内心非常冲动,想把病人留住,觉得自己可以收治,可理智又拽住了我。过后,我又觉得懊恼。尤其是童医生他们一身白地聚拢到屋檐下闲聊时,我感到自己很郁闷,半天没有好情绪,无聊像黑色的斑点一样,落满心扉。童医生他们的荤段子绕过树梢与玻璃摔在我桌上时,我起身把一筒雪白的棉絮抽出来,扯一团,放进由大拇指与食指搭成的圈里,把最上面的棉丝捻成一条尾巴,做成一只只棉球,直到桌上堆成一座雪白的小山,只有它能消耗我此刻的无趣。

我散步回来,菊婶婶他们还在看,电视里播放的正是我喜欢的《哭别》一段,繁管急弦,鼓板密集,一排音符推着另一排音符,由人生高处跌落低谷的悲愤与凄凉,以及世情百态与生离死别的幽怨,被董柯娣唱得淋漓尽致。当结尾一个音咣地收住时,小屋一片静寂,只有日光灯嗞嗞地吐着声。

菊婶婶站起来,把门推上,给了我一个橘子皮样的笑,再次坐到了电视机前。雪白的屏幕上,鼓乐欢快地响起,幕布缓缓拉开,戏剧冲突在黑白间推向高潮,昭雪平反,破镜重圆,人生再次得到幸福的修补。

深秋的时候,风开始活跃起来,我不去走路了。我重新陷入了无所事事的状态。孤独继续围攻着我,更咬人的是一天天闲过,以及施展不了的一些念想。我必须找点事做做,否则无聊就会沸腾起来,直到把我吞灭。

我摸进了供销社,只有那儿才有书卖。供销社在老街的深处,离医院约十分钟步行路程。供销社与邻近的民居连在一起,也是木结构的楼房,门背后靠着写有"东一东二"之类的木排,既是窗,也是墙,上面还有未完全褪去的红漆,仔细看,应该是"深挖洞,广积粮,不称霸"。与住宅不同的是,一楼的前半部分没有用楼板隔开,头顶上仍横着几根铅丝,但已没有梭来梭去的铁夹子,更不见高高在上的收票人。一些坛坛罐罐,以及盆盆锅锅,占去了大半间,瓮口坛沿积着黑乎乎的物质,而周身却被刷得雪白雪白,也不知装的是什么。

我去的时候是下午四点,请了半小时的假。阳光开始微弱,不过仍斜斜地插进屋里,丝丝光线在货架上游弋,一起游弋的还有各种气味,说不出是霉味,还是咸味,或是甜味,像是一锅煮坏的腌制食品,但各种气味又都拼命证明着自己。

在卖卫生用品的旁边,我才找到书柜。十几本书被搁在玻璃柜里,有几本书的书角还翘着,让我联想到豁嘴的老人在阳光下晒着晒着打起了瞌睡。我浏览了一下,大多是供初中生看的课外阅读书籍,还有几本往期的《山海经》。唯一让我心动的是《朝花夕拾》,薄薄的一本,被挤在最里侧。

守柜台的是个女的,我进去时她正曲着腿跟人闲聊,见我过去,便一瘸一拐地过来。我指了指《朝花夕拾》,她俯下身,把玻璃门打开,取出来递给我。我走到外侧,趴在柜台上,想再挑挑。她摇摇晃晃地过来,问我想要哪一本。犹豫瞬间变成果断,我用食指贴着玻璃点了一下。我问她,还有其他的书吗?她说,没了。你想要什么书,我可以去进。她又补充了一下。我说,文学类的给我进点,散文与小说都可以。她讨好似的应着,从抽屉里取出一个本子,让我把书名写在上面。我看了一下,上面记着横线抄十本,信笺五刀,钢笔三支。字写得歪歪扭扭,被风刮过似的。我写了郁达夫、朱自清、许地山、路遥四个人的名字。我说,如果看到他们的作品,给我带几本来。她一边嗯嗯着,一边收起本子。我付钱的时候,她突然问我,你不是镇上的吧?我笑了笑,算是回答。

我从供销社出来时还买了只收音机,被我放在枕边,睡前听一会儿,绝大多数听一个频道——音乐点播台。在黑黑的夜晚,听别人的故事,也听别人的歌,他们的落寞在我的夜晚滋生,我的寂寥在他们的信笺上蜿蜒。只是,我无法流放自己的愁绪。有时半夜醒来,窗外移进来一缕月光,照在蚊帐上,像是一把钥匙,而我始终无法将其握在手里。

我经常做梦,梦见自己被人追,我拼命地往前跑,但常常遇到断头路,或被一座大山阻挡,我惊慌失措时,突然模仿鸟向天空飞,有时倒也能飞上,可身后仍有人追过来。也梦见自己追杀别人,手持利器,向人砍去,但又似乎被道德、法律左右着,心生忏悔与恐惧,面对倒下的人惊恐万分。在心跳加剧时醒来,意识到自己正躺在床上,忽然感到一阵轻松,好像自己得到了一次重生。我曾偷偷翻看《周公解梦》,也翻看过父亲挂在墙上的日历本,它们所提示的财运桃花运之类的,似乎跟我沾不上边,就不再有解梦的念想。

有一段时间我经常失眠,即使不值班,也不太想睡觉。可不睡觉总归不是办法,我就强迫自己晚上10点半上床,往往一小时过去了,大脑仍很清醒。随着失眠的日子增加,我知道了自己的睡眠规律,如果过了子时仍没睡着,这一宿就甭想睡了。因此,总想赶在子时前睡着。可结果如同镇上的俗话:心越急,柴越湿。实在睡不着的时候,我干脆起来读书,拧亮床头的一盏小灯,在背部塞一个枕头,一页页地翻过去。

有时,我也听到一些声音。猫跳上屋脊有内容的叫声;老鼠在天花板上面踅来踅去,不知是粘了纸片,还是医院里的老鼠看过生死后有一定的慧根,把窸窣装饰得极有禅意。当然,我也听到过突突的拖拉机声,深更半夜的拖拉机只有两件事——送急诊病人,或是送产妇。它朝医院方向奔来的时候,我会下意识地支起身,黑色的身影蓦地贴到白色蚊帐上,如一幅剪影镶在灯光里。

有一天晚上,月亮特别圆,应该是深秋的一个晚上,大约过了十二点,我仍没睡着,怀抱薄被,看着发白的窗帘。窗帘偶尔翻起一角,外面皎洁的月光和婆娑的树影像一本被打开的画册,毫无保留地呈现在一个失眠人的视线里。不知是伤感,还是被这份纯真的寂静感动,我忽然有种想流泪的感觉。

这时,我听到一阵清晰的脚步声沿着楼梯上来。我猜测来了病人,是菊婶婶上来敲医生的门。脚步声在楼梯的拐弯处停下,可能有一阵风吹来,我听到啪嗒啪嗒,是晾衣竿在撞屋檐下的柱子。脚步声朝我这边来,那天牛医生值产科的班,但内科谁值班我并不清楚。我估计来了产妇。脚步声忽然停住了,但没有听到菊婶婶的敲门声,然后脚步声再次响起,只是声音发生了变化,刚才是一脚一脚的啪嗒啪嗒,像是趿拉着拖鞋,而现在是窸窣窸窣,仿佛是碎步。

我非常清醒,自己不是在做梦,因为我听到脚步声顺着楼梯下去后消失了。隔着窗帘,我看到外面是一片静静的雪白。

第二天我问过牛医生,也问过菊婶婶,结果她们都说昨晚既没有病人,也没有产妇。我顿时陷入了一种巨大的惊恐,而惊恐让我隐瞒了好奇。

后来,我能清晰地辨别出上下楼梯的脚步声,但那晚的脚步一直对不上号。

也许,这是永远的谜。每当想到这个秘密,夜晚就变得迷离起来。

意
外

　　一早被屋檐下滴答滴答的雨声吵醒。也不知这雨始于何时,昨晚去水斗倒洗脚水的时候,我还看到月亮斜斜地搁在屋脊上。我看了看手表,才五点多。我慵懒地翻了一个身。今天我准备回老家。已经有一个半月没回去了。上次值班后我想回去,因来了一个产妇,我就没回。产妇不出院,我的心里就搁着一些东西,总担心出什么意外。时间久了,竟落了一个强迫症的病根。

　　一想到今天可以轻松回家,我不由缩进弹力絮被窝,似乎怀抱了一个美梦。嗯,我嗅到了老家大灶的锅焦饭香味。

　　我睡眼蒙眬,重新坠入睡梦。忽然传来敲门声,轻轻两下,再重重三下。菊婶婶隔着木门,说,小干,有大肚皮。可能外面的雨声很大,她怕我听不到,又提高声音重复了一遍。菊婶婶的话落在我枕边,仿佛闹钟的铃声,把我从床上惊了起来。我一边开灯,一边赶紧接过她的话。

菊婶婶趿拉着拖鞋,啪嗒啪嗒,往楼下走去。在楼梯转弯处,菊婶婶大声说,医生快来了,你们等一等。

很快,雨声再次笼罩四周,喧哗中淋漓着晨曦的寂静。

菊婶婶是医院里的一个食堂人员,给医生们买菜、煮饭、烧开水。她的男人是医院的门卫,替医院关门、开门,夜间有病人时叫值班医生。可他只做前半部分的工作,后半部分的事由菊婶婶做。哪怕地冻天寒,有病人敲门,也是菊婶婶披着件旧棉袄,一脚一脚迈上楼梯去叫医生。

我叫菊婶婶的男人门卫老伯,他笑呵呵地应着,但从来没有看到他保卫过医院什么事。菊婶婶每天忙个不停,他却脚底抹油,哼着滩簧到处串门,不到吃饭时间根本见不到他的影子。菊婶婶喊他"大炮",而她疏淡的眉宇间透着温情,那种残留的少妇韵味清晰可见。

刚刚入秋,穿衣最便捷。我迅速开门,一股凉意扑面而来,我本能地裹了一下外套。在关门的瞬间我又返身,抓起倚在墙角的雨伞。外面天已发白,楼梯口的路灯缩着脖子,灯光看起来不太精神。

产科走廊的长条椅上坐着一个人,高高隆起的肚子差不多顶到她的下巴,两条大腿处洇出一块水渍样的黑印。她一只手攀着椅背,另一只手托着看不出形的腰,一条蓬乱的辫子垂在背上,嘴里不时发出一阵阵"嘶嘶"声,仿佛想把肚子的疼痛关进牙齿。

旁边站着一个男的,浑身湿漉漉的,头发滴着水珠,冒出一圈淡淡的白汽。他个子不高,胡子拉碴,额头的皱纹像被刀割过一样,穿着有些破旧的中山装,一对大脚趾从褪了色的胶鞋里露了出来,半截狗尾巴草斜斜地粘在裤角,这年纪差不多是做爷爷的辈分。这在乡下不常见,不过也并不让人感到意外,四十多岁的人突然想再生个孩子,也是有的,何况乡下人日晒雨淋,做的是苦力活,人看上去就长得着急。

他有些手足无措,一会儿拎拎一只包袱,一会儿拍拍女人的背,嘴嚅动着,却没有内容。他一看见我,黑瘦的脸上居然泛起光亮,而这份光亮把他的苍老照得更透彻。

我把诊室的门打开,让男的扶女的进来,一边去柜台找产检卡,一边问什么时候痛起来的,有没有见红。回答的都是男的,他说,上半夜痛起来的,下面全是水,塞了几块布都没有用。

我一听,不由得说,这么晚才来呀,可能包浆水破了。我在心里拼命地说,别出什么乱子啊。

女的从条凳上慢慢直起身子,可又很快瘫下去,托腰的手被她搁在了肚子上。男的说,医生来了,我们进去吧。女的再次直起来,挪了一步,却不由自主地往下蹲。我探出头,叫男的扶她进来,自己赶紧穿白大褂,开血压计。男的忙把包袱放下,两只手插在她的腋窝下,紧紧地扛住,最后连拖带拽地把女的扶到我桌子边。

借着灯光,我看清了女人的脸,是一张中年妇女的脸,鬓角已有白发,嘴唇苍白,上面留着齿印。我心里咯噔一下,不知道以往的产检情况怎么样。我让男人站到她身后,方便她靠着,随手把生二胎的产检卡抽出来。为方便查找产检卡,医院把头胎与二胎的产检卡区别开来。

我问清女人的名字与地址后开始查卡,结果从头翻到尾,没有她的名字。我重新翻了一次,还是没有她的名字。她把头搁在我桌上,露出半张脸,眼睛盯着我的手,那神情带着某种渴望。那男的也死死地盯着我,长长的条卡翻过去一张,他的喉结就动一下,脸上的焦躁一览无余。

我翻完后,他显得有些局促不安,两只手一会儿搓,一会儿搭在女人的肩上,但人一直牢牢地撑着女人的背脊。我有些怀疑,问她是头胎还是二胎。男的说是头胎。女的动了动嘴唇,没有吭声。

我狐疑地看了看他俩,手还是伸向了头胎的产检卡。翻了一遍,还是没有找到。我有点紧张,问她,有没有做过产检?男的不响,女的也不回答。诊室里的气氛一下子变得异样起来。雪白的日光灯下,三个头影固定在墙上,像三块被削坏的木头。

我急了,你们是不是没有红卡?女的这时候突然掩面哭了起来,声音不大,但转化成悲伤和无助的感觉直抵我的内心。男的慢慢勾下头,脸上的表情沉郁、凝重,像是背负着什么罪过,而身子仍紧紧地靠着女的,用一双关节粗大的手揉搓她的腰。

我第一个反应是去敲院长的门。男的见我站起来,似乎明白我下一步的动作,忙拦住我,用近乎哀求的口气跟我说,能不能先看看她现在怎么样了。说完,他别过脸去,腾出一只手抹眼角。女的抬起头来,说,我感觉孩子已经出来了。我大惊,足足有三分钟的迟疑,或是迟钝,内心交织着接与不接的犹豫。那男的又开始哀求,只差向我跪下来了。我第一次碰到这种事,也不知道怎么办好。可眼下产妇估计快要分娩了。一检查,宫口果然全开了,外面还露出一双小脚。

我的头皮顿时发麻,这是臀位。我赶紧与男的一起把产妇抬上产床,一边手忙脚乱地拿产包。男的紧紧拉着产妇的手,面色苍白,看着我把剪刀、止血钳、针等摆放到产床边。他说,你会不会弄死小孩啊?他的声音抖抖瑟瑟,每一个字都贴着牙床挤出来。

这个时候我已经别无选择,不接也得接,结果只能由镇政府处理了。我说,我弄死你小孩要坐牢的。他听了,脸上闪过一丝光亮。我一边穿手术衣,一边让他赶紧去叫菊婶婶。他不解,茫然地望着我。我说,你去呀,把刚才替你们叫医生的那位叫来。女的缓过一口气后,催他去叫。男的转身出门,又不放心似的看看女的,又望望我。我已经全副武装,脸上只露出两只眼睛。男的看到我这个样子,似乎才放下心来,连产房的门都没关,奔了出去。

菊婶婶来了以后,我把大概情形跟她说了一下,让她去敲院长的门。五六分钟后,我听到院长在外面叫我。我隔着玻璃窗,向他汇报了产妇的情况。院长问我,确实要生了?我说确定无误。窗外一阵沉默。雨声也没了。

半晌,院长让男的出去一下。一会儿外面传来谈话声,但细细碎碎,听不清具体内容。女的昂起头,带着惶恐的神情问我她男人有事吗。我说,没事,你安心生小孩。女的重新把头搁到枕上,一行透明的液体从脸颊上流了下来,不知道是泪水还是汗水。

菊婶婶探头进来,问我要不要帮忙。我说,把小孩的衣服准备好。菊婶婶麻利地把男人拿来的包袱解开,将小衣服一一摊在木柜上,还在公斤秤上放了一块布。这一切都是为新生命的到来准备着。产妇的额头上已挂满豆大的汗珠,阵痛过后,她的两只脚不停地颤抖。

胎儿的屁股已露出,看到了阴囊。我说,是个男孩。男的这时已经进来,听到我的话后忙伸过头来,脸上有藏不住的激动,额头上的皱纹似乎长了脚,朝两鬓伸过去,两片厚嘟嘟的嘴唇往两边展。

我担心难产,又让菊婶婶把童医生叫来。事实上,这已经是难产了。不多时,童医生急匆匆地赶来了,一边戴帽子,穿白大褂,一边问产检的情况。像这样的胎位,我们一般会提前把产检卡交给产妇,让她去大一点的医院生。童医生像常规检查一样,把难产与顺产的区别跟男的作了通俗的解释,甚至数落男的不做充分的考虑。男的没有接童医生的话,咧着嘴,完全接受童医生的责备。

童医生用眼角快速地瞟了他一眼。这是童医生的一个习惯动作,碰到不顺心的事,习惯用眼角瞟,你也不能说她翻白眼,但你如果站的位置正好在她眼角的斜对过,那么看到的就是一个白眼。那男的在童医生的侧面,对过的是我。

我说,这个产妇没有红卡。厚厚的口罩把我的话瓮在里面。童医生像是被什么蜇了一下,先是啊,继而又是啊,啊得如临深渊。她的手停顿在第三个扣子上,一粒白色的纽扣半边已被送进了锁眼。童医生紧张地说,你报告了没?半粒纽扣从童医生白大褂的第三个锁眼处滑落。

我抖了抖产巾,示意童医生帮我拉一下。童医生把手从胸前放下来,却插进了口袋,脸上挂着不置可否的表情。我捏住产巾的一角,说,童医生帮我铺一下。这时男的伸出手来拉产巾。我跟童医生异口同声地叫了出来,别动,这是消毒过的。男的立即把手缩了回去。童医生撮起手指头,把她那一边的产巾摊开。

我接上童医生刚才的问话,说,我已经跟院长报告过了。

童医生的手指在白大褂上一罩,第三颗纽扣划进了锁眼。童医生取来听筒听胎心,我一边助产,一边询问病史。结果我这一问,病史仿佛成了生活史。

她三十五岁,已有两个孩子,一个女孩,一个男孩,三年前丈夫病逝,她在婆家不受待见,公婆和几个小叔子不但不帮她干农活,还处处盯梢,怕她有什么异心。她实在过不下去了,就经人介绍认识了这个男人。男人是个老光棍,比她大十多岁。他俩也没有领结婚证,同居而已,她告诉他自己已经结扎,不会再生育,不想居然怀孕了。他俩又惊又喜,怕计生办的人知道后让她去做人流,所以她一直藏在家里。别人问起,男的总说走亲戚去了。村里的妇女主任也从来没有上过他家的门。

她说话期间数次被阵痛打断,往往说着说着,下文就没有了。她双手紧攀产床上的木拉手,拼命往下屏气,等阵痛过后,她又续上刚才的话。

童医生又给她量了一下血压,发现血压很高,舒张压比正常高出了10毫米汞柱。我不由担忧起来,这是妊高征的临床表现之一,可现在没办法处理,只能听天由命。我让童医生给她吸氧,又叮嘱她如果头晕要及时跟我说。

一刻钟后,我看到了胎儿的后脑勺,头发乌黑,应该是一个很健康的男孩。童医生把双手压在产妇的肚子上,等她阵痛袭来时往下压,以增强她的腹压。我在下面拉,童医生在上面助产,产妇咬着牙,拼尽全力往下屏气,脸涨成紫色,好几次忍不住把上半身抬起来,像虾一样弓着。

婴儿呱呱落地时,我慌忙用裹着纱布的手指去抠婴儿咽喉处的一口痰液,又赶紧提起婴儿的双脚,在脚底使劲拍打了几下,婴儿咳咳几下后发出嘹亮的哭声。男的把身子探过来,眼睛直勾勾地盯着婴儿,嘴唇牵动了半天,却没有半个字。童医生看了看墙上的时钟,正好六点。

我剪脐带时,童医生已早早伸出双手,上面覆盖着一块产布。童医生给胎儿称了一下体重,2500克。童医生说,你的运气够好的,如果胎儿再重些,保不定会这么顺利。童医生一边擦着婴儿身上的羊水与胎脂,一边不住地夸婴儿长得漂亮,有一对酒窝,皮肤很白。

女的躺在床上,一动不动,像是半睡。因她血压高,我怕她睡着引起子宫收缩乏力,就喊了她一下,问她叫什么名字。她弱弱地说,素珍。我说,素珍,我给你下面缝了三针。她轻轻地嗯了一下。一缕曙光跳上了窗帘。

我刚把产巾从产床上撤下来,计生办的陈阿姨就推门进来了,脚上套着两只不同颜色的布鞋,一头蓬发,领口处的纽扣挂着,脸上的倦怠掩饰不了她的坏情绪。我跟她打招呼,她只是朝我抬了下眼皮,嘴唇动了一下,出来一个嗯字。她虎着脸站到产妇身边,似乎想询问几句,可张了张嘴,后面没有词。陈阿姨抬起头,示意产妇的男人跟她出去一趟。

一会儿外面的走廊里传来喧哗声,大多是女人的声音,一个声音掀起另一个声音,然后一个声音撞向另一个声音,跟围堵拦截似的。偶尔有男人的声音,弱弱的,像是在申辩,但很快淹没在女人的声音里,女人们的声音在走廊里横冲直撞,形成了一个质疑与责问的情景……

产妇从分娩室出来时,太阳已跃上了屋脊,湿漉漉的空气里弥漫着阳光的温煦。几只鸟飞过窗前,叽叽又喳喳,好像抖落了满地的形容词,并一个个愉快地爬上一棵树、一朵花,包括狗尾巴草。

电影院的门

　　电影院的门斜对着医院的门,中间隔一条小溪。从电影院的门头过去后,小溪拐进了池塘。当太阳升起来的时候,医院的影子倒在电影院的墙上,模模糊糊一片,而午后电影院的影子探到了医院的天井里,一寸一寸往里伸。我去食堂拿消毒包,似乎一脚跨过了电影院的门。门卫老伯缩着手站在医院的廊檐下,嘴里跟药房的魏阿姨扯东拉西,眼睛却紧紧盯着长脚似的影子,仿佛他正守着一扇门。

　　医院的门是银灰色的铁栅门,每天由门卫老伯在酒酣之际,吱吱嘎嘎由北推向南。他嘴里还念念叨叨,晚上不开门,晚上不开门,等最后一个门字出来后,门正好合上,然后他一步两步走向寝室,共八步。如果哪天变成七步或九步,门卫老伯重新把门打开,刚才的程序再温习一遍。

我觉得好笑,问他为什么一定要八步。门卫老伯说,八是发,下次搓麻将会赢的。说完,他嘿嘿笑起来。旁边的菊婶婶用无比慈爱的目光笼罩着她的老头,说,这个大炮,搓麻将的手气老老坏,还一天到晚要发。门卫老伯摸摸头,说,三话四话,我手气老好的,只是赢面小了而已。说完,他马上把手遮到嘴上,可能意识到自己说漏了嘴。菊婶婶也没反应,仍笑盈盈地望着他,似乎在她眼里全世界只剩下她的"大炮"一个人。

电影院的门是两扇褐色的木门,上半部比较完整,而下面腐朽得有些厉害,差不多变成栅栏了,一截一截的。狗呀猫呀,身子一弓,就进去了。电影院里经常发现小猫崽,尤其是春天过后,小猫一窝一窝的,它们蹒跚着走来走去,看见人也不慌张,圆圆的眼睛,清澈晶莹。有时,老猫嘴里叼着小猫,钻出电影院的门跑到医院里来,晒上个把钟头的太阳,再衔上小猫返回电影院,进的还是那扇木门。

电影院拱形的门头上镶嵌着红五角星,用的是砖雕,字迹已漫漶,需仔细辨认才能看出是"大会堂"。电影院的牌子挂在门边,是一块木牌子,字也不知是谁写上去的,墨迹有些淡,上面附着的斑驳,好像肢解着"电影院",又似乎支撑着"电影院"。

电影院的墙壁是用石头与青砖砌成的,在石与砖的缝隙间长了一些草。我注意到这些草很有意思,原来电影院三天两头放电影时,它们长得很活泼,甚至有些畅意。从二楼的寝室望出去,石墙像是挂着一条绿毯子,间或还有紫色的小花,引得蝴蝶翩来跹去,大有决意要跟石墙里的小花谈一场恋爱的样子。电影院的门关上几个星期,墙上的草慢慢蔫了,贴着墙石,用一副瞌睡似的神情面对来来往往的人和车。一种曲终阑珊的况味直面而来。

我刚到医院的时候,电影院的门每天晚上都能开。两个检票的各站左右,手持电筒,撕一张,放一个人进门,再撕一张,又有一个人进门。他们的脸在灯光外黑黑的,看不清表情,但应该是公事公办的样子。有时遇上熟人,低声央求他们放自己进去,他们伸手拦住,不见票子不让进。熟人还想努力,结果被雪白的灯光照出一脸的尴尬,只好返身摸到售票窗口,把一张纸币递进去。

门卫老伯称两个检票员为胖杨瘦朱,在我面前经常说他俩的坏话,说他俩下乡放电影时傲慢得不得了,好吃好喝后才给村里放电影。那个胖杨还勾搭过别人的女人,后来被人打断了腿。瘦朱牌品很差,用的是"港币"(讲币),一旦赢了,不允许别人欠,若自己输了,就嘴上讲讲而已,然后无限期地欠下去,不管你怎么讨,他厚皮贼脸,就是不认牌桌上的账。"港币"的绰号不胫而走。

尽管如此,门卫老伯把医院的门合上,仍会屁颠屁颠地跑到电影院门口,跟胖杨瘦朱搭讪。他们检票,他站在一边,帮着他们瞅票。有些不认识他的,还以为他是电影院里的。门卫老伯在电影院的门口收纳了不少微笑与香烟,他对每支递上来的香烟总会推让一下,也就一下,第二下已伸手接过,然后凑到鼻子底下嗅,以此判断香烟的牌子。偶尔,门卫老伯也会看场免费的电影,散场后他帮胖杨瘦朱关好门,吱扭吱扭,木门对缝,挂上一把铁锁,而后哼着小曲摸进医院。菊婶婶帮他留着小门。

每天,电影院的门是为镇政府会议开的。早上,还是下午,几乎没有什么规律。有规律的是胖杨播放的音乐,还有那两扇木门打开的程度。如果播放的音乐是混搭的,有女声,有男声,有流行歌曲,也有老歌,有时甚至是京剧。两扇木门开得有点像打瞌睡,一扇敞开,一扇半吊似的,进来的人趿拉着拖鞋,卷着裤腿,嘴上吸着烟,吸一口,聊几句,烟雾缭绕中猛地吐出一口浓痰。胖杨跟瘦朱象征性地站一会儿,然后转身跑进剧场——这样的会,肯定跟农业有关。

水泥砌成的舞台上摆一排桌子,上面铺一块血红的绸布，一只同样包着血红绸布的话筒骄傲地昂着。地道的方言，从扩音器里传送出来，无论是女的还是男的，听起来都很粗。"这个……啊""那个……啊"之间还能听到他们咳咳的声音，以及咕噜咕噜的喝茶声。有时，突然发出嗞嗞的哨声，然后是裹着锐音的"喂喂"，站在医院屋脊上的数只麻雀被惊得无影无踪。一阵手忙脚乱后，扩音器里再次扬起"同志们"，后面往往有习惯性的停顿。

开计生工作会议时，电影院门头上的高音喇叭会飘送邓丽君的歌，从《小城故事》一直到《甜蜜蜜》，甜润润的歌声，弥漫在小镇四面八方。坐着，还是站着，都让人觉得是大写意，最粗糙的心事也被荷尔蒙稀释掉了，只剩下一心一意欢喜着眼前的一切。

两扇木门被敞开得只剩下一个框，胖杨瘦朱站在门口，脸被明亮的阳光照得特别年轻，眼睛里流淌着一杯又一杯的笑意。一群穿着花裤衩的女人叽叽喳喳又拉拉扯扯地迈进电影院的门，如同开出一团鸢尾花。她们有的在腋窝下夹一件半成品的毛衣，三根竹针像针灸似的插在毛线上，有的拎着一只水杯，也有的捏着一本薄得不能再薄的作业本。胖杨他们的嘴巴开开合合，把一句句有温度的话送出来，如同在电影院的门口散落一堆厚厚的棉絮。

进入会场的人都有一张票,但这张票,胖杨与瘦朱从不会去检验,他们像两朵红艳艳的大丽花,七瓣八瓣地朝妇女主任们绽开。等她们全部进场,胖杨他们脸上的笑还细细碎碎,憨憨地飘洒着。

台上的横幅会变,唯一不变的是台下的木椅子,上面固定的是一个个数字,提醒来人遵守对号入座的规则。椅子是可翻的木制椅,刷着赭色的漆,用一根根粗铁连成一排排,坐上去时得用手翻下来,但很多人习惯用屁股从上面压下来。会议结束时,每个人的屁股底下发出啪啪的声音,一多,全场形成了噼里啪啦的效果。

会议散场后,计生办的陈阿姨她们把脚抬进了医院,人还没到妇产科门口,洪亮的声音已冲进了门。不用猜,过几天肯定会有一次集中绝育手术。手术由县里的计生指导站负责,而我和童医生这几天要为结扎手术做好准备,给手术室消毒、准备器械等,像是手术室的看门人。

胖杨会写一手漂亮的仿宋体,镇里需要在墙头写标语,比如"只生一个好""生女生儿都一样",他主动请缨。他像壁虎一样贴着墙壁,一会儿摁住尺子画,一会儿用铅笔勾,半天过去,在他贴过的墙壁上准能看到漂亮的墙头标语。全镇的各个角落,凡是能刷的墙壁,他都不会让它空白。他有一个习惯动作,写好标语后喜欢眯缝着眼睛,左眯一下,右眯一下,嘴角左牵右拉,跟羊痫风似的。如此持续几分钟后,他才睁开一双眼睛,拎起油漆桶,嘴里哼着"日落西山红霞飞,战士打靶把营归,把营归……"

不过,胖杨施展才华的时候并不多。文化站里的林老师才是主笔。为此,胖杨没少挖苦林老师,说林老师写的字肩高肩低,像七老八十的老太公。

瘦朱嘴儿甜,还会编一些节目,镇里有什么应急工作,他能一个晚上编写出一台节目,什么雀咚咚、杨柳调、三句半,既能让台下的人乐一乐,又能恰到好处地宣传镇里的中心工作。文化站站长自然对他青睐有加。可瘦朱仍是临时工,到医院配包药吊瓶盐水,还得自己掏腰包,看到学校老师持着公费证看病时,说出来的话像是浸泡过的话梅。

开会时,胖杨殷勤地给主席台上的人倒茶,一遍一遍地上去给领导添水,甚至还会上台分发香烟。领导正专心致志地沉浸在"一是二是"中,他突然闪了上去,递一根香烟给领导。领导不接烟,盯他一眼,他仍塞过来,邻桌的领导拿目光剜他,他这才猛然惊醒,忙扔下香烟溜下主席台。会后,胖杨一定会上去给领导点好烟,顺手把散落在主席台上的香烟收起来,装进一个"红塔山"牌的香烟盒。瘦朱则端端正正坐在下面,时不时地迎接主席台上扫过来的目光,脸上始终浮着笑容,间或点点头,并迅速低头在本子上记下些什么。

会场空无一人后,电影院的门徐徐合上,一缕缕阳光从朽坏的木门下泄漏出来,门像是镶上了一口金牙,龇牙咧嘴地看着医院。

电影院的门最风光的时候莫过于做戏时。镇上每年邀请县里的越剧团来做戏。那时是电影院人气最旺,也是胖杨与瘦朱最风光的时刻。他们把门打开一半,两人把持着门,眼睛只盯着票子。门卫老伯这时候想蹭一场,门都没有。气得门卫老伯在医院门口絮絮叨叨,之后是骂骂咧咧,把他俩的旧事又重复了几遍。

电影院里的锣鼓声激烈地飘过来,门卫老伯不时抻长脖子,跺跺脚,一副心慌不定的样子。菊婶婶说,你想看,就买张票好了。门卫老伯气鼓鼓地说,这是面子问题。我是医院里的人,他们怎么可以这样待我?再说了,他们的门每天都在我的眼皮底下,我是不是替他们工作着?门卫老伯讲得有些语无伦次了,可菊婶婶仍笑盈盈的,目光无比慈祥。

后来,门卫老伯端了一把椅子坐到了电影院的墙根,别人不解,他说是晒太阳。他说得很从容,脸也不红。他眯缝着双眼,伴着里面的越音越调,惬意地晒着太阳。一小时过去了,电影院的影子完全覆盖住了门卫老伯,他仍底气十足地晒太阳。当电影院里收住最后一个音,门卫老伯跟涌出来的观众一起兴高采烈地讨论剧情,脸红彤彤的,像是吸满了阳光。

听过戏的门卫老伯,晚上仍想去听戏。但晚上既没有月亮,也没有星星,他说是去纳凉。其实天气一点都不热。这次他不知从哪里听来消息,跑到内科医生那里要了副听诊器,像一位资深内科医生一样把耳管插进耳朵,把听头按在墙壁上,面露愉悦之情。

有一件事,我是无论如何都想不到的,但它发生了。那天晚上我值班,电影院里的戏已经演到第六天了。按照农村的规矩,戏得演满七天,寓意戏散人归去。我正在楼上看书,突然菊婶婶心急慌忙地奔上来,脚步杂乱,声音也慌乱,喊我赶紧下来,有大肚子。我忙把书扔一边,打开门,飞一样地往楼下冲。

产妇嘴里直哼哼,身子不住往下瘫,说是想大便。旁边站着一个老人和一个男人,老人很有经验地说,不是大便,是小孩。我一看,顾不得给她做检查,直接让她进分娩室。不到半个小时,小孩呱呱落地,非常顺利。

原来,这个产妇酷爱看戏,已连续看了三夜戏,这期间她觉得有阵痛,但实在舍不得台上的才子佳人,把肚痛之事给隐瞒了。这天晚上才看了一半,肚痛开始连续,一阵接着一阵,这才告诉她的娘。好在她男人也在,男人立马跟胖杨他们一说,他们以最快的速度把电影院的门打开,估计就在这个时候,产妇的宫门也打开了。

这个小孩一连闯过了两扇门,并顺利抵达人间。

一想此事,我有些恍惚。

合谷

我眼瞅着卫生院背后的田野上牛来牛又去,田绿了紫,紫了绿,到了晚秋,彻底枯净。我总觉得那里酝酿着什么,或许有蜗牛在我眼瞅的时候慢慢蠕动,或许蝈蝈与蛐蛐准备把最初的一滴秋露唱响。还有蚂蚁,以及一些我叫不上名来的昆虫,它们就在我旁边生机勃勃着,可我在它们旁边过的是一种清清楚楚的混沌,一抬头似乎就有一面镜子搁在面前。

下班后无事可做,还没到开饭时间,于是我常常到外面去走走。散步并非为了健身,而是想让自己静一静,因为有时走着走着,人一时明白起来,原先排遣不了的想法倏然间得到释怀。有时,我与两三只猫不期而遇,它们从我对面过来,吊着尾巴急匆匆地过去。不像是野猫,但样子又有点流浪,看见我显出很警惕的样子。它们似乎总在路上,如同给我做着示范,人生的意义应该在别处。

可,我的别处又在何方?

不久前,我认识了两个年轻人。她们有时也出来走走,不知是谁先开的口,总之后来熟悉了。

王是小学的语文老师,还是四年级的班主任。她比我早来两年,性格温和,言语不多,亭亭玉立,气质静好,不敢说倾国又倾城,但在镇上绝对称得上一朵牡丹花。

镇政府有个领导,他有一个儿子在派出所当民警,一直想找个教师当媳妇,听说小学新来了一位师范生,便以检查工作为由跑到学校,看了后托校长说媒。结果王把头摇得像拨浪鼓。

这位领导不死心,又让教辅室的主任去说,王仍不为所动。那位民警哥哥倒热烈地追求起来,隔三岔五地去她学校巡查安全工作,主动承担起学校的护校职责,煞费苦心地开展警校结对活动,还一次次地给她写情书。她的态度依然如故,不温不火,既不对民警哥哥冷若冰霜,也不往前迈一步。最后,民警哥哥觉得自己实在感化不了她,再也不去学校了,于是警校一家的活动画上了句号。

王每周都回老家,坐三个小时的车,再走上半个小时的路,然后才拐进她那个叫湾村的村子。我回家的日子并不固定,只有周末的时候才会在镇上的小站碰到她。每次碰到她,她总打扮得漂漂亮亮,藕色的连衣裙配一双奶白色的凉鞋,白色的凉帽上扎着硕大的粉色蝴蝶结,整个人像一朵开在池塘深处的莲花,散发着温润的气息。她站在低矮的小站前等候公共汽车,那模样既让人怜惜,又使人怦然心动。只是她不心动,所有的心动只能像凋谢的花瓣一样纷纷坠落,纵然在她面前飘零,她也不会用目光去抚慰一下。

有人曾悄悄地在背后议论,说她每次回家都是去相亲的,因为隔一个星期会寄来一封信,她有时懒洋洋地回一封,有时看完就丢进抽屉。很多信来自不同单位,但无一例外地寄自城里,因为信封右下角是套红的单位名,或市里化肥厂、药厂,或纺织厂、搪瓷厂,也有学校、事业单位的。我跟她的情分还没有到可以称闺密的程度,尤其是听了那么多关于她的闲话,我更加不会主动去问。自然,她也没告诉过我她每次为什么要打扮得这么漂亮回家。

有一次,我跟她正好同车,她依然像一朵莲花静静地站在公路边。尽管有候车室,那里有长排的凳子,她还是宁愿站在公路边,手里捏着一条花手绢,不时往脸上扇风。不知怎的,一句"舞低杨柳楼心月,歌尽桃花扇底风"没来由地闪过脑海。王看到了我,冲我莞尔一笑。这一笑真让人感到风情万种,似乎就是来配合那句词的。我心里暗暗觉得愧疚,好像是我把她嵌进了晏几道的词,而她正跟词里的女子们一道殷勤捧玉钟,拚却醉颜红。上车后,她突然晕起车来,脸色苍白,眉头紧蹙,两只手顶着胃,不停地作干呕状。我用手指狠掐她的虎口,左右切换,以缓解她的症状。

到了县城,我跟她都要换乘车辆,她往南,而我向北。她不停地说着感谢我的话,不知是晕车,还是感激。我看到她的眼睫毛下面,有一条被眼泪晕染开来的眼线,像一缕青烟,又像是趴着一个幽魂。我第一次发现她原来化着妆。很难想象,她为了化一个妆会用去多少时间。

莉是邮电所一名普通的职工,每天戴着耳机面对一台插满电缆的机器。这机器既像是她的办公桌,又像是工作台。外面如有人想打镇上的电话,必须先通过她这儿,然后由她接通对方需要的电话。等对方挂断电话,工作台上的接线头自动跳回。这份工作几乎没有任何技术含量,只要有耐心就行。我每次去她那里,总看见她捧着一本书在背诵。我翻了翻,看不太懂。她告诉我这是发电报时需要用的词根。

莉的老家在隔壁一个乡镇,她却不常回去。遇到休息日就躲在宿舍里织毛衣,膝盖上搁着一本书,有时是《女友》

杂志,有时是一本织毛衣的书。《女友》杂志不是她订的,但她每期都看,等她看完了,邮递员才把杂志送到订阅人那里。好像也没有人投诉,或许镇上的人并不晓得这件事,以为杂志出版时间就是这么晚。

如果我不回老家,周六的晚上就去她那里看杂志,我俩也没什么话。我每看完一本杂志,她就马上递给我另一本,或《青年一代》,或《散文》,仍然没有什么话。我坐她对面,她坐在南窗底下,台灯的灯罩朝向我。她坐在灯影里织毛衣,两根麦色的毛衣针像长了眼睛似的一进一出,一上一下,从不会出错。奇怪的是,她一年到头在织毛衣,可穿在身上的总是原来那几件。

有次,我看到她在织一件高领的藏青色毛衣,凭直觉这应该是男人的毛衣。她在我面前也不遮遮掩掩,但没告诉我这是替谁织的。她在镇上谈过几个对象,一个是小学的体育老师,两人起初谈得很火热,不过隔了两百米而已,但天天煲电话粥,反正也不需要电话费,体育老师拎起电话,一摇,接的肯定是她。时间一长,镇政府的领导有意见了,他们向上级请示的电话打不出去,也没法把上级的指示电话接过来。被多次批评,两人依然如故。后来,不知什么原因,两人疏淡了,再后来她又找了镇政府的一个秘书,但也没有什么下文。

莉好几次跟我说想调离这儿,原因很简单,这儿没有洗浴场。莉天天洗澡,哪怕外面飘着雪花,她也要洗,把电热棒插在热水瓶里,一边洗一边换,再一边换一边洗。听起来莉有洁癖,可她除了洗澡,好像也不是个很讲究的人。她的宿舍一直处于零乱的状态,如果想找东西,她得把整个宿舍翻个遍,而那只旧柜子一旦打开,里面的物什就乒乒乓乓地弹出来,无法再还原。她扔垃圾像投篮一样,但从来没有投中过西墙角的垃圾箱。

有次我去她那儿,她正站在二楼的宿舍门前嗔怒着,下水道又堵塞了,饭渣、头发,还有卫生巾,几乎把下水道的入口围得水泄不通。我从没想过她居然能尖着嗓子骂人,急火攻心似的。在我印象中,她的声音一直很柔美,似乎她每时每刻都处在接听电话的状态。那天她却一反常态,跟泼妇似的。

我站在楼下,不晓得这脚往哪里放。她隔壁也住了几个人,但他们只是值班时来,平时不来。那些头发,还有女性用品跟那几个人也没有直接关系,整栋宿舍楼就她一个女的。她骂了半天,自然没有人会进耳朵,包括扫地工,他早下班了。

莉可能自己不知道,我在她的宿舍里看到过几只老鼠,在我们灯下看书织毛衣时,一只一只爬出来,拖着长长的尾巴,悄无声息地顺着墙脚一寸一寸地前行。有时停下来朝我们这边张望,显得很淡定,似乎一点也没有鼠性,倒像一个个哲学家。

对此,莉不以为意。我劝她放几包鼠药。她说,她属鼠,不能灭鼠。我哭笑不得。但我仍从医院的防保科那里拿了几包,替她放在墙角。结果,一周后我去她那里,发现那几包鼠药被她扔在垃圾桶里。这次她居然投中了。

我初来小镇的时候并不安心,一直留意着当地报纸上的招聘启事。记得有次县城的棉纺织厂招厂医,我激动得几乎不知所措,因为上面写的招聘要求并不高,只要是卫校毕业就行。我不敢跟单位的领导说,就偷偷一个人去面试了。事实上,我对面试根本没有准备,脑子里只想着能离开小镇就好,对于厂医的性质也完全是懵懵懂懂。那天我向单位请了假,说是回老家。到了指定的地方,一位管事的中年妇女要求我提供单位的介绍信,我拿不出,她就不允许我面试。我把自己在校期间的荣誉证书以及毕业证书都拿了出来,以此来证明自己符合他们招聘中提到的"特别优秀者优先"这一条。可那个认死理的女人拉长着脸,坚决不同意我进入第二道程序。

我嘴巴上的话很硬，但出了门一脸颓然，整个人泄了气，茫然地走在县城里，从一个巷口到另一个里弄，情绪里充满了敌意，可我又并不清楚这敌意到底指向谁。后来我走累了，一屁股坐在别人屋前的台阶上，冲着斜对面一户人家搁在矮墙上的一盆仙人掌放空。

风，倏忽吹来，一片片叶子扑簌簌地飘落下来，像是长了脚似的，它们一点点聚到了墙根。又一阵风过后，落叶哗啦散开，似乎谁跟它们开了什么玩笑，个个前俯后仰地朝各个方向跌去。落叶在风里聚拢又散去，一次次重复着这些动作。

我的身影贴在身后的一扇木门上，一点一点矮了下去，直至消失。我深深地吸了一口气，用双手拍了拍屁股，然后慢慢朝车站踱过去。我坐车，再次颠簸着回到镇上。

医院的二楼全是宿舍，每个医生都有一间，但他们大多在镇上有房子，一下班就骑着自行车闪出了医院。跟我一起住在医院里的，其中一个是搞防保的张医生，她的家在下面一个村子里，她不太回去，工作在医院，生活也在医院。她的老头弄了一个花圃，养花卖花，偶尔过来住一段时间。他一来，整个医院便弥漫着一股淡淡的花香。他一走，花香随风散去。张医生跟她老头关系不好也不坏，反正她一个人的时候多。另一个是挂号室的梅姨，她的丈夫是外科医生，他俩就把家安在了医院里。另外还有三个年轻人,连同我就这么几个人。

晚上大家各管各的,有时其中两个年轻人跟值班医生与护士凑成一桌打牌,专门打包红星,谁输了谁戴纸帽子,每次一局牌结束的时候,总是一阵喧嚷,争执、质疑、声辩,甚至脏话,随着一张张纸牌的倒桌与起身而掀开。桌脚叠着一沓厚厚的报纸,都是省报,县报根本不管用,折成的帽子只够小孩戴。输者除了戴纸帽子,还要洗牌、整牌,以及替胜者叠牌,类似于向胜者致敬。纸帽子没什么分量,但戴在头上的滑稽状是供胜者开心的。我从没有打过这种牌,经不住他们的怂恿,打了几回,后来实在不想让自己的形象恶心在烂牌技上,遂退出了打牌的圈子。

我有种万念俱灰的感觉,特别是一想到有可能要在小镇上做一辈子的妇产科医生,整个人都蔫了,失意与绝望像两个辘轳轧过心房与心室。我觉得自己心律要失常了,只要晚上值班,一听到拖拉机的声音,我的心就开始早搏,像是水龙头突然被拧开,水流奔泻直下。

而这些我只能写在日记里。

我从外面回到医院的时候,往往路灯已亮起,菊婶婶与门卫老伯正对酌。桌上摆着几盘菜,都是食堂里卖剩下的,旁边放着两瓶酒，菊婶婶喝黄酒，门卫老伯喝白酒，各喝各的。两人也没话，一个哞哈哞哈，一个嗞啦嗞啦，两只酒盅快活地发着声，一盏黄昏的灯照着两个白头翁。他们看见我，跟我打声招呼，告诉我饭盒还热着。

门卫老伯酒喝到六成，就会向我讨胎盘。我有时也会跟他开句没大没小的玩笑，这么大的年纪还吃胎盘，小心补过头。老伯也不生气，嘿嘿哈哈端起酒盅，再把一条小鱼小心翼翼地夹进嘴里。菊婶婶放下酒盅，说，他一到冬天支气管炎就发作，吃胎盘可以让他不咳嗽。菊婶婶有点讨好似的在旁边打圆场。作为对菊婶婶的回应，门卫老伯咳嗽了几下。

我心里自然清楚门卫老伯是不在意菊婶婶的话的，只是菊婶婶自己习惯了。他俩无儿无女，菊婶婶像是赎罪似的，拼命地讨好门卫老伯。她自己在医院里一个人干两个人的活，而门卫老伯整天在外面听戏打牌，或找人聊天，只有到吃饭的时候才会见着他的影子。

不久，大姨妈带着她的孙子来看我。之前，我通过母亲确定了她的行程，这天我特意请了假，因不知道她坐哪班车，一早跑了三趟镇上的小站。快晌午的时候，我总算接到了她。她扛着大包小包，还牵着她的孙子，七十多岁的人看上去倒年轻了十岁。大姨妈自进医院后笑容就没有收起过，说医院的条件不错,寝室也不小,食堂里的菜好吃,她像考察一样点评着,总结着。我嗯嗯啊啊附和着,极力配合着大姨妈的情绪。

晚饭后,我陪大姨妈到镇上转了一圈,她拿自己的村子跟镇上比,比来比去又比出一大堆赞美与肯定。我在宿舍搭了一个地铺,躺下后又跟大姨妈聊了一个小时的天,说来说去都是我小时候的事。大姨妈的记忆力充满了惊人的准确性,一点一点勾勒出我小时候的经历,包括我曾经做过的坏事,比如偷吃冷饭,烧坏铁锅。她一边絮絮叨叨,一边开心地赞叹我当下的生活,似乎在她眼里能在镇上生活是一件多么荣耀的事。

送走大姨妈后,我下村去产访,看到一只桃子在萧疏的枝叶间挂着。我不晓得这是主人故意留给鸟吃的,还是因为疏忽。但我相信应该有很多人看到过它,桃接受我的仰望,也会接受别人的仰望,直至它坠落,腐烂。

因为,很多人知道那只桃子并不属于自己。与身上的秘密相比,这显得更公开。就像如果不是晕车,我可能一辈子都发现不了王精心的妆容,我掐她的虎口,是因为那里有一个叫合谷的穴位。它潜伏在皮肤和骨骼之间,唯有用力,才能触摸到它。或许我把自己的不甘心隐藏得很好,但在莉的眼里,一如她暴露给我的尖叫声。

我们每一个人心里都有一条幽径,它掌控着不可知的将来。

对此,我深信不疑。

可,我还是不甘心。

写作是另一场孕育

　　下班铃声响过后,几辆自行车浑身震颤似的跑出了医院。

　　我在诊室独自坐了一会儿,双手抱着后脑,目光从天花板移到窗外,半块玻璃背后镶嵌着屋脊,屋脊上面站着的是天空,看起来仅仅是一角。这一段时光静得有些空荡。下班,我还是在医院,下班的只不过是白大褂。想深深吸口气,结果,出来的是叹气。脱了白大褂,关门,上楼。

　　我摸出笛子,吹了一首曲子。因没人指点,不会运气,吹得头昏脑涨,一曲终后,大有解脱之意。

　　于是,我对着窗户放空。

　　玻璃上面糊着报纸,在我来之前已默默泛出一块块的黄色,接引着字的漫漶,在时光深处悄悄埋藏那些字,那些事。

当时,我想换上新的,因一时疏懒,竟然忘记了此事。时间一长,我倒习惯了那两张旧报纸。对镇上新鲜的东西,我还没能够明白,既然不明白,就需要有一个过程,包括接受镇上最年轻的妇产科医生这个身份。

年轻在医生这个岗位上是一件难以启齿的事。

尤其叮嘱病人术后要避免性生活时,我就会结巴。房事、做爱、夫妻生活这些词让病人一头雾水,童医生用"走拢"直截了当,可我把"走拢"说得遮遮掩掩,声音细细的,脸上还腾起红晕。

当然,病人还不能完全信任我,这并不是特别严重的事,只要我会熬,熬到童医生和牛医生的年龄,我也会被病人叫成姐。那时我用"走拢"一词,肯定与童医生一样波澜不惊。

然而,一眼望到底的生活,并非我的彼岸。

我对起承转合的生活充满迷恋。

我在心里堆砌着种种念想,它们让我越来越不安心于眼下的重复。

只是,我分不清是抱负还是欲望,似乎一半被鸟带到云端,另一半,落到了水中。

而我能看到的鸟,无非是麻雀。

麻雀,一生的半径或许不过几个村子,飞行时身子佝偻,一耸一耸,似乎驮着一袋心事。即使收起羽毛,它们也是不住地拧着脖子。它们灰色、短浅,还带着惊慌,常常湮没于村庄的烟灰色里。

墙外有溪水,潺潺的声音四平八稳,似乎带着某种隐忍,也像是看空一切。在暮色渐渐围拢过来的时候,水流声越来越清晰,几乎爬上我的书桌。

桌子是旧的,两只抽屉一只拉出关不上,一只关上拉不出,像是老木匠的眼睛,一睁一闭。左边的桌脚底下还塞了一块半的木板。为找这块板,我费了很大劲。太厚,桌子往窗边斜;太薄,便朝我身边靠。

桌上堆放着零乱的稿纸。已经写了好几天了。有时被第一段所困扰,写来写去,总是不满意。我完全可以选择另起一行,或干脆先搁着,可我太偏执于文章的开头,就像给人做手术,必须做好术前检查。这个程序深深地影响我的写作,以至于让我对文章的"起"产生了一种敬畏。

可想而知,我的笔会时时卡在纸上,被某个意思,或某段话所拦截。时间一长,我的胃会隐隐作痛。那只拉出关不上的抽屉里有一些治胃病的常用药,不舒服的时候我会去摸一瓶。偶尔,药没摸到,却抽出一本字帖。我便在草稿纸上练字,用一种字修复另一种字。

没有人知道我在写东西。我只在晚上写,像一只躲躲闪闪的麻雀,在纸上低飞,或带着紧张的蹦跳,东一段,西一截。我并不十分清楚怎么写,只是努力把心里那种不想顺从现实的感觉写到纸上。然而,我无法把握住那些情绪,它们有时就在我眼前,伸手可触。它们真实地徘徊在我的心底,可我一碰,它们又消失得无影无踪。也有顺利的时候,面对稿纸,我如同站在空荡荡的大地上,而我最接近的是孕育那些事。没有了孕育,乡村是失魂落魄的。

写作于我是另一场孕育。

虫子开始在墙根吱溜吱溜,清清爽爽地喜欢着夜里的每一寸光阴,似乎它们从一个很遥远的地方,寻着一条说不清楚的边际,准备溜到另一个更遥远的地方。

嗯,遥远让夜晚变得轻盈起来,它接引着我写字的情绪。

有时,我会听到一些杂声,很奇怪,有一只鸟总在暗夜里鸣叫,叫得还不是很好听,粗粗的,啊哈啊哈哈哈,类似这样的节奏,似乎嘲笑着什么。我自然把自己归类于"什么",感觉它在嘲弄我,但也无可奈何。偶尔还能闻到香味,应该是樟树的。樟树的花很小,如米粒,结的果却不小,黑色的,趁人不备时,啪,掉进领子里。人与植物是相通的,希望开花结果,希望向上。

稿纸上的字,起初很认真,可后来越来越草,比处方上的字还要差。处方上的字是故意潦草,似乎那是资历。你不写成天书,就无法获得病人的信任。稿纸上的字是被我喂养出来的。只是,我辜负了那些念想,成了文字的后母,把它们写得枯瘦、干瘪。

我写掉了许多稿纸,还是写不出令自己舒服的文字。我试图寻找一些有意思的辞藻,去修补初成的文字。我的笔在纸上匍匐,我的手跟着匍匐,几乎指头向纸跪拜,也向文字跪拜。我在昏黄的灯光下盯着自己的双手,恨不得用目光淬炼它们,像铁匠一样锻造出一把锐利的镰刀。曾有人惊叹我的手,白皙,小巧,且光洁。当得知我是助产士时,那人不无感慨地说,这才是接引生命的手。

可是,我无法助产文字。

我写坏了很多稿纸。

我从不乱弃那些草稿,上面有许多记号,或圈,上面拧着一根尾巴,或一条粗壮的直线,从文字中间横穿而过,也有几个三角形,一页文字,像是被荒草挤出去的庄稼。它们整整齐齐地躺在抽屉里,与药挤在一起,你靠着我,我靠着你,仿佛等待某种提醒。

一个雨夜,我站在宿舍门口的走廊里,屋檐下滴滴答答,一声接着一声,跟抽泣似的。还掺和着别的声音,迷糊,听不太真切,像是一团光阴煮着心事。路灯在雨帘中照出一小块惨淡的昏黄。四周很寂静,医院的大门也合上了。我突然一阵伤感,觉得自己一无是处,在小镇的皱褶里打转,不知道属于自己的那块泥土在哪里。我仿佛走散在岁月的荒野里。

我找出所有的草稿纸,用一张报纸裹住,下楼走到了食堂。菊婶婶把最后一壶水烧开后准备封炉了,我说借用一下。菊婶婶没问我干什么用,只是问我要不要再添一只煤球。我说不用了。菊婶婶猫进她的小屋后,我把火炉放到灶膛边,纸迅速舔起一朵朵火苗。我知道有一缕缕烟在雪夜中升起,又慢慢散去。火光映红了我的脸,我第一次感受到文字的温暖,这是文字向我告别的仪式。

然而,我还是没有放弃文字的孕育。借着每天的灯光,慢慢独行于字里行间。还是不知道怎么样才能做到准确地捕捉自己的感觉,但我发现自己找到了路径,在别人的文章里寻找熟悉的情绪,并临摹下来。这是我的一个秘密,我也为发现这个秘密欣喜若狂,仿佛我找到了治疗不孕不育的偏方。

后来,我读到"爬格子"这个词,才意识到自己原来用错了稿纸。我自然把石沉大海的缘由归结于此。我原谅了自己,这种快乐虽然短暂,不过仍让我觉得一切都值得重新开始。

我精心挑选了三首诗,模仿别人用了外三首作题目。其实我心里并不清楚这外一外二是啥意思。看到别人用,自己随手也用了。我跑到邮电所,把信小心地投放到邮筒里。离开前又反复往里看,担心我的信跟别人的信粘连在一起,邮递员分发信件时扯坏了信封。有时又瞎猜它们在投寄时被弄丢了。总之,诗是寄出去了,心思却越来越重。

我哀叹那些寄出去的文字,它们如同我门诊手术中的胚胎。至此,我不得不感慨植物,它们的果荚太神奇了,只有孕育成熟的时候才会弹出身体里所有的果子,完成它们的分娩。我太急于求成了,根本来不及打磨,便草率地往外投,就像把还没有孕育成熟的孩子暴露在外。

我不得不坦白自己那些卑微的想法,以及做法,在稿件里附上一封信,写自己蜗居乡下是如何如何糟糕,生活遭遇了什么样的变故,现在只剩下一个愿望,就是能看到自己的诗歌变成铅字。其结果仍一样。我感叹编辑们好个铁石心肠,比医生的定力还足。

可我并没有死心,仍然每个晚上躲在斗室里捉笔。遇到同事打牌的邀请,我总婉言谢绝。我不敢说自己在写作,只是说反正也没事,看看书消磨时光,还特意把消磨时光的声调加重,拖长,用镇上的方言去说这个词。我不知道别人听到这句话是什么感觉,我自己觉得那四个字像是一根草绳掉落地上突然散开了结似的。

上班,我用手检查病人,接生,做手术,接管着一桩桩孕事。下班,我用手握笔,邀约那些文字在格子里住下来,或坐坐。我也慢慢习惯了与文字相处的不容易,就像我碰到过的那些不孕不育,以及难产。

我知道泥沙俱下的一切可能,也晓得平庸在岁月里轻摇慢晃,可我没有放弃用文字孕育夜晚的宁静。

每当我放下笔,四周一片寂然,仿佛是从乾坤处滴漏下来,我甚至听到虫子擦着草尖飞翔。恍惚之间,有什么珍贵的东西与我迎面相逢了。

紫云英

紫云英接引了春风,把乡村染成紫色,风一吹,涌出好看的波浪,像镇上姑娘们曼妙的身姿,忽闪在田间地头。

紫云英的花一边开一边落,层层叠叠。一个月过去了,它还是如此,仿佛有人在它耳边说情话,哄得它发疯似的想把自己的名字种满大地。似乎只有傍晚的时候,它才发一阵愣。那时,哼了一天嘤嘤嗡嗡的蜜蜂,准备回家了。

紫云英,或卧在山脚下,或横亘在村庄外,旁边有时站着几棵树,有时穿过一条小溪。我忍不住采集了一捧,带到寝室,找了一只盐水瓶插起来。结果,晚上飞出来几只蜜蜂,在窗帘上一阵啪嗒啪嗒,似乎对我的行为甚是气恼。

原来紫云英的花蕊藏得很深,蜜蜂采蜜时差不多把自己埋了进去,所以即使我粗暴的动作,也没能惊动它们。它们太专注了,对采蜜以外的事几乎无动于衷。

有人说,花蕊是花的生殖器官,蜜蜂采蜜,从某种角度而言,是完成了性爱。

我已记不起这是谁说的,但它让我想起解剖课。

教我们的老师刚从学校里出来,帅气年轻,温厚恭良,看见学生会习惯性地侧过身,再轻轻叫出对方的名字。每次上课,他腋下夹着解剖挂图,一手捧教案,在铃声结尾的时候,慢条斯理地推开教室的门。他上课时很少看教案,所有的讲解都在挂图前面完成,既讲解剖结构,又强调生理功能。他的脸上没有表情,教鞭从一张图滑到另一张图,卵巢、子宫、输卵管……年轻的我们掩饰不住脸上的羞涩、尴尬、窘迫,似乎挂图上的组织器官是自己的。

或许老师看到底下的目光有点涣散,他停下教鞭,站在挂图下面,把自己的身体当成子宫,两只手臂作为输卵管,手指握成伞状,说是当卵巢排卵时,这顶伞就会把卵泡吸收进来,送到输卵管,等待与精子的相遇。底下的我们鸦雀无声,也不知道大家明白了没有,只晓得每次考试总有人在这方面被扣分。我也答错过,把输卵管的几个峡部弄错了。

老师似乎很难过,认为这样的错误是低级错误,于是再次把自己扮成挂图,给答错题的学生重新讲解一次。

我还犯过更低级的错误。有一次,老师正讲解子宫的解剖结构,我傻乎乎地问老师前列腺在哪里。我不晓得自己是走神了,还是午后的困倦让我大脑一时糊涂,总之,我像是很意外地扮演了一个善于提问的好学生。教室本来还有些小窸窣,似乎有人在偷吃零食,这也是经常性的事情。我冷不丁地发问后,突然一片死寂,然后一阵哄堂大笑,笑声简直是一浪打向一浪,甚至吸引底楼的老师们不住朝上仰脖子。老师在讲台上默默收起自己的真身挂图,推了推鼻子上的眼镜,把教案翻过去,脸上似乎微微红了一下。我非常不解地问同桌,我问错了?同桌笑得像一颗暴晒过的白蒲枣,说,女的哪有前列腺!我起初还有那么一会儿空白,但立刻被尴尬、难堪覆盖,脸一烧,忙把头埋进肘弯,好长时间才看到解剖老师已经侧过身去。

不得不承认,我在学习生殖解剖图时非常吃力。那么多的解剖名与组织原理,仿佛彼此在打架,背着背着,概念就混淆了。

所以,我看到蜜蜂时不得不惊叹,它居然能辨别出雄花与雌花来。

我在门诊碰到过一位病人,她结婚三年一直没有怀上。

她婆婆三天两头冷嘲热讽,过后又鸡飞狗跳似的去弄偏方,逼她喝一些乱七八糟的东西。每次她喝下,总要反胃一星期。她在娘家时白白胖胖的,是一个很开朗的人,现在整个人黄皮寡瘦,沉默寡言,像是被掏空了一样,才二十五岁的人看上去跟三十五六岁似的。这次她突然停经四十多天,全家人都很兴奋,尤其是她婆婆,一张苦瓜脸变成了一朵葫芦花,对她的态度一百八十度转变,整天围着她转,还不停地问她喜欢吃酸的还是甜的。她知道她婆婆的用意,都说吃酸的是生女儿,吃甜的是生儿子,可她都不喜欢吃。

本来,我跟她是医生与病人关系,她最多跟我讲停经几天的事,可她说着说着,怎么也控制不住,把她在家的事一股脑儿全倒了出来。我也不忍心截住她的话,虽然那些事并不是我需要的病史。

那天一起来的还有她的男人和婆婆,一前一后陪着她。到了产科门诊前,她婆婆说产科是暗房,她念佛的,就在外面等。她男人也没进来,门诊室里不准他抽烟。

我让她去做早孕试验,她似乎很犹豫,问我能不能给她搭个脉。我说,我虽然知道滑脉的意思,但没有专门学过。她接过化验单,有那么一会儿她的神情很木然,甚至是茫然,似乎前面有不确定的事情正等着她,而她已经猜中了一半。

这时,她男人与婆婆在外面探头,问,医生,她有没有生(怀孕)?娘俩异口同声,只不过一个声音是男的,另一个像不男不女的。

她婆婆虽然仅露出大半张脸,但感觉她的表情很硬,看人的目光好像贴着一层生姜,嘴唇往上牵,鼻翼旁挂着冷冷的心思。

我说,先去做个化验。

一刻钟后,她拿着化验单回来了,上面写着阴性。我说,没有怀孕。她突然失声哭了起来。我想安慰她,可张开嘴发觉自己并没有把话准备好,只得抽了几张纸巾给她。她男人走了进来,用极不耐烦的声音说,哭有什么用,回家去。他用一只关节粗大的手去拉她。不知是抽泣引起的颤动,还是弱弱的反抗,她的肩膀往左右甩了几下。她男人猛地去拽她的手,一用劲,她的半个身子离开了凳子。

阿来,回家去,下午还要去田里,雄花不摘掉,影响年成。怪侬眼睛长在头角,雄花雌花都勿晓得,介木。

这是她婆婆在外面指桑骂槐。这时,不女的声音占了大部分。

我说,不能生育,不能全怪女方,双方都要去检查一下。她男人一脸愕然,盯着我,半晌才说,生小孩的事当然是女人的事。我说,小孩是女人生的,但如果没有精子跟卵子相遇,单靠女人是没办法的。说完,我自己都觉得意外,像是在重复解剖老师的话。

她男人差不多是剜了我一眼,我也回了他一眼,还好,没翻白眼。

紫云英热闹田野的时候,农民一次次翻晒谷种。谷种是上一年备好的,饱满,金黄,阳光一照,晒谷场上弥漫着浓郁的气息。农民似乎又怕谷种喝醉了阳光不肯用功,于是把它们堆在阴凉的地方,说是醒几天。

蜜蜂仍一次次保持着整齐的节奏,吟唱,然后一头扎向紫云英的花蕊。那里分泌的不仅仅是花蜜,还有花香。

紫云英的花香,并不浓烈,甚至有点拙,是慢慢渗进来的。就像村里的姑娘,心里明明藏着大海,却始终不敢说出那片辽阔。

我在窗前看到过一个梳着长辫子的姑娘,一次次徘徊在小学后面的小路上,旁边是紫绸缎被似的紫云英。黄昏时,一个英俊的后生去那里散步,有时腋窝下夹一支笛子,对着落日下的紫云英吹一曲。笛声悠扬悦耳,滑音、颤音一个个飞扬起来,仿佛把人带入落满细节的故事里。他是小学里的音乐老师,因家在另一个镇上,所以长年住校。可她看到他的影子,便假装路过,头也不回地走了。她走的方向有时朝东,有时往西,我也不清楚她到底住哪个村。自从那位男老师有一天牵着女朋友的手去散步后,我再也没有看到过那位姑娘。这时《小芳》正风靡大江南北,镇上的理发店、音像店全播放着这首歌,"谢谢你给我的爱,今生今世难忘怀……"

可,那位姑娘连小芳都不如。

紫云英的气息里带着甜味,我觉得镇上的每个角落都飘荡着它们的花香,甚至还溅到了在天空中奔跑的虫儿。它们飞雾样的形状,似乎尝试着盲目的低飞。

春风也推动蜜蜂,从这片赶到另一片,努力接续一个漫长的乡村故事。

我常常发呆,回过神来,发现暮色已四合,开灯,拉窗帘,取一本书,开始夜读。

有时,书读得很专注,有时浮皮潦草,一页页翻过去,不晓得自己读了些什么,于是把书扔一边,开始写日记。提起笔,写的还是自己的心情,翻开前几天的日记,仍是对自己每天重复的日子感到苦闷。我觉得自己很渺小,伤感,孤独,低落,仿佛是成群的飞蛾朝我扑来,而我无力挣扎。

我深深叹了一口气,把桌上那瓶干枯的紫云英扔到了垃圾桶里,此刻与它相视,犹如失意人与离恨人相逢。只是,它缘于离开土壤,而我还没有找到适合自己的土质。

每年,计生办都会制作一批奖品,或脸盆,或杯子,上面烫着"计划生育先进工作者"字样。计生办在年终表彰时会留一个名额给卫生院,童医生是不二人选。计生办的陈阿姨可能觉得有点过意不去,平时她大多把病人送到我这儿,便从奖品里取了一份。我自然推脱,而且是真诚的推脱,但陈阿姨丢下就走。搪瓷的白色使上面的字烧红起来,一同烧红的还有我的脸。

我始终没勇气把这样的杯子拿到办公室。

就像有些病人没有勇气推开我诊室的门。

我目睹一些姑娘家凄惶无奈地在门诊室外面来来回回,神情苦涩,面容忧戚,间或还有羞涩、不安,甚至惶恐,一见有熟人朝自己走来,惊慌失措,磕磕绊绊编织出一个谎言。她们有的非磨蹭到下班的时候,才犹犹豫豫迈进来,目光像一只只惊恐的小鹿。

我按下负压吸引器械开关的时候,所有对胚胎的赞美,顷刻间被小半瓶粉红色泡沫所嘲笑。每次手术后,我都要检查瓶里的容物,以防残留。碎片样的内膜与碎肉样的胚胎组织,像一只被挤坏的番茄,鲜红已无法完整。

如同病症,我看到番茄,总有一种异物感,然后是一阵阵反胃。

我实习时,我的邻居,也是我小学时很要好的同学,躲躲闪闪地找到了我。那时她怀孕已五个多月,每天用半尺宽的布条紧紧绑住自己的腹部,时时躲着家人的眼睛。后来实在没办法再继续这种方式,胎儿已经会踢会蹬了。她男朋友骗过她的父亲,以愿意上门做倒插为条件,把她从家里带了出来。那天在门诊室,看着她涨红的脸和往外鼓的腹部,我已明白大概。她在我面前也顾不得羞怯,只求我帮她这个忙。我二话不说,帮她联系好引产床位,等她住进医院后我才离开。

出来时,发现外面漫天大雪,我一脚高一脚低地往寝室走。这时迎风飘来《一剪梅》的歌声,瞬间让我想流泪。我替同学感到不值,我忙前忙后的时候,他始终笑嘻嘻地看着我,也不晓得他这样的表情是出于什么心理,仿佛他卸下了一副担子。

隔了两年,她又来找我。这次更让我对他俩的关系产生怀疑。她在里面忍受手术带来的疼痛,而他却跑到医院对面的游戏机房打游戏,直到我去叫他,他还全神贯注地盯着游戏画面,根本不在乎我同学此刻最需要的是什么。我同学自那次手术后差不多停经了半年,我让她去大医院检查一下,担心她因此影响生育。后来,她告诉我月经恢复了,我这才放下心来。他们的婚礼,我也参加了。我同学依然痴情一片,看他的眼神像看男神一样,觉得自己是世上最幸福的新娘。而他像完成某桩不得不完成的任务,草草敬酒,言辞之中听不出任何喜悦,包括看我的眼神,一点都没有难为情的意思,仿佛他们的往事在婚礼开始时已烟消云散。

别的同学也找过我,有的甚至是同学的同学。在她们眼里,我的医技或许并不是最重要的,重要的是我能替她们保守秘密。如同大地保守紫云英也有雄花的秘密。

我替同学开手术单子时写的是云英,或者阿英、阿云。这当然全都是假名。在一个偏远的小镇,我不担心她们会碰上熟人,但我也不希望她们的名字躺在手术单子上。

紫云英被村人称作"披欢"。我第一次听到时心里就冒出来这两个字。我知道这样的叫法跟写法是不对等的,如同有些字写进了词典,但它们似乎没有被使用的机会,偶尔的出场,还得有偶尔的人能记得住它。然而有些叫法,可能始终挤不进书里,却成为人们的日常,瓷实地踩着每一天。

没有人跟我解释紫云英为何叫披欢,有可能是批幻,或是皮还,可我就是喜欢写成披欢,披着欢快的外衣,迎接三月、四月,还有五月,像是一种积极的人生态度。

当谷种在浸泡中慢慢发芽的时候,牛被农民牵出了牛栏,在鞭子的抽打下,犁铧插进了地里,褐色的泥块顷刻间覆盖了紫云英。

那些紫色的小花,将在无光的世界里慢慢沤烂自己,然后引领着大地的孕育。

尾随时光

下了一场雨,在我午睡的时候。

一只蜻蜓,闯进屋里,那时我还躺在床上,隔着白纱帐,听到啪嗒啪嗒的声音。

啪嗒,滴答,像是和音。屋里越发的幽静。

这是只红蜻蜓,头像一只缩小的电铃,老红,然后攒成三只熟透的番茄。这只是我一个通俗的比喻,就像看到手术后的胚胎组织,我会想到番茄。蜻蜓的眼睛,远不止于我打的蹩脚比方,它有许多小眼,东西南北,皆在它的视域里。竹节样的腹部,却似乎空无一物。

只是,左翼已残败,像是一架被流弹击中的飞机,摇摇欲坠。它努力做着翔集的动作。虽然,始终不完整。

今天我休息,但下午三点要去一个村拆线,给一个绝育病人,她产后三个月在县计生指导站做的手术。手术后的第二天,童医生接到计生办的通知,五天后拆线。昨天,计生办的曹阿姨来过,知道是我去,她一边说好,一边问童医生怎么不去。我赶紧截住童医生的话,说,是我自己要求去的,下村对我来说也是门功课。曹阿姨呵呵笑起来,笑得很职业。早上,她又来敲我寝室的门,叮嘱我不要忘了此事。

无论如何,我都不会忘记下乡。

楼下人声隐隐,夹杂着杂乱的脚步声。然后,一辆拖拉机突突地奔进来,很快又突突地跑出了医院,像是红色的叫声。可能是外伤病人。

医院里大多时候很闲,尤其是下午,看不了多少病人。这并不是说医生闲就没有病人。生老病死,祸福无常,不会因医生的存在而蹈空。

病人主动找我看病的仍不多,尤其是跟对面的童医生一起坐班的时候。我只好努力装作不尴尬的样子,看看书,或望望窗外。窗外有一个花坛,零星种着一些花和树,它们寂寞地长着,像种在寺院里一样。我在窗内,却无法静心。因为自己觉得不甘心。

医院里一个月有一天晚上要学习,我总找个角落静静坐下,听院长读报纸,读文件,会后他们打牌,我上楼看书。他们空闲的时候,会一身白地聚到屋檐下,东拉西扯时开一些荤玩笑,有时也会拿清洁工阿德寻开心,问他想不想要媳妇。阿德每每听到这样的问话,一边装作要逃的样子,一边却咧嘴,头一点点勾下去。

病人来看病,看到我一个人坐在门诊,自言自语地说,医生不在。我知道她说的是对面童医生不在,可心里还是觉得不舒服。她在门口犹豫了一会儿,问,阿娣姐不在吗?我心想,刚才说没人,现在你在跟谁说话呀。因此,我没接过话。病人再次问,声音提得高高的,似乎对我充满了不满。我说,不在。我的声音确实有点冷。病人说,这小姑娘的态度这么生硬。说完,她有点气鼓鼓地走了。我坐在那里,也有些气鼓鼓。

蜻蜓似乎记起了来时的路,在仅留一指宽的窗缝里扑打着翅膀,显然,它想回去。可它东碰西撞,看得我心里一拎一拎的。

如果像蜻蜓一样就好了,肚子里空空的,根本藏不住气。

那天,我从汽车上下来,与我一起下车的人还有数个,我在他们中间,我的行李跟他们的编织袋、扁担、竹篮拥挤着,我费了好大的劲才搬下车。

忽然,耳边传来一阵啪啪声。我闻声转过头,在我的左前方坐着一个中年妇女,头上盖了一块旧毛巾,一直垂到脖子上。这块看不出颜色的毛巾,使她的脸上也看不出表情来。她的面前放着一只剥落了颜色的木箱子。她手里握着一块小木板,刚才就是她敲的。她见我正往那边瞅,又拍了几下,跟拍醒堂木似的。

"卖棒冰呃……"她吆喝起来,但她的目光冲着我。

她的吆喝,慢慢推醒了我的记忆。刚才那几个下车的乘客,好像彼此在打招呼,表情软的,但怎么感觉那口气是很硬的,尤其是尾音,仿佛往下揿一株不可饶恕的瓜秧。不像我家乡人说话,后面总拖着一个"唥哉"或"唥咪",类似于普通话中的"吗",语调软软的。

"卖棒冰呃。"她边拍小木板,边叫喊,同时仍把目光推送过来。我实在没有食欲,连吃棒冰的欲望也没有。尽管太阳此刻正毒辣辣地罩着我,喉咙里火烧火燎的。早上五点从家里出来后只吃了半团糙饭,连水也不敢多喝,有意不让胃充盈,可坐了三个小时的汽车仍然让我晕了。

我提起箱子,把装有脸盆的网兜拎起来,一坨黑黑的身影缠在脚跟,无声无息。

啪啪的声音从我背后跟过来,听上去有些热乎乎,带着些许白晃晃。

我以为后面还会有"卖棒冰呃",但后面是空的,也是寂静的。她的背后同样是寂静的,两间平房大的车站空荡荡的,像是被抽空的一副骨架,因路基高而显得有点歪斜。

早上,当我从栅栏似的售票窗口拿到票,有那么一会儿,对着票上的三七市这个站名发愣。家乡有句俗话——不管三七廿一,这话带有做事武断的意思,但有时也适用于那些勇于坚持到底的赞美。在我记忆里,母亲常常拿这句话来批评父亲,而父亲也用这话来数落母亲。可他俩到底还是不管三七廿一,把我们兄妹拉扯长,还让我们接受了高等教育。

以后,我将经常出入这副骨架。一想到这儿,怅然再次涌了上来。

忽然,一阵锣鼓声震天响地传了过来。我有些诧异,忍不住朝锣鼓声传来的方向瞧去。原来是一支送葬的队伍。有一个中年人头缠白布走在最前面,手里捧着一张遗像,旁边有人打着黑伞,脸上是黑黑的表情。他俩背后是吹鼓手,锣鼓唢呐上缠着白布。有两个腰缠白布的人不停地往外撒纸元宝。一群身穿缟服的人哭哭啼啼地跟在抬棺材的后面。

我把箱子提到路边,人站到箱子的后面,随手抹了一下脸上的汗。

很快,他们从我身边走了过去。哭声与锣鼓声飘了一路。有几只纸元宝,被风裹挟着飞过来,拂过我的裤脚,阴森森的感觉悄然袭来。

这件事无论如何不能告诉母亲。早上出门前,母亲既在堂屋前的爷爷遗像前拜了三拜,又在观音像前上了香,托祖宗求菩萨保佑我出门顺利。

我提上箱子,拎着网兜往路东方向走去。身后的知了声此起彼伏,无边无际。

我起来,打开窗。外面的明亮,让室内的幽暗薄了很多。

风,忽地跑进来,蜻蜓一个趔趄,左翅便耷拉得更厉害,几只细脚不住地抖动,看上去像是比画着什么。可我没法解读它的意思,不知道它是恐惧,还是愤怒,或是疼痛。

我从书架上取了一本书,翻了几页后,蜻蜓仍站在窗台上。我伸手,想帮它重新飞起来。手一触及它网状的翅膀,它居然剧烈地颤抖起来,仿佛是我手术中的病人。我忙收回手,它慢慢跌向窗框,像是一架滑翔中的纸飞机。

雨又开始淅沥起来。我看了看手表,时针已指向二时。

我匆匆下楼,到了产科门诊室,发现里面围着一群人,正与童医生吵。童医生一脸的坏情绪,一会儿站起来争辩几句,一会儿倒向椅子,不言不语。有一个女的,脸色苍白,神情痛楚,瘫在折叠椅里,两只手捂着腹部,嘴里不住地呻吟着。计生办的杜阿姨也在,提着嗓子不住地劝这个,慰那个,可没有人听她的,有两个男的差点把拳头伸到她脸上。

原来,这个女的一星期前在童医生这里做了人流术,术后一直不太好,今天早上突然大量出血,还伴有腹部绞痛。于是,她男人叫了兄弟与小舅子,跑到医院里来责问童医生怎么回事。童医生一看这阵势,忙让隔壁中药房的丽姨打电话给计生办。

我想从人群里过去,但根本挤不进。他们不仅吵得凶,而且手脚也凶,在童医生的办公桌上乱拍一通。耳边像是扔了一块块三角石,砸下去,跳起来。

这时,院长也过来了。院长认识这个男的,大声地叫他的名字,让他好好说。那男的回过头,看到院长,虽然仍火气十足,不过拍桌子的手抽了回来。他说,袄叔,你来得正好,我老婆手术后人变得这样,要不要负责?院长说,负不负责不是你说了算,你现在还要不要你老婆好?旁边的几个人马上附和,当然看病要紧。院长说,那你们先出去,我们商量一下。人群开始松动。我趁机挤了进去。

杜阿姨先看到我,大大咧咧地问我手术后病人出现这种情况,多数是什么原因。杜阿姨的嗓子有点哑,话听上去像是被撒了粉。我看了看童医生,童医生正气乎乎的。我小心翼翼地说,残留的可能性大一些。说完,我不由低下了头,不敢与童医生的目光相迎。

院长别过头去,说,童医生你觉得呢?童医生起初没接过话,室内有片刻的静默,静默得让人心里没着没落似的。童医生说,这个病人手术时已经两个多月了,这么多天了突然出血介多,残留的可能性大。

院长跟杜阿姨交换了眼神后,说,那么你自己做手术,还是让别的医生做。他俩同时把目光对准我。我心里一紧。童医生猛地站了起来,说,我是不会做了。介难做的生活。我是说过的,过了六十天的手术我是不做的。童医生的气还在,神情却转向了抱怨与后悔。

院长问我,小干你来做?我点头不是,摇头不是,整个人尴尬地戳在那里。

这时,他们再次涌了进来。男人责问院长,商量得怎么样?难道要等死人了才有结果?几个人立刻在旁边帮衬,声音像几条毛刺刺的绳子,在我们周围狂舞起来。

院长咽了咽口水,说,让小干给你老婆再检查一下。

一屋的人齐刷刷地把目光聚焦到我身上。我觉得自己像是站在阳光底下的凹面镜上，白晃晃中出现一个黑点。

不行，这个小娘我们不信任，年纪介轻，我们要转院。又是七嘴八舌。我再次感到刺拉拉的物质往我神经与骨髓里钻。我无法甄别那是否叫羞辱，但硬物质正拼命地啃噬着我的神经末梢。

杜阿姨赶紧说，那去县里做，我马上打电话叫车子，我陪你们去。

乱纷纷的声音，总算得到了统一。很快，四轮车呼呼地开进来。

绝育病人的村子在医院后面，并不难找，只是要过一个坡。计生办的曹阿姨本想让村里的妇女主任来带我，被我拒绝了。两个陌生人，如果没有话，会很尴尬。没话找话，又觉得累。何况我今天休息，顺带还可以去看看风景。只是天公不作美，下了场雨，否则就能去爬山了。

整拆线包时发现碘酒棉球没了。我去拉敷料抽屉，里面也是空的。我问童医生棉球在哪里，童医生不响。我又问了一次。童医生没好气地说，我管棉球的啊？我一愣，之后，两人都没怎么说话，寂静突然跟塌陷一样，我站在这边，童医生在那边,彼此的沉默像一块跷跷板,却又各自拼命躲闪。

出了医院后,我加快了蹬的速度,挂在车头的拆线盒被撞得咣当咣当响。身上的雨披鼓起两片,哗啦哗啦,不停拍打着我的大腿。我忽然想到书桌上的那只红蜻蜓,出门前我没有关纱窗,它的天空不应该在我的寝室里。我直起身子,风呼呼从耳边跑过去,我感觉胸前的雨披紧紧地抱着我,但啪嗒啪嗒的声音,并没有消失。

雨密密地打过来,一会儿眼镜片上全是水珠,眼前白茫茫一片。我不得已,下车,用衣服的下摆擦眼镜片。我摸了一把脸,往下甩了几下,又抬起手背抹了一下眼睛,有点热。我戴上眼镜后又揩了揩眼睛,仍热乎乎的。

我顺着山坡,继续蹬。一棵棵树一会儿蹲在我前面,一会儿又站到我后面,在雨中泛出鲜亮的光泽。风一来,树林里噼里啪啦,仿佛树全绽开了表情。

过了陡坡后,路开始平稳。我放慢速度,踩几脚,歇几口。

大约十分钟后,我看到一座石桥,一边接着房子,一边连着路。桥下的溪水正哗哗地翻出白色的浪花。曹阿姨跟我说过,看到桥,拆线的病人家就到了。可现在我看到的有好几幢房子,不晓得哪家是。我过了桥,摸进一家院子,几个人正在搓麻将,旁边站着三个人,噼里啪啦的打牌声,比屋檐下的雨滴还响。

我过去,他们也没注意到我。我喊了几声,他们才把目光从牌上转移到我这里,他们表情愕然,仿佛我是一张意外出现的牌。我问他们姓吕的住哪家。他们中有人几乎笑出声来,说,这里大部分都姓吕,你要问哪家啊?我有些尴尬,因为我确实把病人的名字忘记了。我说,是刚刚做绝育手术的。人群里马上有人应出声来,侬是来拆线的吧?跟我来。一个五十多岁的中年妇女从桌后闪了出来。

她在前面,我在后面。这是卫生院新来的吧,还介年轻。背后有人在喊喊。

山里的房子像是戏场里的人,互相拥挤着。我推着自行车,一连经过了好几个院子。这时我觉得脊背很热,雨已停止,空气里散发出一种清香,跟小孩身上的气息差不多,我不由贪婪地吸了几口,把雨披的帽子摘了。

在一家屋檐下晾满尿布的门口立住,隔着一道篱笆,女人朝里喊了几声,一个四十多岁的男人出来迎接。他脸上堆着笑,憨厚地叫着阿姐。女人说,医生来拆线了。男人忙把篱笆门打开,嘴里不停地道谢。女人既像是挖苦,又像是道贺,生了儿子,侬骨头轻了许多。男人嘿嘿着,没有还嘴。

我把拆线盒提在手上,跟男人迈进了门。绝育病人正在哺乳,看到我,让男人把婴儿抱走,谁知婴儿一松开嘴,就哇地哭了。我说,等婴儿吃饱后再拆吧。男人表示歉意,但快速地把孩子递给床上的女人。女人冲我笑了笑,吩咐男人给我倒茶。

我坐在屋檐下,那里有一把小椅子。刚才送我来的女人已经走了,也不知是他们家的邻居,还是亲戚。

院子里有一群母鸡,有几只腿上吊着红绳,缩在角落里,像是在打瞌睡。还有七八只踱来踱去,神情有些懒洋洋。看得我也有些懒洋洋。

我呷着茶,一口一口地。对面有一只母鸡,它正啄米,脖子上的毛微微抖动着,偶尔停下来,用一只眼看我,样子有些认真。

半杯茶差不多进肚了,男人过来说,好了。我放下杯,进了里间。婴儿闭着双眼,脸红扑扑的,心满意足地睡着了。

绝育的切口很小,也就两针,而且愈合非常好。我拆线的时候,男的一直在旁边,跟刚才笑呵呵的神情不同,他紧张地问我还好吧。我说,很好。他这才重新恢复乐呵呵的表情。

我出来后,桥边的那桌麻将仍在继续中,刚才陪我的女的也在,两只手叉在胸前,全神贯注。

我原路返回。雨后,山中很清新,鸟鸣悠长,溪水淙淙,头上的云在慢慢裂开,一道金光从云层里射出来。我脚底屁轻,朝山下骑去。

上来时有一个拐弯,下去时发现多了几个拐弯。好在,没费多大的劲。我感觉自己愉快起来,把铃声摁得响响的。其实,路上也没什么人,除了看到有几只蛤蟆从草丛跳到路中央,又从路中央跳到草丛。

在山坡上看远景,完全不同于我在寝室里看景色,哪怕一片云,它的变幻也比窗口的丰富得多。一种从未有过的舒适感推送着我下山。

忽然,我的自行车硌到了一块石头,前胎瞬间往上弹了起来,车头不由朝左侧歪。出于本能,我拼命把车头往右拐。砰,连人带车摔倒在地上,疼痛让我大脑一片空白。像是短暂的失忆,我在地上躺了几分钟。等我慢慢用手撑起身子,自行车的前轮还在转,车头被拧成了一条麻花,拆线盒被压在底下。我往下瞥了一眼,顿时一阵冷汗,旁边居然有一堆乱石,如果滚下去,摔成生活不能自理是大概率。

一只花青蛙,正鼓着眼睛,在我的一丈前。我摔倒的动作、情形,肯定被它突灵灵的眼睛看到了。不知为什么,它居然不逃,还大胆地瞅着我。

我小心翼翼地站起来,除了大腿与膝盖的疼痛还在持续，胳膊与背部的痛在慢慢撤退。我卷起裤腿，膝盖上已磕破了皮，点状样的出血点有碗口那么大，我又看了看肘部，没什么大碍。我扶起自行车，车头已歪得不像样子。我用两腿夹住前胎，把车头拧了过来。

青蛙陡然一头扎进水里。水里有一团青苔，看上去像是石头顶着一蓬乱发。青蛙半个身子隐入青苔，后半个身子露在外面，两条胖腿，不住地划，水面上荡起一个个旋涡。然后，它不见了，只有绿稠稠的青苔，还在那里左右摇晃，像是很滑很滑，可落在心里，怎么都像是堵。

我用右脚配合左脚，蹬了几下，车能骑，痛也能忍受。我重新系好拆线盒，用手拭了拭眼睛，一种叫泪的液体，慢慢渗出眼眶……

回到医院，已是快下班的时间。童医生仍坐在那里，我进去，她没有抬头。我一瘸一拐走进产科门诊，把拆线盒放回手术间，出来时，她满脸惊讶地问我怎么了。我说，摔了一跤。她不由得"啊"了一声，从椅子上跳了起来，问我摔得怎么样。我说，还好，就是膝盖那里磕破了皮。她过来撩起我的裤子，看了看，说，去外科涂点红药水吧。我嘴里嗯嗯着，但并没有去。

我上楼回到寝室，蜻蜓趴在纸上，上面写着"尾随时光"。

带不走的处方

这是我准备写的一篇散文,已经写了很多次,但每次写到一半都放弃了。只是这个题目,我一直很喜欢。

蜻蜓的头歪向一侧,圆圆的眼睛,无神地睁着,一道金色的光芒,从窗外照进来,落在蜻蜓的左翅上,显得比右翅更加通红。

给春天一个邮戳

雨,下得很认真,甚至是一丝不苟。我伸出手,一握,手心躺满了水。我抖了抖,水滴搂着风钻进了栏杆。底下有一棵月季花,并不是每月都开花,常常隔好几个月才能见到一次花开,可它仍叫月季花。

庄稼地里的番茄已长得很蓊郁了,深绿的叶子底下躲着小番茄,是青的,顶上还有黄色的小花。它们一枝开花,另一枝结果,似乎一点都不着急,镇上的人称之为耐心耐想。

听老人说番茄长果的时候害怕狗叫,狗一叫,果子继续泛青,连黄也不肯。狗停止叫唤,番茄才慢慢红起来。有时候,我下村发现一株番茄藤上有几颗番茄虽然红了,但长得特别小,僵的,有的甚至怎么也红不起来,一半青,一半黄,像是遗忘了什么,抑或含着心事。

或许,它真的是听烦了狗的吠声。

可是,村里怎么会没有狗呢?

它们还有自己的名字,被主人叫惯后,看人的目光好像充满了道理。

我慢慢熟悉了一些镇上的方言,知道叔叔阿姨怎么叫,姑姑与姑父怎么称呼,只是不知道是袄姨袄姑,还是嗷姨嗷姑。从字面上理解,好像应该是袄字,姑姑出嫁了,仍是娘家的小棉袄,她在夫家有什么事,娘家人一呼百应,甚至夫妻吵架,最后还得由兄弟出面主事。姑姑生孩子,不仅催生包里有全套的衣服,还附上一筐筐的花生、蛋、粽子,以及各种糕点,花生与蛋全染成红色。

当然,镇上也有这样的说法,生女儿犹如生强盗,生个外甥像只狗,吃着外面走。

如果这样解释,"嗷"字似乎更接近。

不管是袄还是嗷,在产妇边忙碌的两个老人谁是婆婆谁是母亲,我一看就知道。那个隔一小会儿心急慌忙来喊我去看产程的是婆婆,不停用手揉搓产妇的腰,有时还会背过身抹一下眼泪的是母亲。孩子生下后伸长脖子急切询问是男是女的是婆婆,那个只管抱着产妇的头,对哇哇大哭的孩子有要呃紧的是母亲。

我还晓得了小娘的称呼,原来并不是骂人,是对小姑娘的称谓,但如果被人叫成小娘婢,那多多少少有种贱称的意思。

所以,我被人喊小娘时,不再郁闷。

有一个称呼我觉得很奇怪,大妈被叫成姆嬷,姆妈被喊成阿姆。有个小女孩叫我姆嬷,我当时还感到好笑,介老式的称呼。在老家,只有我父亲辈的人叫母亲是姆嬷。叫姆妈听上去洋气多了。

这个春天,我迎接了十多个小生命,他们的母亲腆了十个月的肚子后,用柔软的身体抵挡了剧烈的阵痛,拼尽所有的力气,把他们送到了人间。

他们有时降临在深夜,用嘹亮的哭声剪开小镇春意涌动的黑夜,也荡向半醒半梦之间的村庄。婴儿的哭声傲立于星夜,它们的周围春风在沉醉,灯火在寥落,而春光在等候,每一个生命填补着村庄的空白。

年轻的父母再也不会称自己的孩子是阿狗或阿猫,名越贱命越硬的说法在年轻人那里荡然无存。他们直接接手了老一辈人的取名权,大有自己的孩子自己做主的气场。老人也奈何不了,最多跑到算命先生那里掐一掐八字,测一测五行,回来小心谨慎地叮嘱刚做了父母的孩子在取名时把缺的那行补上,如缺水,则名字里要沾点水。

这些小宝宝也不可能被叫成阿土阿根阿桥,或阿珍阿仙阿花。

他们有时出生在凌晨,树在窗外静立,天光在树梢后面泛白,有数声鸟鸣从远处传来,叫得滴溜溜,听上去贼光精滑,像我手中婴儿的皮肤,娇嫩润滑。此时的天空对鸟儿来说充满了安全感。与天空的阔大相比,它的巢不过是天空下的一个逗号,就像婴儿的人生,将会有许多的逗号等着他。小宝宝在产房里哇哇大哭时,产房外的雾渐渐散去,曙光在即,一切充满了朝气。

他们有时也会在傍晚呱呱落地,窗外洒落着晚归的声音,唤鸭,喝鸡,牧羊,那些声音在村庄上空踩出一条小路,欣欣然地迎接小生命的到来。一缕缕炊烟从瓦楞里钻出来,初是自顾自地婀娜,继而悄悄在村庄上空好上了。这是村庄送给小宝宝们的仪式。

他们握紧拳头赤条条地来,他们躺在产床上大哭,一边还欢快地拉上一坨胎粪,墨绿色的,与羊水和血水混在一起。这是他们人生中的第一次粪便,也是最干净的便便,像是特意来印证不垢不净。他们哭起来奇丑无比,满脸皱纹,鼻子扁平,脸上还粘着白色的胎脂,像个小老头。老人说,小孩越丑越好,说明来投胎的是老人。我听过,也就过了,不太去接话。

可如果他们不哭,我会焦虑无比,拿纱布去抠他们口腔里的痰液,实在不行,让他们的父亲帮我扯下口罩,口对口地吸,然后拎起小脚,在脚心猛拍几下,直到被我拍哭。

假如,他们有记忆,一定会对我有恨意,来到世上第一个打他们的竟然是我。

我一刀剪断了他们的脐带。从此,他们的躯体独立于世间。

也有的小宝宝突然握住我的剪刀,两只小腿拼命地蹬,似乎意识到我这一刀下去,他将永远脱离母体。我怎么也掰不开他的小手,只好用两把止血钳夹住,狠狠心,还是在中间剪了下去。他张大嘴巴,使劲地哭,两只手攥紧肚子上的止血钳。我剪断了脐带,他哭得更凶,而围着他的人哈哈大笑,一个说是个男孩,一个说像母亲,还有一个说他的头发好密哟。

他们的出生有时很顺利,母亲痛过数小时后从产门娩出,也有的是难产,得费很大的劲助产,才让他们由胎儿成为婴儿。个中的艰险,不仅仅属于他们母亲,也压在我的肩上。

每一次接生,我心头都会压上一块石头,担心产程当中有什么闪失,而这个闪失凭我的能力与医院的医疗条件根本解决不了。有时我只能赌自己的运气。我没办法把这种隐情告诉别人,既羞于出口,也害怕开口,担心自己一语成谶。

因此,如果有老人在产房外向上帝祷告,或是念观音菩萨,甚至插香跪拜,我觉得他们是替我在祈祷。他们祈祷的力量引渡着我内心的惶恐,帮我排除内心杂念,以及虚妄。

有次,几乎没有任何先兆,医院突然陷入了黑暗。产房出现了寂静,寂静得令人吃惊。我内心一阵恐慌,却强作镇静,大声说话,叮嘱产妇继续屏气,一边在黑暗里蹚,一直蹚到外面的诊室,顺着柜子的角往下移,在最后一个抽屉里摸到了蜡烛。

幽微的烛光在产房里亮起,雪白的墙壁上站满了身影,他们左晃右摆,不断地变形拉长,像是有许多精怪站在产妇的周围。我不敢说出自己的感受,眼睛只是紧紧地盯着产门,胎儿的头一次次地往外拨露,但又一次次退缩。产妇浑身汗津津的,她拼尽全身的力气要把小山样的肚子变平坦。

医院里没有发电的设备,电什么时候来,谁也没有底。以前碰到过,因没有产妇,也就不当回事。一个人坐在黑暗里,不觉得有什么可怕,反而很享受这种安静。有时也会有各种想法在心底滋生,甚至撩拨着我的情绪。我把那些想法归结于想象。后来,我发现黑暗里的想象跟灯下的想象到底是不同的,就像黑暗里的声音显得特别宁静与单一,而阳光下的声音多少浮着搅扰,如铺开硕大的尘世。黑暗里的色彩也是单一宁静的,一切从头开始,一切又已结束。但是,当一人肩负两条命的时候,黑暗让不确定的惊惧更加锐利。

产妇的男人借着东一点弱光、西一点余光,磕磕绊绊走到医院对面的杂货店里买了包蜡烛。几支蜡烛点了起来,搁的搁,擎的擎,产房里充满了昏黄,光晕一圈圈的,把黑暗挤到了一边,影影绰绰的身影,似乎给了我放大的力量。

产房外有窸里窣啰的声音,还有隐隐的人语,间或还有猫从屋脊上跑过的声音。

胎儿的心跳声从喇叭状的胎心筒传到我耳朵里,我侧着身默默数胎心,眼睛盯着手表。这是跟胎儿对答题。如果胎儿情况良好,我尽量不干预,否则我得用上助产术,叫来童医生按压产妇的腹部,帮助她增加子宫的压力,静脉点滴催产素,或使用头吸。对我来说也只有这些招数。

招数之外,就看各自的造化,而造化并非人人都能遇上。有次产妇宫口已开,但头位不正,我徒手转也转不动,跟家属讲明后马上转院。后来得知产妇到了县人民医院立即做了剖宫产,孩子的脸是朝上的,如果硬是上头吸或用产钳,小孩的性命难保,产妇也会命悬一线。想想都觉得后怕。

在烛光闪耀中,婴儿乌溜溜的眼珠子老成地瞅着我,一只小手还伸到了嘴巴边,小手指翘得老高,似乎跟我做了一个她自以为是的手势,随后像是惊醒似的,狠狠地哭了起来。

我心里一乐,石头的分量轻了大半,留下的小半是给她母亲的。

从产房里出来,外面飘起了蒙蒙细雨,我愿意把它想象成甘露,也只有婴儿的肌肤、婴儿的心,才配得上天上的细雨。他们蜷曲着身子来到世间,给他们穿衣服的老人用红带绑住手臂,裹成一个蜡烛包,其目的是阻止他们在母体的记忆,再不可以缩着做人。这像是一个隐喻,蜷缩的婴儿有着一颗清澈无邪的赤子之心,而我们这些围着他的人,却藏着一颗结了一层茧的心,在茧的后面看别人,也看从未看清的自己。

每次接生完,我都要洗一洗。人站在大脸盆里,热水倒在水桶里,拿勺子往身上冲。我冲得很慢,舍不得一勺水一下子没了,待水桶空空如也时,我就坐进盆里。也不敢一屁股坐下去,水会溢得满室都是。我慢慢蹲下去,水渐渐涨上来。我越低,水越高。我盘起腿,俯下身,水刚刚抵到我下巴,也正好与脸盆齐平。我温暖地泡在水里,脑海里闪过产程的每个细节,似乎每个细节都撞到了运气。这是个好有福气的婴儿。

卫生院没有婴儿洗浴的条件,小宝宝第一次洗浴,也就一只热水瓶、一只脸盆和一条毛巾。对肉嘟嘟又软绵绵的肢体,既不能用力,也不能使虚劲,只能顺着小宝宝的意思慢慢托起,像擦橡皮一样擦去身上的血污与胎脂。我们欠小宝宝一个淋漓的热水浴。

终于是月底了,又下了场雨。那是春天最后一场雨。午后有些雷声,风紧一阵缓一阵。后来雷声隐去,风声也淡了,倒是雨仍哗啦啦着,见缝插针地钻进每一个角落。

我突然来了兴致,准备给寝室刷墙。涂料是我半个月前买来的。有天晚上雨下得很大,屋顶噼里啪啦,雨声像披着一件慈悲的外衣,天地之间都静了下来,一种很彻底的静。后来不行了,是摔在地上的声音,啪,噗,听得心里一上一下的。起来开灯,一看,屋顶的西北角有水渗进来,沿着墙根往下淌,留下的水渍跟鼻涕虫似的。过了几天,医院请人给寝室捉了次漏。但水渍很有渗透力,很长时间都褪不去,还大有弥漫的趋势,似乎长了许多脚。我看一次,感觉自己脸上长一次斑。半夜醒来,我无可救药似的想到水渍正窥视着我的脸,不由用手去搓脸,跟强迫症似的。

我也不知道自己为什么选择了绿色,当站在柜台后的售货员问我要什么颜色时,我报了绿色。这是瞬间的决定。其实,我路上还在考虑选择白色。

我没有刷墙的经验,连经历都没有,一上手却发现一点都不难。我在刷墙的时候,发现了几处蜘蛛网,但没见到蜘蛛,这应该是去年的旧网,也说不定有好几年了,上面沾满了尘埃,看上去黑乎乎的。反正也没住主人,我随手拾掇了它们。

绿色的小屋很快完工了,如同住进了一个春天。

楼下,婴儿的哭声快乐地淹进雨声里,像一枚邮戳盖在我的小屋里。

看一副牌打完

傍晚走过石桥。石桥上站着几个人,他们正聊天,嘴里抽着烟,不时把烟灰弹到桥下。桥下的溪水欢快地打着转,不屈不挠的潺潺声,仿佛在努力洗去他们一脸的烟火。

天空渐渐变成烟灰色,不知是村舍中的炊烟跑上了天空,还是天空的暮云遗落到村庄。我抬起头,一片云正在修饰医院前的一幢房子,一棵樟树的影子默默地站到了云下面,几棵青草在瓦缝里抱着身子轻轻晃悠。

我从他们身边挤过,他们闪出一条缝,夹烟的手往外展,如果是黑夜,犹如一只只兔子的眼睛。

小镇多虫子,会飞的,会跑的,还有会飞会跑的。我从外面转一圈回来,身上免不了带来几个小红包,忍不住,挠它们,挠出一个个小红点,像是有人在上面做了皮试。

刚才站在石桥上的那些人,此刻正坐在挂号室里打牌,四个人头上各戴着数顶纸帽子,这是他们的赌注。

旁边围着一些人,时不时会高参一下,声音充满了爆破的质感。有人伸出手去捉牌,甩出一张,觉得不过瘾,再继续捉,根本不管牌的主人在桌前捂着牌失声似的"啊啊"。如果赢了,捉牌人的叫声响彻天花板,仿佛球场上射门成功,亢奋可以持续到洗好一副牌,再长,那就没意思了。如果输了,抱怨、责怪、质疑,纷至沓来,似乎人人都有责任去批评。直到一顶纸帽子快速叠好,扣上。地上摊着一堆报纸,是从各科室收集起来的旧报纸。

戴着眼镜,模样清秀的是学校里的赵老师。他是教体育的,打牌的时候最喜欢算,算别人手中还剩下多少个炸,一边算,一边把自己的牌收拢,然后伸长脖子去看别人打出去的牌,从左边探到前面,又从前面歪到右边,之后眯缝双眼,手里的牌被一张张扇开来,沉思良久,才抽出一张牌。就在往下甩的时候,突然又停了下来,不管不顾似的去翻别人跟前的牌。翻了这个翻那个,似乎放在别人跟前的不是牌,而是一堆棉花。

桌上的几个人忍不住了,嘴里直嚷嚷,一起附和的还有围观的人。体育老师装作没听见,仍镇静地把桌上的牌一张张看完,终于,在别人的口头警告中把一张牌打了出去,但很快又悔牌了,想把牌捞起来,却被数只手摁在了桌上。

声音胖乎乎的,脸也跟着胖乎乎的,是派出所李民警。他头上的纸帽子最少,也就两顶,但看起来最滑稽,松松垮垮的。纸帽子时不时要掉下来,但始终没有掉,只要有那么一点滑落的意思,旁边的人早七手八脚地帮他戴好,趁势看一眼他的牌。

出手最快的是镇政府计生办的王副主任。每当他上家的牌一落桌,他的牌紧跟其后,而且他喜欢把牌压在上家的牌上,也不管能否压得住。他打牌时最喜欢化用一句歌词,我这一张手上牌,能否压住你的破牌。他说着说着忍不住唱起来,可唱得跟跟跄跄,歌词在他的嘴里左奔右突。

不过,有人总结经验,等王副主任嘴里开始唱的时候,他手上握的是烂牌。只是王副主任不知道自己的心理弱点被人掌握了,每次他一唱,他的下家就拼命压牌,他负隅反抗,其结果仍是纸帽子伺候。如果词变成了"你这一张旧船票,能否登上我的好船",他手里肯定有一对炸。

别人戏谑他,王副主任手上没有票,只有一张张卡。王副主任也不气恼,笑呵呵地说,你们谁要,我就给,但只有人流卡与放环卡。于是,笑声像是荷叶上的水珠,滚来滚去,还溅到了清洁工阿德。他一边咳咳,一边把头扭过去,而嘴拼命地往外咧。

穿白大褂的老谢稳稳地坐北朝南,别人出张牌,他会盯上几秒钟,神情跟审堂似的。他打得极稳,也不激动,更没有嚷嚷声,但容易犯规,而且总是犯低级错误,于是经常被罚分。这样,他戴的纸帽子越来越多,本来就瘦削的脸很快被包在纸帽子里,跟油条似的。

牌桌上无大小。这是李民警的口头禅。他打牌时不喊王主任,而是直呼王拖鼻。李民警还怕我们不懂,一个劲地解释,王副主任小时候老是拖鼻涕,念五年级了鼻孔下还挂着。王副主任也不气恼,喊李呱嗒出牌。李民警嘻嘻着,一对王顺势扔了出来。

打到一半,来了一个病人,老谢欲放下牌给病人看病。李民警一看病人,是熟人,问他怎么了。病人说,肚痛。李民警又问,能忍吗？熟人说,能。李民警便一把按住老谢,让他把这副牌打完。老谢坐了一小会儿,似乎心神不定,手里的牌出错了数次,于是站起来想先给病人看病。王副主任赶紧拖住老谢,非得打完手上的牌。因为,王副主任的好船唱了好几次了。

老谢小心翼翼地问病人,痛在肚子的哪里?病人指了指左侧。老谢再问,什么时候痛起来的?病人说饭后。老谢还想问,王副主任接过话去,无非是胃痛,不碍事,现在除非生孩子喝农药,否则继续打牌。李民警插嘴说,如果现在让你去查计划外生育,你敢不去吗?王副主任甩出一张牌,说,我去你能不去吗?

这个相熟的病人就站到李民警的背后,认真地看起牌来,嘴里偶尔出来几声哒哒,也不知是肚痛,还是看到李民警的牌臭,反正他一哒,李民警的牌就被人炸了。每次挨炸,李民警把牌往桌上一扔,朝手心吐一口唾沫,骂句娘希匹,两手搓三下,再把牌一张张抓到手里,似乎那些牌得到了重生。

值班医生打牌这件事,院长曾耳闻过,尤其是来了病人后还坐在牌桌前更让他深恶痛绝,每次开会他都会重申值班纪律,如发现值班医生打牌就扣奖金。院长说这话时两道眉毛紧紧锁在一起,似乎想把医生们打牌的手铐起来。至于到底扣多少,院长总忘记强调。

医院里三个人值班,一个内外科医生,一个护士,外加一个妇产科医生。院长是内科医生,每周轮到一次。几个值护士班的,想方设法换班,因为跟他搭班连毛衣都织不成,只能坐在值班室里对着一台黑白电视机,从一个频道换到另一个频道,等待哈欠连天。

尽管如此,医生值班仍免不了玩牌。

如果院长不拎着藤篮回家,值班室的门就像模像样地开着,菊婶婶提着一把根本看不出材质的热水壶,往套着竹编套的热水瓶里倒水,看见院长,堆起谦卑的笑,蒸腾的热气顺势扑到她的皱纹里。

院长前脚刚走,值班医生立马在挂号室里敲几下桌子,然后扯开嗓子,"打牌……"如果还没有人接住,他便跑到天井里喊,"打牌……呃"。像阉鸡的吆喝声。

有时,这个"呃"会一直被重复,被放大,在医院里跌来撞去。

后来,居然慢慢约定俗成,成为值班医生用来约牌友的信号。

这里数阿其医生喊得最传神。他当时正值青春年华,谈过几个女朋友,最后都没有下文,就像他有时明明握了一手好牌,结果却被人炸得七零八落。他的嗓子没什么特别,也没听他唱过歌,然而喊打牌时,声音跟充足了气的轮胎似的,弹力十足。尤其是"呃",像拎起来,而且尾音没有过渡,一直保持着往前奔跑之势。

我也曾被"呃"到牌桌。他们打包红星。我不会,只会

"挖十点半"。第一个月,他们陪我玩过,但也就玩了三次,他们嫌没有技术含量,就终结了这个玩法。于是,他们教我打包红星。我学的时候,围观的人个个主动带教我。一个说打这张,另一个说打那张,后面还有人说这两张都不行,应该出一对。我不知道听谁的,正在犹豫时,手上的几张牌被人甩到了桌上。这一甩,立马引来数人的惊呼,惊我拿了一手臭牌,呼我居然还这么大胆做庄。也就是我现在一个人要应对三个人。这三个人并非等闲之辈。一个是阿其医生,记牌的能力超乎寻常,打到一半他能算出对家手里还有几个对子。一个是文化站的林老师,许是经常写墙体标语,他的手气每次都好,几乎好牌都集中到他那里。另一个是农机站的老黄,人瘦精精的,一边打牌一边抽烟,老谋深算的样子。

我手上的牌还有一大半,而别人都差不多没了。我只觉得耳边展开了热烈的讨论,不,是争论,他们为我下一步怎么打而热情地开始头脑风暴。最后,我完全没有了主意,当主意还在路上的时候,手上的牌就被这只手那只手甩完了。结果,还是输了。三娘六主意,用在牌桌上天衣无缝。

一局牌打下来,差不多需要两个小时,等抬起头,突然发现周围多出了好几张陌生的脸。一问,他们是来配药的。值班医生自然不敢大意,想把牌丢了,却被人摁在了座位上。

值班医生心有戚戚,说,真的是配药? 话音刚落,手上的牌已少了一张。

偶尔,我也会看一阵子,但大多时候没声音。我看着看着,心里忽然惆怅起来。我觉得自己也像别人手上的一副牌,如果没有什么意外,这日子一眼望底。这样的日子,并不是我所期待的。于是,我总是看到一半,悄然起身,默默踱进寝室。

有时值班医生"呃"不来同事,学校、派出所等也没有人把班值到医院,怅怅然之余,只好一个人用牌算命。算着算着,有病人来了,望触叩听,如没什么大碍,方子一张,药丸数片。病人不走,似乎有什么忌口方面的事想问。一问二问,病人坐了下来,跟值班医生玩起纸牌,直到家属来寻。

当突突的拖拉机奔进医院,值班医生手上的牌有再多的炸,也得瞬间扔了。否则,你就等着院长来炸你。

被劝进来的病人

我来了以后,童医生休息的日子一下子多了起来。隔几天,她说休息一天。数天后,她又跑到内科,往贴在墙上的出勤表上画几个圈,圈所对应的是她的名字。一个圈休一天,但童医生总止步于奥林匹克环前——最多不超过5天。

也不知是不是这个原因,奥林匹克总被她念成奥乱劈开,引起同事一阵又一阵快活的笑声,而童医生自己一脸庄严相,认认真真地看着一帮笑得东倒西歪的同事,等他们笑够了,平静地问他们奥乱劈开什么时候举行。医院的屋檐下再次笑声爆炸,树上的麻雀飞到屋脊,也不叽叽喳喳,嗖嗖飞向天空,可能是被惊飞的。

逢三与逢七,是小镇的市日,类似于我老家的赶集。这天,医院相对比较忙,病人把集赶了,顺带把自己的病也看了。在一个人的科室,童医生是没办法休息的。

这条原本针对她个人的要求,后来变成了全院医生的纪律。我到医院后,童医生既像叮嘱,又似提醒,告诉我除了市日,随时可以调休。童医生还特意在我办公桌的玻璃板下压了一张宣传计划生育的年画。上面画着一个扎蝴蝶结的年轻母亲,左手捏着烫红独生证,右手抱着小女孩。在一排"生儿生女一个样"的字下面印着日历,每一个阳历对应着每一个阴历,前者粗粗壮壮,像抱了一只冬瓜,而后者瘦瘦小小,跟头上顶着花的小茄子似的。

小茄子似的"三"与"七"把人们赶到了镇上,在几乎开怀大敞、毫无遮拦的市场里,村民们与摊主讨价还价,用盯惯了鸡鸭屁股的目光挑肥拣瘦,掂斤捻两,最后以惊人的耐心杀价掐价。市场上的果蔬大多是自产自销,所以他们买卖人的身份一个月里经常换。轮到别人向自己砍价时,嘴上吵吵嚷嚷,但手上的秤早已捏了起来,秤尾往上一翘,顾客的头随之一歪,一桩生意就完成了。

太阳跳上树梢,人们才各自完成买与卖,像是做完了填空题,然后周围的声音慢慢浅下去,摊位上的东西也渐渐薄起来。零乱的脚印,散落的垃圾,以及花花绿绿的鸡屎,跟灵感跑了一半的画似的。

仿佛是照应,市日把一撮人劝进了医院。他们带着集市的痕迹来看病。他们把拖拉机的突突声拐进了医院的大门,手拉车咕噜咕噜,一个侧身倚在墙角,自行车前架后搁,心事重重似的靠过来。

医院的天井一点点被它们拥塞,似乎是它们逼着他们来的。

清洁工阿德挥舞着扫帚,指挥着拖拉机停这边,手拉车放那边,至于自行车,一律摆到车棚里。一旦有人把车放错了位置,阿德就提着扫帚跑过去,如果来人不配合,阿德的脸开始涨红,话也结巴。来看病的人都知道阿德。他在医院里已经扫了十多年的地,可他的癫痫一直没有治好,隔一段时间就会抽几下,抽前没什么预兆,突然间就倒地,口吐白沫,四肢僵硬。所以,大家对他的态度都很谨慎,他怎么说就怎么做。如果有人来看病找不到医生,他会满医院地帮忙找,一边找,一边大声咳嗽,似乎在打暗号。有时值班医生溜出去跑回家,阿德也装作不知道,仍从一个科室找到另一个科室,嘴里咳咳咳。

到了医院,买卖人变成了病人。只是,他们的病痛似乎是被医生唤醒,或是回忆起来的。对他们而言,医院跟集市无非是换了一个场景,仍用刚才胖乎乎的声音陈述自己身上的某个痛点。医生当然不会仅凭病人一句肚痛头晕就开方子,肯定要问清肚痛头晕的来龙去脉。而病人翻来覆去跟烙饼似的停留在自己的痛点上,医生需要的信息仍云遮雾绕。

于是,医生换个角度,从他市日的买卖聊起,两人像是街头偶遇的老朋友拉起了家常,饮食咸淡,起居习惯。病人渐渐进入角色,一股脑儿地把自己最近的生活复述了一遍。就在病人絮絮叨叨时,医生的问话戛然而止,一张处方已递到病人面前。

像是积攒口袋中的钱,他们看过内科,看外科,看过外科,看牙科,一次次把自己劝到医生面前。

临近中午,有人忽然想起闷在编织袋里的两只鸡还没喂过水,于是赶紧跑到注射室讨了一只空盐水瓶,灌了水,三步并作两步,心急慌忙地解开尼龙绳,一把捏住鸡脖子,掰开鸡的尖嘴巴,往里倒水。事毕,才踱到挂号室,付款,取药,然后跟给自己看过病的医生一一招呼,把车推出来时,冲阿德摇摇手,走了。

而她们,闪进了右侧的诊室。她们进来时不像是看病,倒像探病,一身花衣服,而且花得很彻底,甚至有时会花得一模一样,并迅速在同一个价格上绽开满意的笑容。她们手里提着七七八八的东西,声音也是七七八八,集市的热闹仍然悬在舌头上。

作为一个外乡人,我对她们的方言有时听不清楚,只感觉她们的叽叽喳喳像池塘里的涟漪,一圈圈往外扩散,那些泛着泡沫的词在小小的诊室里荡漾。我和童医生坐在波浪里,全靠一身白大褂被系在桌前。

但,童医生看上去很随意,看见病人既不问病史,也不做检查,而是先笑嘻嘻地问病人今天市日买了啥,然后夸病人会买东西,价格实惠。病人听了,似乎觉得自己捡了一个大便宜,语气开始亲切起来,甚至掀开篮子给童医生看自己买的东西。童医生侧过身,极认真地看了看病人的篮子,再次夸病人会买东西。

之后,童医生的询问把病人劝进了角色,三言两语就把病史病情问个明明白白,就像是市日里的一杆秤。

我坐在童医生对面,彼此是同事,但在劝病人这件事上,她是我老师。

病人一坐到我前面,我根本不会像童医生那样转弯抹角地先跟病人温习市日,而是直截了当地开启病人与医生的模式。且不论我的能力,单单我可以做她们女儿的年纪,她们能主动找我看病,确实是拜市日所赐。

她们的病痛大多是积累起来的,问她们为什么不早点来看,回答几乎一模一样,等市日时来看。似乎特意来看病是一件很难为情的事。尤其是说到妇科方面的疾病,声音一点点低下去,眼睑也跟着垂下来,像一道窗帘似的,只差啪嗒一下。随后,诊室里一下子变得很寂静,寂静得过于清晰。

不过,这种尴尬很快因旁边几个人的附和而消退。

一个说我也是这样,另一个说我比你还结棍,坐着看病的人不时把脖子拧向站着等看病的人,你一句我一句,还互相补充。

两人的话似乎清理出了一片园地,哪里有犄角旮旯,哪里适合种瓜点豆,我一脚踏进园子时手上该提什么农具,一点不含糊。

当然,她们也不模糊,有时等我给病人做好检查出来,突然发现少了几个人,原来她们跑到院子里做生意去了。那个人买这个人的花裤子,这个人买那个人的红番茄,然后两人你提着我的花裤子,我拎着你的红番茄再次进入诊室,脸上荡漾起番茄红。

还好,她俩的病情不一样,否则我真怀疑她们刚才把病也交易了。

市日上的事,像边角余料似的被病人带进了医院。有人说今天卖老鼠药的真有意思,带来一只老白鼠,自己坐在边上听滩簧,让老白鼠不停地在转盘上奔跑,而老鼠药不叫老鼠药,叫绵绵绝期二十一。我问他这是啥意思,卖老鼠药的说是文艺。也不知是文艺,还是混艺,或者是昏艺,我听不拎清,总之这卖老鼠药的其他没什么特别,就是说起话来眼睛滴溜溜转,跟老鼠精似的。

有人接着说市场的西北角支了一个魔术摊,进去看一次两块钱。有一个女孩长在花瓶里,只有头,没有身子,能跟人说话,但不准走到她跟前,后面有一块黑黑的布遮在那里。

又有人说有一个老头,每次市日摆旧书摊,可等他把书摆好,市日就散了,于是他又把书一本本收起来,几乎没有做过一笔生意,看上去像来晒书的。

我置身在她们的闲谈中,有要吭紧地听几句,也不插嘴。但听到卖旧书的老人时,还是忍不住地问,他是卖的,还是租的?说话的人摇摇头,然后一屁股坐到童医生那儿,似乎把老人旧书摊这件事压了下去。

虽然,市日是医院看病最忙的时候,但病人看病的时间都不长,大多数病人出去时手里只不过多了一张方子,有的甚至连方子都没有。童医生见到熟人,如果是一般性的妇科疾病,就给她们倒些高锰酸钾粉,病人问她怎么用,她就说一脸盆的水,往里撒上一些些,跟平时炒菜放盐差不多量。

童医生的医嘱,我活学活用,有时比喻成盐,有时当成芝麻,病人一听就明白。如果用克的剂量,估计病人听了跟刚才那个老鼠药的药名一样无法理解。绵绵绝期二十一,无非是套用了老鼠怀孕二十一天就生产这个道理。

医院到了十点半后,重新变得空荡荡,却留下了一堆堆花花绿绿,上面弥漫着经过肠胃的气味,已经分不清是鸡屎盖着鸭屎,还是鸭屎压在鹅屎上。唯一可以辨别的是羊粪,院长戏称是六味地黄丸。

阿德站在院子里咳咳咳。不一会儿,大家从科室里出来,脖子上挂着听诊器,手里提着扫帚、冲水器,听从阿德的指挥,开始清扫院子,仿佛走的是客人。

因为一棵桃树

桃是医院后面一户人家的。

之前,我看了不少院子,好看的梨树边不是柴篷,就是鸡窝。桃树也是,有时紧挨着鸭舍,而有时晾衣竿纵横其间。明明看到一树的桃花,粉得让人恍恍惚惚,可一群芦花鸡被一只狗撵来撵去,恐慌中丢下一地鸡毛,旁边的桃花在春风里晃了又晃,似乎是一脸的苦笑。

桃位于屋东,数枝桃花从屋檐底下探身出来,一半在夕阳的笼罩里,一半躲在墙角。道地打扫得干干净净,一块菜畦静静地卧在前面,碧绿得让人觉得诚心诚意。三间平屋粉墙黛瓦,虽然与前后楼房相比很不起眼,可窗明几净,朴素雅致,就像一幅还没完成的水墨画,淋漓中透着宁静。

选择这家的桃花,自然顺理成章。

当我拎着相机准备离开时,主人回来了。一个三十岁出头的中年男人,他认出了我,我觉得面熟,但不知道该怎么称呼他。他说,他母亲经常在家里念叨我,说我打针打得好。我疑疑惑惑。他又说,就是隔三天要到医院里打,你打过好几次。她血管太脆,容易渗漏。但你打了几次都没有,每次一步到位。他说得很利索,跟背过似的。此时,他背对着夕阳,黑黑的身影顺着水泥台折了折,然后卧在桃树底下的洗衣板上,其上泊着几条桃枝的黑影,显得他的影子像一朵摔坏的桃花。

我冲他笑了笑,说,你家的桃花真漂亮,我过来拍几张照片。他忙说,你拍,你拍,我家的桃种了八年,每年给它施菜饼肥。去年冬天还刚刚修剪过,今年的桃花比往年好像更壮烈。说最后一句时,他似乎半路歇了口气,至少停顿了数秒,后才有"壮烈"一词被痛快地说出来。我甚是诧异,回头看看被我撞落的桃花,红艳艳的一片。我立刻觉得自己的脸跟着红起来。我说我拍过了,把你家的桃花撞落了不少。他说,呒告。这个方言我懂,是没事的意思。

照片洗出来后非常漂亮,粉色占据画面,背后是浅浅的褐色山峦,黄澄澄的油菜花像一条流苏,镶嵌在山脚。我攀着桃枝,用八颗牙齿陪衬周围粉嘟嘟的桃花,它们艳得像自顾自,一枝压着另一枝,挤挤挨挨。我穿了一件白底红绿黄条纹的线衫,在桃花底下一站,就把春天赶进镜头。

我用相框把照片框了起来,搁在书架上,与书相伴。取书,放书,总与它迎面相逢,岁月的沉醉被桃花勾兑了出来。

四月中旬,桃花散去,一枚枚小桃子青涩地躲在叶子后面。它们将用两个半月的时间迎接成熟的甜味。

后来我得知那天碰到的是镇政府广播站的,大家叫他厉干事。我觉得奇怪,广播站居然还有干事,我甚至怀疑这个干事是绰号。因为我有一次替护士班,在注射室碰到一个人,也是叫什么干事,样子倒真像干事,神情严肃,穿了一件绿色的 T 恤衫,左胸口贴着一只更绿的鳄鱼,朝外昂着头(听说真正的鳄鱼牌,鳄鱼的头是朝里的),梳了个背分头,腋窝下夹了只人造革的包。我给他打肌肉针的时候,他傲慢地问我会不会打。我没响。继而,他偏过头来说,你打得轻点,这是有讲究的。我不响。最后,他说,我是赵干事,跟你们院长很熟的。说完,他冲我挤出笑容,露出的牙龈跟那只朝外张嘴的鳄鱼遥相呼应。我还是没响,顾自把注射器整理好。他走后,梅姨过来,悄悄告诉我,这个人有点呒清头,镇政府里做了个临时工,自封干事,还煞有介事地打官腔,刚才特意到我这儿来告状,说你态度生硬。我笑了笑,仍然不响。事实上我也响不出什么。

不过,这个厉干事到底不同于那个干事,这个干事其实是计生办聘的,他当过兵,复员后因会写稿子被聘到广播站。每次计生工作会议,他都要列席,在一堆花衣服里面,他的白衬衫特别显眼,再加上个子修长,说他是白鹤倒也贴近。童医生说到这儿时,咯咯地笑出声来,仿佛她看到了一只白鹤蹒跚在花蝴蝶丛中。

大约初夏的一个星期天下午,医院里静悄悄的,因为天气热,大家显得很慵懒,各自坐在诊室翻报纸、喝茶,只有知了抱着树专注于鸣叫,叫得医院像片叶子似的浮了起来,我有点瞌睡。

忽然,一阵紧急的呼叫,以及杂乱的脚步声划破了医院的宁静。慌乱是从医院门口石桥上开始的。数个人围拢在一块儿,有喊有叫,也有哭的,人群像是拧成了一股草绳结,下面错杂着一双双脚,赤脚的,穿鞋的,忽闪着冲进来。有一个粗壮而碎裂的男声,他拼命地喊院长的名字,似乎一声比一声失去控制,紧跟他的还有一个男的,叫着阿建阿建……阿建是院长的名字。这个男人的声音空洞且惊慌,像是悬崖绝壁处一棵孤树在风中俯偃,听得人心里一拎一拎的,坐着的人都会不由站起来。随行的还有几个女的,声嘶力竭的,听上去特别老,到最后根本分不清是男的还是女的,像是从半空中失足跌落似的,医院里瞬时充满了生死一线的紧张。

院长与外科叶医生先奔出来,很快其他医生也冲到院子里。询问的时间不过几秒,大意是午睡后两个小孩出去玩,约莫一个小时后回来,说是肚子疼,问吃了什么,起初不肯说,后来才说摘了别人家的桃子,几分钟后人就开始翻白眼、吐白沫了。院长和外科叶医生拿听筒听诊,阿其医生用手电筒检查瞳孔的对光反射,药房里已开始取生理盐水、输液器。院长说立刻洗胃,一边让他们立马把小孩抱到医院的天井里。我跟童医生去抬抢救桌,中药房的丽姨跟牙科的丁医生去推氧气瓶。清洁工阿德三步并作两步去提热水瓶,可能怕摔坏,他是抱着热水瓶从厨房里出来的,步子有点跟跟跄跄,旁边的梅姨一把接了过去。

遇紧急情况时,不需要任何招呼,医生倾院而出。也没有人训练过我们要做什么,大家都很快找到属于自己的角色。无论是服毒,还是中毒,处理的方法差不多,解毒催吐,输液洗胃,只不过服毒的病人本抱着死亡的意志,插胃管洗胃以及输液时,病人会挣扎,抗拒抢救。我有时做些按病人腿的事。

两个小男孩一个朝东一个朝西,软绵绵地躺在抢救桌上,双眼紧闭,嘴角留着白沫,胸脯看不到起伏,而皮肤越来越苍白。此刻的声音来源,除了医生,就是女的,有的带着哭腔不停地叫喊小孩的名字,有的握着小孩的手,抽泣声越来越重,有的干脆抱着桌脚放声大哭。一个看上去像奶奶的老人,扑通,双膝跪在地上,不停地拜,头重重地磕在地上。男人们盯着医生,也盯着小孩,不时问医生孩子怎么样,语气时而惊慌,像是抽掉房梁的一间破败小屋,时而又显得冷静,似乎看到了彼岸。

叶医生与院长快速地把胃管插入小孩的胃里,捏了一下橡皮球,确认没有插入气管,便站到凳子上,把漏斗洗胃管提高,一杯杯水缓缓倒进去,旁边的丽姨及时冲兑着热水,一边用手去试温度。此时根本顾不得遵守教科书上所提示的水温以25℃~38℃为宜这个标准,只能按烫不烫手来衡量。水进去一会儿,院长他们从凳子上下来,把橡皮球放低,挤几下,水与胃容物一起出来,起初出来的不多,但刺鼻的农药味开始弥漫,类似甲胺磷。

虽然,一开始没有人告诉我们桃子上喷的是甲胺磷,但农村习惯用这种农药除虫,毒性比一般的要强几倍,而且这个季节正是虫子与人争夺桃子的时光,再过三个星期,桃子可以上市了。

所以，院长他们一开始就是按甲胺磷中毒来抢救的。事实上，假如不是甲胺磷中毒，采用的也是这个中毒治疗方法，区别只是阿托品的剂量大小而已。卫生院能处理的便是洗胃与输液，等情况稳定马上转院。

输液开通了两路，脚上，以及手上，阿托品也增加了剂量。朝东的那个小孩嘴唇开始慢慢转红，他父母叫他名字，他的眼珠子还轻轻动了一下。他母亲停止了哭泣，只是用手不时地抹眼泪。我量了一下血压，比刚才上去了许多。院长让他母亲去拿条毯子，随时准备转院。刚说完，又补充了句，问她家路远不远，如果远，医院里拿条吧。防疫科的张医生立即跑到里面，取了两条毛巾毯，一条挂在手肘上，一条递给孩子的母亲。

遗憾的是朝西那个小男孩的情况仍没有好转，皮肤也越来越凉，张医生的另外一条毛毯搁到了小男孩的下腹部上，但保暖对他并没有多大意义。他被洗出来的胃容物其实比另一个小男孩多。他的母亲突然没有了声响，从桌边滑了下去，一个男的搀住了她，她瞪起眼睛，一动不动，身体直板板的，像根木头靠在男的身上。张医生忙掐她的人中，仍不行，跑到里面取了根银针，扎了几下，她的喉咙里呜呜两声，身子突然瘫了下来。张医生嘱咐旁边的家长拍她的后背。院长让阿其医生叫救护车,一边侧过身,让阿其医生取出他口袋里的电话机钥匙。

几分钟过后,阿其医生跑过来,说是救护车得一个小时后才能开过来。院长说,太慢了,路上还得一个小时,你们还是抓紧叫车吧。人群里马上有人商量,声音很杂,意见也很多。最后还是叫了辆拖拉机,不到几分钟就突突地开进来。有人取席子,放稻草,也有人去折桃枝。两个小男孩一头一尾被抱进拖拉机,几个女的也想攀上去,被几个男的挡住了,让她们坐另外一辆拖拉机。家长提出让医生陪他们去,氧气瓶也带去,院长一一同意了。阿其医生于是跳上了拖拉机。

突突,拖拉机吐着黑烟奔出了医院。一会儿,另外一辆拖拉机跑进来,几个女的坐了上去。当拖拉机开动时,她们像是突然惊醒,再次呜呜地哭了。

医院里像是霎时间按下了清空的按钮,一点气息也没有,只有地上一摊摊呕吐物,在午后的阳光下散发着异味,仿佛与死神刚刚接过吻。

我们几个人收拾抢救桌,以及物品。外科的叶医生说,他抢救的小孩多数不保。他说这话时,正在井边清洗胃管,哗啦哗啦的水从橡胶管里面跑出来,一些水珠溅到了叶医生的身上，像一朵朵凋零中的桃花。

梅姨在挂号室里啪啦啪啦打算盘，她合算完刚才用过的药，以及抢救的费用后，用一只夹子夹住塞进抽屉，等待病人事后来结清。每次抢救病人都如此，紧急情况下谁都不会记得去拿钱，即使带了钱，卫生院也会让他们留着去大医院，乡里乡亲好说话，到了上面全是陌生人。

第二天，零星的消息就过来了。两个孩子只救活了一个。叶医生一语成谶。死去的那个孩子才八岁，读小学二年级，住在老街前面的一个自然村。桃子的主人也已找到，是医院后面的厉干事，他喷洒的确实是甲胺磷。

大约过了一个星期，我和童医生去镇政府参加计生工作会议，在一片红红绿绿当中没看到白色的。但坐在底下的喊喊咻咻，全是有关厉干事家的事。有的说厉干事家关门落锁了，好几天没见他家亮灯。有的说厉干事被镇政府清退了，怕中毒孩子的家人闹到机关来。也有的说他家的风水不行，前面那幢楼遮挡了他家的阳气。

阿姨们刚开始还克制着声音，仅是跟旁边的几个人咬咬耳朵，后来变得叽叽喳喳，根本不顾主席台上的计生办领导，自顾自地串起一个个消息，并让消息在会场一次次地腾起来。会议结束时，她们便亮着嗓子东问西问，哪里去拿避孕药具,新型的节育环有哪几种,什么时候集中绝育。

会场里掀起绿绿红红的波浪,如同狂风吹坏一朵朵桃花。

死去的小男孩,是二胎。他的母亲在生下他后做了结扎手术,在小男孩死后的一段时间里一直痴痴呆呆,嘴里念叨着小男孩的名字。有时突然跑到厉干事家,抱着桃树哭上半天,甚至半夜里也会到桃树前插香烧纸钱。

厉干事一家栖栖惶惶,既不能阻拦她,又不想让她无休止地惊扰自家的生活。厉干事的老婆请了"肚里仙"到家驱晦气,做了三天的佛事,把桃树也砍了。小男孩的母亲在桃树消失后又去过一次,不知是因没见到桃树,还是其他原因,她居然清醒了,也没闹,只是哭了一会儿就走了,从此没再去过。

小男孩的母亲到底还是落下了病根,只要一见到桃树,她就会去抱,然后念着儿子的名字,把桃叶捋一遍。她的家人病急乱投医,精神科看过,神请过,鬼也驱过,她的病仍不见好转。后来是她的老阿姨出了个主意,把她带到"肚里仙"那里,借着"肚里仙"的嘴,让她与她儿子通了一次话,她想问的话都问了个遍,包括为什么这么早就离开了娘。"肚里仙"说他是替娘走的,以后不要再惦记,否则他无法早投胎。云云。

之后，她才慢慢好起来，看见桃树不会再疯疯癫癫，但仍会出神地盯上一阵子。

事实上，"肚里仙"跟她的老阿姨是老姐妹，她的病情是事先讲过的，只不过是借"肚里仙"的嘴抚慰她的情绪。

再见到厉干事时，已经是初冬了。他穿着一件黑色的棉袄，下身则是一条军绿的裤子，不协调的搭配使他看上去特别苍老，包括他的眼睛，空洞，失神。头发也白了不少，脸色灰暗，整个人像是被霜打过的茄子。我是在医院的天井里碰到他的，他手里拎了一袋药。他没看到我，我也没叫他。他贴着墙壁往外走，手臂上一朵白色的绢花不时擦到墙石上，他的背影在一阵寒风呼啸声里慢慢消失。

我悲哀地想到，他母亲已经好久没来打针了。

暗房

粉刷到了手术室的窗口,不知道为什么,雪白急急收住,像是突然暴露了墙壁的秘密一样,砖块脱落,墙面腐坏,一蓬杂草坐在砖缝里,抱着身子懒洋洋地左右摇晃。墙上还有一棵爬山虎,它卧在那里,一动不动,雨过后,墙淌下红色的液体,像是它在潜然泪下。

墙角还有一株楝树,我看见它时,它已长成歪脖子了。一簇簇白中带紫的花,枝伸向哪里,花跟着去哪里。它的花香,我始终确认不了,而它的花期,很漫长。有时楝树果都结出一串串了,枝下还有花在摇曳。只是,别人是落红,到了它这儿是落白,白色的花瓣隔一夜掉一圈,到了九月,它才肯歇下来。它让我想起我外婆她们,每一个老人差不多隔三岔五地孕育。我小外婆四十七岁还生下了一个女孩,而且刚开始根本不知道,以为到绝经年龄,可以松口气了,总算把女人前世的债还清了,谁知肚子鼓了起来,凭借生育的经验,晓得自己又怀上了。

有时,风从墙上跑过,楝树叶抱在一起,扇出一个个动作,仿佛在模仿人的表情。只是,我无法确认它是在哭泣,还是在微笑。

有时,太阳打在上面,像一块巨大的伤疤,原本红色的砖头,此刻以绝对的暗红镶嵌在雪白里。我背对着它,感觉到脊梁上慢慢渗出凉意,似乎那是我的伤痕,酸麻与疼痛顺着脊柱钻入我的周身,常常让我不得不放慢手术的操作。

童医生说,那片墙外只有一棵桃树,一个柴篷基,可能还有数只鸡,再过去是几户人家,之外,就什么也没有了。

那堵墙,就这样被童医生说成那片墙,仿佛墙是她笔下开出去的药。

可墙堵在我的心里,连同窗外那块瘢痕似的墙面。

我听到过墙外的声音,走过去与走过来,走近与走远。偶尔还有人的争执,为一只鸡的丢失,为一只猫的偷吃,语言粗糙而刻薄,甚至可以很久。间或还有鸡啼狗吠,铺排着浓重的生活感。

一样浓重的还有手术室里的气息。

我曾经在手术室里养过吊兰,是从防疫科张医生那里剪来的。她那盆吊兰已养了七年,每年给吊兰注射各种防疫针,有时是过期的,有时是给儿童注射后留在针管里的那一点点。不知是防疫针的缘故,还是张医生伺候吊兰有方,总之,张医生的那盆吊兰长得极其葳蕤,层层叠叠,前看是一丛,侧看是一蓬,远看是一棵。我见了忍不住赞美一番,张医生马上手持剪刀,咔嚓,又咔嚓,给我剪了五六枝。

可,吊兰养着养着,开始蔫起来,叶子往下耷拉,根部的叶子慢慢发黄,随时准备香消玉殒。

我赶紧把吊兰搬到花坛,晒了一个星期的太阳后,吊兰似乎含到一口真气,叶子转绿,挺直。我又把吊兰捧到手术室。

不久,吊兰又重蹈覆辙,开始蔫头蔫脑了。

我再次把吊兰移到花坛。很快,它又能笑眯眯地长在那里。

其实,不仅仅吊兰,我如果整天待在里面,估计也会黄皮寡瘦。

推门进去,一股异味迫不及待地袭来,如暗疾潜行,或者是重金属、朽木质、烂布条,以及馊臭的米饭,被煮成一锅。我真的无法选择一个相对合适的词来定义,只感觉一阵阵带着酸腐与败坏的潮热,夺门而奔,仿佛它在里面关得太久,充满了戾气,而我正好撞了上去。

我迫不及待地开窗。拔出插销,咔嗒,像是打了一个嗝,如果下过雨,听起来像是叹了一口气。

然后,两扇木格窗在摇摇晃晃中往外展开。

一缕清新的空气顺着窗口飘进来,房间里的气息慢慢淡下去。只是,有些东西怎么也不会消失。她们的呻吟,她们的疼痛,在这个房间里开始,而我不能保证这里又将是她们创伤的终结。

童医生说这房间很岁气。她推门进去先咳咳几声,一边用手在鼻子旁扇风。说这话时,她的咳咳还没结束。她又说,这个死阿德,扫地从来不扫这间。咳咳。

确实,清洁工阿德的扫帚从不伸到这里,连门诊室也只是象征性地划几下,如果手术室里有声响,他则闭上眼睛,还抬起头,扫帚变得胡乱,过后,他逃似的跑了,后面拖着扫帚。

童医生看到脏的,或是闻到异味,她都说岁气。我刚开始以为岁气跟门卫老伯的三话四话一样是口头禅,后来才明白她把秽念成了岁。

我自作主张地修改了童医生的岁气,叫碎气,被吸碎的血块,被撕碎似的疼痛,还有碎裂样的不舍与无奈,在这个隔着厚厚窗帘的暗房里候场、出场。

一张黄色的卡,一次不得不终止的怀孕,还有一段早已准备好的絮絮叨叨。她们说给自己听,也说给陪她们来的妇女主任。妇女主任站在她们的立场上附和、安慰,然后又抽身到角色,大道理摆一摆。童医生插几句,也是道理上的话。

她,产后怕影响哺乳,没有采用服药避孕,而是选择节育环。才一年,她发现自己意外怀孕。她来医院前已经担惊受怕了一个星期,隔壁的嫂子说,这个手术弄不好会倒血,前屋的阿姐说,流产一次,人老十年。还有自己的小姨、小姑,她们收集了一大堆别人的疼痛,转述给她听,她听得整夜整夜睡不好觉,早上起来梳头发,掉下来的头发不是一根根的,而是一缕缕的。

不得已,她自己跑到妇女主任家里,让妇女主任替她拿个主意。妇女主任二话不说,揣上黄卡,立马陪她到医院,见我一个人在,妇女主任不住地夸我医技高超,手术做得很漂亮,大家反映都很好。这个妇女主任我并不是很熟悉,或许她真陪别人来过,或许她只是把原来准备给童医生的那些好话转送给了我。

她,头胎是个女儿,四岁,希望再过两年能怀上,就是生个女儿也好的,当然,生个儿子最好,可谁能保证一定生个儿子……她一直等待着她女儿的六周岁,也憧憬着第二个孩子的出生,甚至愿意生下第二胎后马上做绝育,因为她已经做了两次手术,知道终止妊娠的痛楚,每次术后,她都会在床上卧半个月……她说得有点断断续续,像是背诵一篇生涩的课文。

她,半年前刚刚放了环,这个月却停经了。一查,早孕试验阳性。她脸色很难看,对着化验单,不知所措。同样不知所措的还有我,因为她的环是我放的。我俩都默不作声。她出神地盯着墙上的一张宣传画,上面写着"只生一个好",一个胖乎乎的女孩被妈妈抱在怀里,亮晶晶地笑着。我有些走神,想象着这件事对我带来的影响,也顺带回忆给她放环时的情景,但细节无论如何已经想不起来。如果她怪罪于我,也合情。虽然大家都晓得没有哪种避孕百分之百可靠,可间隔时间这么短,不得不让人怀疑做手术的医技水平。后来,她说她下次再来做手术,我不由松了口气,但过后情绪很快低落,愧疚与怅然像长了羽毛,在心底扑扇。

……

没有卡的她们,一次次徘徊在走廊里,样子慌张而单薄,神情惶恐、不安,像是一头受惊的小鹿,张皇失措而又无可奈何。偶尔也有人认出她,别人的招呼,惊挞了她的内心惊恐,她得编织一个谎言去应付别人撞上来的目光,待熟人离去,她才把自己慢慢挪进诊室。

爱情的结晶,只是书面上的字眼。在乡下,未婚先孕与伤风败俗仅仅隔着一层纸。只是,这张纸并非女孩子能守护的,尤其是青春的激情与爱情被荷尔蒙绑架时,前面的沟壑,只能由女孩子独自去面对。

假如,爱情提前衰绝,女孩子还要一个人花多年的时间去冲淡"同居"与"未婚先孕"这样的词。小镇对开放与解放的解读再怎么深入,也无法在这个问题上做到收放自如。贞操与声誉,就像一条美丽的丝巾,扎紧了,就变成勒脖子的索套。

于是,她、她成了我的病人。

真的,我很难把她们叫成病人。她们健健康康,没有任何病症。相反,孕育的力量影响着她们的身体,使她们的子宫更柔软,乳房更饱满,甚至她们的气息都有淡淡的香甜味。可一旦终止妊娠,她们身上的气味会慢慢重起来,像一棵棵慢慢枯萎中的大白菜。

她们看你的目光羞怯,忐忑。你问什么,她们答什么,眼睛低垂着,两只手要么绞着,要么摆放在膝盖上。那神情仿佛她们在对答案,而标准却掌握在你手里。

我插上电座,拿手术包,取碘酒棉球……

因为寂静,金属叩击声放大了几倍,在雪白的房间里回来荡去,仿佛落下了一把细针。

她们仰面躺在手术床上的时候,一定看到了窗帘上有个豁口,像衔了一口阳光,正朝病人坏笑。她们问我,会不会被外面的人看到。她们的声音听上去像是站立着的。

我说,外面没有人。偏偏一只公鸡高亢地啼了起来,而且还有拐弯抹角的意思,喔喔结束时变成了哟哟,也可能是呵呵。

我起身把窗帘扯了扯,窗帘勉强靠拢。

手术还没有开始,她们的听觉与视觉特别灵敏。

一团团沾着血迹的棉球与纱布被丢进了垃圾桶里,嗡嗡的机器声与克制的哀痛声,像一块粗布在房间里抖动起来。雪白的灯光下,我的叮嘱看似宽阔地穿过黑暗,实际上虚弱地瘫在她们的汗水与痛楚中。

术后,一瓶冒着泡沫的粉红色液体被我倒进水槽里,哗哗的水声与哗啦啦的金属器械声混合在一起。她在床上蜷曲着身子,而我的心也仅仅舒展了一半。每次做手术,我都有种焦虑感,怕手术不顺利,担心教科书上所写的并发症,如同她们的意外一样,突然降临。所以,有时我的态度不太好,特别是她们因疼痛而扭动身子时,我不得不提高声音来制止,听上去跟呵斥并无二致,往往隔了一段时间,愧疚才覆盖住焦虑。

童医生说的那棵桃树,是仓屋一位姓李家的,每年开出层层叠叠的花。与别的桃花不同的是,它开得早,谢得晚,尤其是清明节前后,花开得极其妖艳,仿佛那不是桃花,而是樱花,每天粉嘟嘟地压着枝枝叶叶。

桃花的粉红让我联想到桃树有多大,从搁在墙头上的桃枝来看,应该很老了,连枝上都长了瘤,但看上去总觉得很年轻,而且结果子也很殷勤,花期过后,小桃子一球一球的。

那天并不是牛医生值班,但她来了,并拧亮了手术间的灯。晚间的手术,一个月当中会有几台,都是熟人托过来的。尤其是找牛医生的,非亲即故。手术很快,待病人离开手术室后,牛医生随手拉灭了灯。忽然,她发现墙头上趴着一个人,黑乎乎的,她甚至感觉到这个人正冲自己龇牙咧嘴。牛医生瞬间被惊恐击中,几乎失声叫出来。

像是障碍,自牛医生受惊吓后,我看桃花,总会联想到被倒掉的泡沫,它们与水一起渗进了土壤,在那里触摸到了桃的根须,然后一点点挤进桃的世界,像画工一样慢慢修改着桃花的颜色。

而我修改了我的喜爱,不再爱吃桃子。

信

乡村的寂寞有点空旷盛大,似乎是忽忽而来,有时不能自已。

偶尔电影院门口有些喧闹,小后生们挤在那里起哄,尤其是看到姑娘们时更起劲,用扎屎渣的方式趁机浑水摸鱼,既能揩姑娘们的油,又能混入电影院。

不过,群架始终打不起来。乡村的夜晚滋养了年轻人的脾气。

狗远远地吠出一条路,接引着医院的寂静。

台灯被我摁下脖子,灯光圈住了信纸。雪白的墙壁衬着黑色的身影,我低头写信,身影久久贴在那儿。贴在那儿的还有一只壁虎,我在开灯的时候发现了它。我没有驱赶它,虽然,它褐色的皮肤和不干净的花纹,让我觉得有点恐怖。它被我写进了信里。在信里,壁虎是可爱的,我用一段话来描述。分行时,我没再继续,它消失在我的信里。

在信里,我把孤独写得很美。那些词很精致,像小家碧玉,我请她们到我的纸上。她们很乖巧,顺从我。我也不管不顾,随意地堆砌她们,用她们喂养我的孤独。我絮絮叨叨,洋洋洒洒,唯恐收信人不能体味我内心的高隐。我陶醉于这样的语言,一写,可以写五六张,还意犹未尽,似乎我的孤独长着双眼皮。

我喜欢在下雨天的夜晚写我的孤独。雨最好有声音,屋檐下的雨滴声刚刚能被我听到。啪嗒啪嗒,仿佛一屁股坐到了纸上。在被灯光熏染的雨声里,我把字在心里养一养,然后付诸笔端。我觉得自己像是给孤独接生,信只不过是宫缩而已。风,不能有。风一来,雨滴声就散了,还有咣当咣当的,让人的思绪疲乏。

所以,更多的时候,孤独是具体的,我再华丽的辞赋,也请不来它奢华的光芒。我总是默默地站在它的面前,像一个拘谨的句子。我接受它的注视,目光里有敌意,也有柔情。在灯光外,黑黑的影子从雪白的墙上走了下来,外面的拖拉机声稳稳地远去,人间仿佛多了几笔闲事。

有时,我在信里变得很刻毒,对镇上方言的嘲弄,对这里风俗的挖苦,我切换着词语来取笑它们。我还不厌其烦地诉说自己的烦恼,像纸上的祥林嫂,一遍又一遍地厌倦每天的重复。最压抑的是这种重复根本没有什么出路,产检、放环、人流、结扎、接生,还有妇女病检查,这些内容跟我的年龄相去甚远。在我的病人面前,我毫无资历可言,也没有经验可充阔绰。尤其是独自面对难产时,内心凄惶,一大堆不确定的因素得由自己去面对。那时真正体味生孩子是一脚在棺材外,一脚在棺材内。

这个时候与其说看医术,不如说赌彼此的运气。运气好,难产也会变顺产;运气差,顺产也会转难产。时间一长,我对值班充满了恐惧,总控制不住自己的焦虑,而且尽往坏处想。久之,成了一种习惯,先把坏结果想好,再想好结局,就像我吃杨梅,常常是先吃酸的,再吃甜的。

我下楼,从电影院门口走过,里面有隐隐的嘈杂,是银幕上的对白,声音听不出是主人公还是配角,但肯定不是路人甲或路人乙,因为台词不够短促。我有时也臆测自己对大多数来说是路人甲,想着想着,远处的火车声呜呜地响了起来,似乎吃足了苦头,充满了悲戚。

邮电所在老街那儿,并不远。沿着水门汀,也就六七分钟。路灯缩在屋与屋之间,灯光像一瓣瓣橘子,我一脚高一脚低地过去,间或听到窗底下的对话,但不太懂,也不太清晰,我听过恰似路过,我是去寄信的。有时也传来哗啦啦的洗牌声,以及背后被打碎似的声音。

邮电所的旁边是汽车站,因不停修公路,石子路修成水泥路,水泥路改柏油路,路面越来越厚,汽车站陷了下去。邮电所跟着下沉,去寄信得往下跳。

我在灯光下不敢跳,一只脚慢慢放下,试探着下面的路基,另一只脚再轻轻下去,手搭在邮筒上,身子有了重心。我捏住信封的两只角,一点点塞进邮筒,最后信变成了一条线,随后啪的一声,被邮筒吃掉了。

回来的路上遇到几只猫,互相追逐,看不出是打架,还是嬉戏。一只跑,另外两只尾随其后,很快,跑的那只掉转头,伙同其中一只去追另一只,它们始终没有声音,但目光泛着饥饿。自从春天被它们叫来后,它们变得沉默了。

每天下午三时左右,清脆的丁零零,穿过石板桥,冲进院子,在过道处噗的一声立住,然后是窸里窣啰,再轻轻一啪。很快,丁零零,跑出了医院。那是邮递员,穿绿色的制服,骑绿色的自行车。自行车的横档处挂一个绿色的帆布袋,里面总是鼓鼓囊囊的。

丁零零,初听是没有节奏的,紧的时候紧,松的时候松。时间一长,觉得这也是节奏,是被心灵原谅的节奏。

这个时间段,医院里最闲,大多坐着闲聊。听到自行车铃声远去,三三两两的会去挂号室拿报纸。我也是三三两两中的一个。不过,我所念想的并不是报纸,而是信件。每次去挂号室,心里装满了期待。如果桌上只有报纸,我会觉得一下子落空,翻报纸的动作也是浮皮潦草的,匆匆浏览一下副刊,然后转身回科室。这样的时候,是大多数。

对于这样的午后,我有些自私,不希望有病人来。我会把同学的来信读上几遍,虽然,有些同学的信写得有些折扣,我给她写了四五张,她却只回了一张半,字还写得很潦草,我仔细辨认半天,或许才得到一个大概的意思。我怀疑是在上班时写的信。

我读信,对面的童医生读书,她读的是《圣经》。她悄无声息,满脸虔诚。我也读得很虔诚,但信上的字时不时跑到脸上,变成了吃吃笑的表情。隔壁中药房的丽姨过来,手里也拿着信,问我一些字。丽姨的信来自台湾的叔叔,写的都是繁体字。我有时也不确定,跟她一起推断,两人像是替信看病。时间长了,大概的意思也就懂了,好像一个土郎中,看的病人多了,临床的经验便慢慢积累了,活到两鬓发白时,名医生的称呼自然跟着来了。

丽姨的叔叔在信上说了怀乡之情,也说了他家里的一些琐事,最重要的是他将于冬至前来一趟家乡。丽姨的开心是从嘴角开始一直到眼角,笑容像暴晒过的棉铃。她叔叔每次回乡,总带一笔美金给她们。

丽姨的台湾航空信,我的平信,都是这个叫阿军的邮差送来的。不过,也可能是阿君,或阿青,镇上的方言我到底还是听得不太明白。

镇上就他一个邮差,他送报纸,送杂志,也送电报,送汇款单。他的话不太多,不知道是不是送信送多了的缘故,我很少看到他跟别人闲聊。他的嘴巴如同被粘了胶水的信封,薄薄的,笑的时候嘴唇还是抿成一条线。

他穿梭于各个村子,似乎总在路过,路过狗撵鸡,路过是非人。镇上的事,表面看似平平淡淡,但背后滋生的根须仍在茁壮,宏观的也好,微观的也罢,新闻旧闻,他见得多。但他总是波澜不惊的样子,低头匆匆而过,像是超拔于尘世,也不说长道短,如同一片绿叶托起繁华的人生。他的淡然,让我觉得把信交给他很安心。

闲来无事时,他喜欢拉二胡。一个人在邮电所的储物间里拉。说实话,他拉得不怎么样,声音粗糙,不够圆润,有时还突兀地夹杂着吱嘎,让人听了不舒服。可他很执着,对别人的嘲笑不怎么在意,有时拉《十五的月亮》,有时是《血染的风采》,拉着拉着,音走调了。可他还在拉,显得有点倔强。

突然有一段时间,他不来了。我觉得很奇怪。丽姨显得很着急,报纸没了,台湾航空信也跟着没了,两岸交流一下子被搁浅了。过了一个星期,来了一个陌生人,他驮着厚厚一袋报纸,也驮来满满的牢骚,在医院拐弯时还差点撞上来看病的病人。

原来,阿军想生二胎。虽然,他只是邮电所的临时工,但临时工也是工人。他的母亲抱孙心切,执意让他从邮电所出来。邮电所里一时没人接替他,而且送邮件报纸不是一天两天就能熟悉的。所里乱了套,报纸、信件在所里堆了起来,镇政府更急,文件都收不到了,马上找所长谈话。所长再找阿军谈话,说是等他妻子怀了孕再走也不迟。

后来,这个不迟真的不迟,阿军第二年转了正。他领取了工作证,还领了独生证。他母亲在外面骂,他在里面拉二胡,也不知道拉的是什么,只是配合着他母亲的骂声。他母亲骂累了,他的二胡声戛然而止。

第二天,他仍路过吵架的人,路过鸡飞狗跳的事,然后一路把信送达。

五脚鼠

分娩室的斜对面有一块空地,方方正正,约有两张八仙桌面的大小,门卫老伯在那里种些果蔬。只是,长着长着,果蔬一天比一天零星,就像他老婆菊婶婶的头发,一日日地梳理,一年年地养,可盘起来只有核桃那么大。

我是春天的时候发现那里有一个豁口,跟我拳头那么大,像是鼠洞。但并不确定,因为之前我没有看到过老鼠。

做人不可以臆测,哪怕对老鼠也是这样。这是门卫老伯对我说的。

那时门卫老伯正快活地喝酒,夕阳一点点往山坳处坠,医院外的池塘里响起啪啪的棒槌声,像是有意敲实门卫老伯的话。

门卫老伯一边龇牙咧嘴地吃鱼,一边说,三话四话,医院里哪有老鼠,老鼠聪明得很,知道医院去不得,上医院哪有什么好事。我亲眼看到有一群老鼠从对面的电影院里出来,到了医院门口硬是拐了弯。

门卫老伯的话像一颗颗豆子在昏黄的灯光下散开来,连同他的唾沫,连同他三话四话的口头禅。

菊婶婶轻轻放下酒盅,耷拉着干瘪的嘴唇,说,侬这个大炮,又要吹牛了。说完,菊婶婶端起酒盅跟老伯碰了一下,两人咂啊一声后,桌上又多出了一副鱼骨架。

春秋两季,医院里都要投放老鼠药。一个是老鼠的繁殖期,猫上屋翻墙忙着叫春的时候,老鼠也没闲着,从一个洞口到另一个豁口,不停地谈恋爱,边谈边留下一只只活口。所以,这时候的猫不可靠,这时候的老鼠不可忽视,只能用药物阻止它们繁衍。另一个是老鼠的活动期,秋天来了,冬天还会远吗?鼠如无远虑,必有近忧,频繁活动,只为了过冬。

老鼠药是防保科从县防疫站领取的,刚开始凭老鼠尾巴领约,后来防保医生们痛斥鼠尾巴有传染与感染的风险,鼠尾巴的事才变得可有可无,等我去卫生院的时候,这已经属于可无的事情了。

投放的事归门卫老伯管。起初,老伯并不情愿,一次次往院长办公室跑。第一次他扭扭捏捏说自己没文化,老鼠药不晓得怎么使用。院长告诉他,这跟文化没直接关系,不是医生开医嘱,你只管放两包好了。第二次他梗着脖子说,他视力不好,如果把老鼠药看错了,会闯祸的。为了证明自己眼力不好,他进院长办公室时特意拿鼻子碰了一下门。院长开导他,你把打麻将的视力拿出来就可以了,老鼠药不是一颗颗放的。门卫老伯摆弄着粗大的手指头,说,麻将它不是看的,光凭指头就能读出东风、西风。院长没理他,抖了抖报纸。第三次,他一瘸一瘸地迈进院长办公室,说他关节有问题,不能蹲下来,老鼠药他投不了。

这时菊婶婶在门外喊,大炮,阿雪看侬来了。老伯一听,赶紧跑了出去,一边喊,来哉,来哉。他脚底生风一般冲出院长的办公室。阿雪是老伯的侄女,隔一段时间来看他们,手里必提两瓶酒。

投放老鼠药的事,仍毫无悬念地落到门卫老伯身上。

有次,我看到紧挨着豁口的地方长着一棵树苗,只是不晓得是什么树。这棵树苗的种子要么是谁扔下的果核,要么是老鼠丢弃的果实。

三话四话,也有可能是风吹来的。这是老伯补充的。他一提到老鼠就会岔开话题。

我听了觉得好笑,因为我听成了三话四话也有可能是风吹来的。这也不能怪我,老伯自己说话时太利索,跟他喝酒似的,一口闷。

隔壁有一户人家,种了一棵梨树,每到四月份就开出粉白粉白的梨花,三两枝梨花会探出墙头伸进医院。像是照应,那棵不知来历的树苗慢慢绽开了叶子。这一下就泄露了树的秘密。门卫老伯似乎觉得自己受了一棵树的愚弄,怎么可以在自己的菜园里长出一棵桑树呢?

在确认树苗的身份后,门卫老伯站到了我们产科门诊室。他的前脚都已经迈进了产科的门,像是忽然想起了什么,身子慢慢向后缩,后来顺势靠在了门框上。那天不是市日,我跟童医生都很空,一整个上午似乎没起过身。童医生在打毛衣,我在翻书。当门卫老伯出现在门口时,童医生睨视了他一下,手里的两根毛线针仍保持着节奏,一前一后,一后一前,右手的虎口一会儿张一会儿合,像是在咀嚼。

门卫老伯在医院里可以随便进出任何科室,从牙科到内科,又由内科到注射室,甚至药房。他嘴里含着三话四话,从一个科室到另一个科室。由于他头发雪白,脸上没什么褶皱,走路又喜欢踱方步,跟我们这些年轻人相比,他俨然像个有经验的老医生。

我们甚至同他开玩笑,如果他穿上白大褂,坐在我们对面,病人来了,肯定找他看。他听了又是一句三话四话,但脸上荡漾着满意的笑容。门卫老伯进去是用三话四话开场,结束时又把三话四话带上,这不仅仅是他的口头禅,倒像是他生活的一部分。

不过,他对我们产科很忌讳,极少看到他的影子,如果真有什么事,他也是靠着门框说话,一副随时准备离开的样子。就像现在,他曲着前脚,一副犹豫不决的神情。他可能觉得遗落了什么表情,脸上开始堆起笑,说,你们分娩室外有棵桑树。然后他停止了说话,笑仍浮在那里。

童医生换了一根针,说,哪来的桑树?门卫老伯说,桑树的来历还不清楚,但桑树不吉利。门卫老伯说这话时调了一个方向,左肩靠在门框上。桑树对着产科,是个严重的风水问题。他又补充了一句。童医生拿眼睛剜了他一下,说,就你迷信,瞎七瞎八。

门卫老伯的嘴角残留了一点点笑。他咳嗽了几下,还嘿嘿了两声。听得出他此刻很尴尬。我其实看出来了,门卫老伯对童医生信基督的事并不晓得,他可能以为像童医生这个年纪,应该懂点院子里不能见桑这样的讲究。门卫老伯见童医生寡淡的神情,只好悻悻离开。他嘴里嘟哝了一句。尽管有些含糊不清,但我听出来了,是三话四话。

那棵桑树长了半个月后,就消失在一个下雨天的早晨。

一棵长错地方的桑树,似乎确实很难被原谅。

门卫老伯又把这件事告诉了我们,还是靠着门框,两只脚左右交着,似乎想撑起的不是他的身体,而是他的话。自然,童医生反应平平,甚至没给门卫老伯一个完整的眼神,仅仅用余光瞟了他一下。他把脸转向我,他的表情不是很明朗,有点稀里糊涂。我笑了笑,不响。

桑树拔掉后旁边的泥土坍陷,在坑的上面形成了一个窟窿,也就是原来的豁口变得更大了。

那块菜园似乎瘦了个身,自从出现那个豁口后。好几次,我看到有几只麻雀停留在那里,突然之间又张皇地飞上枝头,拧着脖子朝下看,神情看上去很不满,但又奈何不得,就像门卫老伯喝酒时被病人打断,不得不去叫值班医生一样。

我曾经在那里撒过鸡冠花和凤仙花的花籽,是下乡时从篱笆墙下采来的。籽发过芽,可嫩叶抽到第三叶时,花苗便慢慢蔫了下去。一起荒芜的还有门卫老伯种下去的果蔬,一株西红柿结出的果子都是青青的,也就半个月的时间,果子掉了。我觉得纳闷,久闷之余留意起那个鼠洞来。尽管那时仍没有看到过一只老鼠,甚至鼠迹都没发现过。

投老鼠药的事,一直被防保科的张医生催促着。张医生一看见门卫老伯就追问他老鼠药投放了没。张医生说,老鼠生育能力特别强,你不早点下手,老鼠就会怀上。老鼠一怀上,肚子里可不是一只两只,而是一窝。

张医生怕门卫老伯不明白一窝是啥概念,还朝他掰手指头。张医生掰了手指头后又往肚子前一抱。也不知门卫老伯懂不懂那个动作。

门卫老伯终于投药了。那天他喝过三两烧酒,摇摇晃晃提着老鼠药,在医院的墙根、墙角放下一包包药,包括在分娩室对面的那块菜地里。投放后,他倒头就睡,闷闷不乐的样子,与平时酒后的喋喋不休天差地别。

第一天晚上,医院里没啥动静,只来了个肚痛病人,输了一瓶盐水就离开了。值班医生是菊婶婶叫的,门卫老伯不愿意起来,好像不想面对什么事实似的。第二天晚上,医院里响起了窸窸窣窣的声音,后半夜还莫名其妙地传来咔嗒咔嗒,似乎谁穿着一双不合脚的套鞋在医院里走来走去。

住在医院里的人闲聊的时候说到了这事,不住医院的几个医生戏谑我们,医院里开始有传奇了?只有门卫老伯沉着脸,不发一点声音,连三话四话都咽进了肚子。

第三天晚上,医院里开始热闹了,吱吱有,咦咦有,连噗噗也有。从东墙头一直到西墙角,从一楼到二楼,似乎是一路洒过去的。

我怀疑老鼠药上头了。我甚至感到老鼠一脚高一脚低地跌过去。

这个晚上对值班医生来说很惬意,一个病人都没有。但门卫老伯起来了三次,说是听到有病人敲门,等他披衣起床,却发现门外空荡荡的。我们都不信,连菊婶婶也不信。

于是,他又嘀咕着三话四话,拐出了医院,找人闲聊去了。

张医生让门卫老伯去检查一下各个角落,有没有死老鼠。门卫老伯不肯去,说是他只负责投放,不处理老鼠的后事。

没办法,张医生会同另一个防保科医生徐医生一起去检查。巡查了半天,没有发现死老鼠。但找到了一个漏洞,门卫老伯投放鼠药的地方没有竖立提醒的字牌,担心小孩捡那些老鼠药玩而玩出意外。

张医生写了几张卡片,交给门卫老伯,让他去摆放一下。门卫老伯问她上面写着什么。张医生说,此处有鼠药。门卫老伯抿了一口酒,笑嘻嘻地说,老鼠精得很,说不定会识字哟。张医生白了他一眼,放下纸片转身就走。

门卫老伯是第三天去放纸片的,但纸片上的字不是张医生的,是他自己的。

那天门卫老伯在院子里碰到我,问我借笔。我很疑惑,不由问他借笔干吗。门卫老伯似乎很犹豫,背着手转了半个圈,说,他派用场。说完,他故作深沉地想捋一捋下巴,可惜胡子长得过于萧疏,只好捻了捻。

之后,我发现墙角有一张张纸片,跟画了符似的,上面写的字像风吹过后散架的柴垛,支离破碎,摇摇欲坠,根本看不出字的笔画。

门卫老伯看上去很得意,有事没事去转悠一下,然后用变了声的调念纸上的字,声音也不知咋回事,感觉有些尖细。

那些纸片,一个星期后都消失了,仿佛有什么东西啃咬了它们。字连皮骨都没剩下。

老鼠,却突然之间猖獗起来。晚上,在寝室的平顶上窜来窜去,伴随着吱吱啊啊的声音,有时还有轻轻的喷嚏音,但过几天喷嚏音消失了,像老鼠自己上药房拿过药治愈了。

对这件事最关注的还是张医生,她自己也住在医院里,自然无法容忍老鼠的志气长起来。她多次找门卫老伯谈话,一次无效,两次继续,最后差不多要咬牙切齿了,门卫老伯才勉强答应再投放一次。

后来医院来了一位病人,他是来看哮喘的,气急得像一架破风箱,可他的眼很尖,一眼看到了墙根的鼠药,说那药不灵,他有特效的老鼠药,保证老鼠一碰即暴毙。门卫老伯不信,说,你这个卖老鼠药的,没准卖的都是假药。病人一急,呼噜呼噜,胸腔起伏更大了。门卫老伯吓坏了,赶紧离开。吃了我的老鼠药,打了120都来不及。病人扶着墙壁,把话说完。估计门卫老伯只能听到前半句。

医院里仍然见不到老鼠的踪影,而仓库里开始出现被鼠啃过的痕迹,好几包纱布露出了线头,一层拿掉,第二层仍然是破的。院长黑着脸,把门卫老伯训了一顿。门卫老伯嘿嘿着,也不生气。可谁也不知道门卫老伯怎么会不生气。

这时候,门卫老伯开始收留流浪猫,只要它们跑到医院里来,他就把自己当成猫的主人,每天喂些鱼肚鱼骨头。那些猫不管是流浪的,还是有主的,天天吊着尾巴往门卫老伯的寝室跑。

门卫老伯喝酒,猫们就蹲在他的脚边,仰望着他,那眼神似乎充满了敬仰之情。门卫老伯一觉得惬意,话就多。他冲着那只黑白相间的花猫叫丽丽,称那只一身金黄的猫为萝萝。喝了酒的舌头在口腔里丽丽萝萝,听起来仿佛哩哩噜噜。门卫老伯每天傍晚的时候对猫训话,让它们好好守住猫德,一只不抓老鼠的猫就不是好猫。

那几只猫在医院里胆子越来越大,冲着这个医生叫喵喵,朝那个医生叫喵呜,似乎想告诉医生什么事似的。只是,它们一到晚上就跑得无影无踪。门卫老伯直骂它们白眼猫。

到了月底,张医生写了份关于灭鼠的总结。她坐在办公桌前,鼻梁上搁着老花镜,捉着笔在医院的信笺上写下:灭鼠工作轰轰烈烈地开展……张医生写好后放在了桌上,她因有人来打防疫针就走开了。门卫老伯偷偷溜进去把它拿了出来,看到我在注射室,便问我上面写着什么。我念给他听。他听后不响,把纸又悄悄放回去。

这天晚上,他把所有猫赶了出去。事实上,猫自己又跳上墙头进了医院,在黑夜里有要呒紧地喵呜几声,稀稀落落,像是在敷衍什么。

分娩室对面的那块地浇上了水泥。豁口,就这样彻底消失了。

门卫老伯有一个绰号,叫五脚鼠。这是我后来听说的。至于为什么叫他五脚鼠,而不是四脚鼠,实在是无考。

落地时辰

我的手表是在来医院的前一个晚上才拨快的。在家不戴表,也不看钟,因为家里还有一只老公鸡。天蒙蒙亮时,它开始司晨,而我常常是太阳晒屁股时才瞌眬懵懂地起来。午饭没有什么准点,看别人家飘炊烟了,便急急奔河埠头。天暗花花时,才开始烧夜饭。因为这个,家里的闹钟常常是敲着敲着便不吭声了,没有人记得每天给它上发条。

第二天早上,我跟母亲还争执了一番。我说五点了,母亲说才四点。我说第一趟进城的车是六点五十分。母亲说,是五点五十分。我说,我去车站看过的。母亲说,我前两个月坐过早班车去卫校接你的,时间错不了。

两人一个在大床,一个在小床,中间隔着一台座钟。就在我俩半睡半醒中你一句我一句时,它突然当的一声。不管是四点半,还是五点半,都要起来了。

结果,我们还是错过了第一趟车,我和母亲在候车室里又等了一个小时。这一小时内母亲把手表拨快,可等我上车时,她又把表拨了回去。

我隔着车窗跟母亲告别,母亲扬起手,不像招,也不像挥,我只看到她的手表抖了抖,仿佛是它在同我叮咛。

夏令时的汽车,似乎特别颠簸,屁股底下倒闷闷的,头老是磕磕碰碰,像是被时针嚓嚓着往前捋。等我头也闷闷的时候,我才到达镇上。那时,脚底的影子已缩到了脚跟。

我一手皮箱,一脚影子走进医院,发现医院敞开着门却阒寂无人。一张白色的作息时间表贴在走廊里,像是替眼前的寂静作一番注释。

作息表旁边是防疫画报,有时是预防流感的,有时是灭鼠的,病人从它们下面进进出出,也不知有谁认真地看过。

清洁工阿德休息时会坐在走廊的长条凳上,目光对着画报,可眼珠子半天才动一下,像是在思考,又像是在发愣。

阿德是医院里唯一不戴手表的人,也是唯一不问时间的人。他赶在我们上班前把地扫好,给各科室拎进热水瓶。余下的时间,留给他自己打发。我们下班前,他再做一次清扫。

我们要值班,他不用,似乎又有一堆时间拨给他。

这份工作让门卫老伯嫉妒不已。他曾借着酒意,愤愤地说,阿德在医院里最舒服了,你们医生一天八小时,他才三小时,拿的却是十小时的工资。我,起早落夜地开门,关门,敲门,还不及阿德的三小时。

门卫老伯抓了一把花生米,在桌上数出三颗,再添了五颗,又加了数颗,呷一口酒后,桌上少了两颗。片刻,他把桌上的花生米归拢,重复起刚才的话,仍是八小时,三小时……花生米在酒碗边出现三颗,五颗……可说到最后,他说成了阿德拿三小时的工资,干的是十小时的活。

菊婶婶在旁边轻声地骂道,这个大炮,账目老是勿清爽。说完,往他的酒盅倒酒。

门卫老伯往嘴里送进几颗花生米,得意地说,谁说我不会算账。你们七点半上班,我七点上班。医生拿值班费,我赚时间。

当收音机响起"现在是北京夏令时十一点"时,他就开始往食堂钻,有时嘴里还叽里咕噜,是北京夏令时,又不是三七市夏令时,三话四话……一边勤快地把菊婶婶烧的菜端进小屋。待我们下班时,他已经喝得满脸春光,喉咙贼胖,喊这个过来喝酒,叫那个过去喝一盅,仿佛他是天底下的赢家。

一些年纪大的病人来配药,一看,医院里空荡荡的,难免会觉得奇怪,继而生起气来,怪医生介早下班。门卫老伯这时很仗义,说,现在是夏时制,作息时间改过了,喏,作息表贴在那边。门卫老伯指指走廊里的那张通知。

病人瞅瞅手表,再看看作息表,说,这不,还没到时间。门卫老伯给病人提示,夏令时是时间往前推,你应该加上一个小时。病人反应不过来,说再加一小时医生下班更迟呀。门卫老伯直嚷三话四话,提醒病人这一小时是给自己加上。

门卫老伯其实很在意自己在医院的身份,在外面他称自己是医院里的职工,有意无意向医生靠拢,而把"门卫"两字忽略不计。一旦有病人向他问询什么的,包括校准时间之类的事,他都非常积极,叮嘱病人应该把分针拨快一圈。

也有病人不戴表的,看日头犹如看钟头,见太阳还高高在上,内心似乎笃定,这病不急,时间跟着不急。到了医院,自己熟悉的医生早已下班。病人不好直说不看病,只能借问门卫老伯现在几点。门卫老伯不好意思把自己的手表伸出来,就跟病人三话四话。

门卫老伯从来不拨快自己的手表,还有床头的那只小闹钟。

但,他总惦记着我们分娩室的钟。

我第一天上班时,他考我一天有几个时辰。然后问我哪些时辰是好的,哪些时辰是坏的。门卫老伯是个普通的老头,既没有仙风道骨,也不像能掐会算的样子,但辨识时辰好坏的神情倒挺像专业的。门卫老伯又说,一个孩子的落地时辰是很重要的,不能随意篡改。

有产妇来住院,夫妻俩会主动凑上去,一个提一瓶热水,另一个也提一瓶热水。菊婶婶问的是需不需要洗刷,而他给产妇的婆婆或母亲出主意,叮嘱她们写出生证时要减一个小时,还特别强调产科那几个医生年纪轻,不懂时辰,你们自己要掌握好。

门卫老伯也不在意此话被我们听到。他像布道一样跟每个产妇的老人强调时辰,说话时唾沫飞溅。那些老人勇敢地迎接他的飞沫,点头,再点头,似乎领取了一份份医嘱。之后,老人吩咐儿子给门卫老伯买一包香烟。门卫老伯自然推脱一番,然后半推半就,脸上笑嘻嘻,如同酒过三巡。

分娩室的钟挂在墙上,钟面很大,像脸盆底,钟盘是白色的,三根长短不一的针镶在中间,走一步,长针嚓一声,细细的,但很清晰。我听胎心,眼睛盯着它,胎儿咚咚的心跳顺着喇叭状的听筒倒进耳朵,中间伴着秒针的节奏。我也用它观察产程,一个小时,两个小时……超过了三个小时,我不得不采取干预措施,加快产程。

在产妇的阵痛中,钟的嚓嚓声完全被淹没,可它仍在嚓嚓中。产妇阵痛过后,分娩室里特别安静,嚓嚓又会提醒我听胎心的时间到了。

产妇一般很少问时间,疼痛让她忘记了一切,而她是她丈夫与父母的一切,他们会急切地瞅钟,看手表,重复地问我还有多长时间。我也跟着他们瞅钟,钟们不紧不慢踩出足音,而我心里七上八下。

婴儿娩出后,我一边抠婴儿喉咙里的痰液,一边赶紧往钟那里瞟,记住他或她的出生时间。如果突然出现紧急情况,比如婴儿窒息,比如产妇大出血,根本顾不得去看钟。旁边的家属个个屏气看着,我耳朵里没有嚓嚓声,只是手忙脚乱地寻找出血点,或拎起婴儿的双脚,重重拍打脚底,待婴儿发出嘹亮的哭声,心才一定。这一定,猛地记起时间,看着钟,互相补充,彼此做加减法,在犹豫不决中最终由孩子的奶奶敲下一个时间。

这个时间将永久地伴随他或她的一生,诚如门卫老伯所说的落地时辰。

每个孩子都有一本出生证,由接生的医生填写。一本蓝色的小本本,那里除了基本信息,还得留下两个印记——婴儿的小脚印和母亲的拇指印,一个是蓝色的,而另一个是红色的。像一个隐喻,人一生是从踩着时间的脚印开始的,而母亲需要不停地给孩子跷大拇指。

母亲一直有个遗憾。她说她从医院检查完出来,走到半路开始肚子疼了,因为医生告诉她得再过一个星期才会有动静,所以心里很踏实。可一路走,一路找厕所,头胎经验告诉她可能要生了。说来比较幸运,路上碰到了外婆家的邻居,托人带口信给小姨。到了家里,阵痛完全发作。

待接生婆赶到,我呱呱落地。也没人帮我看时间。后来母亲经常跟小姨对时间,一个说两点多,一个说快三点。小姨回忆是中饭吃过后隔了一段辰光,而从外婆家过来需要半个小时,二者加起来差不多一个小时,而午饭什么时候吃的,又说不准。

不久,母亲又推翻自己的说法,说是三点。理由是算命先生替我排八字时,说我应该是申时出生。属鼠,申时,吃穿不愁,但缺木,木通墨,意思是书要读透。

所以,有一年我病休,病好后原本不想读书,因吃不消每天的劳作,便央母亲重新入学。母亲答应了。这让我有些意外,邻里女孩家辍学的很寻常,读着读着,女孩一个一个少下去,真正念完高中的,凤毛麟角。

我有时也会猜想,可能是我生于申时的缘故。这似乎应验了母亲的推断。但,说不准是因为算命先生的掐算,母亲才下定决心让我继续念书。

给婴儿填写出生时间时,产妇家的老人像一条鱼一样滑过来,她们央我把出生时间写晚一个小时。这其实让我非常为难。因为,我要做产程记录,时间要对得上。否则我到哪里去补这一个小时。老人再央,说是落地时辰只能是一个。

有一次,门卫老伯喝高了酒,给我讲了他跟菊婶婶的故事。菊婶婶年轻时非常漂亮,后来因为被一个算命先生掐错时辰,说是这个人命里很克,结果被家人送到了尼姑庵。门卫老伯是她的邻居,实在很喜欢她,便一次次去尼姑庵找她。后来终于得到住持的首肯,菊婶婶还俗后同他结了婚,但因做尼姑时服了一种中药,导致闭经,所以菊婶婶终身未育。

我听了不禁唏嘘。

夏令时取消后,补出生证的突然多了起来。问及原因,说是丢了,也说是找不到了,好像有一阵怪异的风跑进了小镇,而它独独喜欢小孩的出生证。

这时候的证明很简单,不过是一张三联纸,他们报名字,报时间,我们填写即可,似乎落地时辰早预料到的。

可,那一小时多了,还是少了,我仍明白不过来。

断桥

一棵梨树,突然轰然倒下,像是被人折断的筷子,断茬交错,创面呈溃疡。

倒下的梨树一半在地,一半被墙扶住了,扶住的枝上结满了青果。青果不偏不倚,靠着墙上的字,仿佛是多出来的部首,也似乎字长了伪足,准备随时奔突。

几天后,梨树枝慢慢干枯,叶子跟着变黄,衰败,风一吹,轻轻落下。数枚青果,紧紧贴着墙,雨后也是瘦瘦地贴着,尽管已干僵瘦少,仍倔头倔脑。

梨树靠着的那面墙上,是文化站林老师一星期前写的,"一胎上环,二胎结扎",墙雪白,字鲜红,而果碧青。

那天,我从村里拆线回来,从墙下骑过,梨树还歪斜在墙上,几枚青果黄皮寡瘦,因风的跌跌撞撞,在"结扎"上面晃来荡去,感觉"结"与"扎"一个往里钻,一个朝外跑。

而那枚青果已看不出姓梨。

外科手术中结跟扎是连贯的动作。实习时我一旦得空就练打结,有时还往猪肉上打结。精彩者可以左右打结,但也有不熟练的,费了很大的劲,才打出一个结,还是松的,一般很快被带教老师请下台。

自然,墙上林老师写的"结扎"并非这个意思。

之前,林老师很谦虚地跑到卫生院,同医生们热烈探讨结扎与绝育的区别。童医生说,搞脑子一样,结扎就是绝育,绝育就是结扎,就像你是林老师,也是林四,背后叫的林死蟹也是你。见林老师面有尴尬,童医生说完后突然补上笑声,声音听上去有些夸张,似乎努力修饰着她的表情,但到底还是缓和了气氛。

林老师是镇上墙体标语的著名书写者。标语书毕,在墙的一角留出空白,然后在上面写下自己的名字——林四,名字后面再添上一个"写"字。不懂的以为林老师改名了,懂的知道这是美术家的落款方式,但绝大多数不太懂,读成"林四写",用镇上的方言念,变成了"林死蟹"。

林老师说,计生办爱仙姐她们做工作时说的是绝育,叮嘱我写标语时用结扎。我有些拎不清。结扎应该是口头语，绝育才是书面语。可为什么书面语变成口头语，而口头语倒成了书面语？林老师的困惑看起来很诚恳，且诚恳得像是一脸的无辜。

谢医生跟林老师比较熟悉，是麻将搭子。虽然，他俩为了和一副牌会吵得面红耳赤，一个责备，一个抱怨，甚至还会互相揭老底。谢医生说老林为了一个女人丢了教师的铁饭碗，林四说小谢在部队里不守规矩才没提上干，可打完牌仍勾肩搭背，一包烟非得敬完才心情愉快地道别，似乎那些老底不过是别人恶意的虚构而已。

所以，林老师的困惑谢医生得全力解决。

谢医生像启蒙林老师一般解释结扎与绝育。谢医生说，给鸡做结扎，叫阉鸡，阉过的鸡再也不能高亢啼鸣，只会一心一意地觅食，公鸡的心思全集中在长肉上，看到母鸡远远躲开。替猪做结扎，称僬猪，那一对蛋蛋还要扔到屋顶上，有经验的僬佬会高喊一句高升。给驴做结扎，是骟驴，被骟过的驴嗯昂嗯昂起来显得清纯许多。但这些是术语，到了生活里一律喊成结，结鸡，结猪。

谢医生讲解了半天，也比画了半天，结果是林老师更茫然，墙上到底是写结扎，还是写绝育。

林老师的纠结变成了疙瘩。

就像那几颗干瘪的青果长到了他的心里。

医院隔一段时间会开展绝育手术,似乎没什么规律,有时隔半年,有时仅仅数周。手术时间多则三天,少则半天。手术主刀是县计生指导站的医生。我跟童医生仅仅负责术前准备与术后的拆线。做绝育手术的往往是林老师书写标语中的对象。她们大多是被计生办的阿姨做通思想后过来的,或坐着拖拉机,或卧在手拉车里,想法激烈的则是用汽车送。

医院的走廊里站满了人,声音各管各的,有时是吵吵嚷嚷,有时是喊喊咻咻,不外乎不情不愿,也有提要求、讲条件的,博弈暗流涌动。阿姨们半是安抚半是摊牌,好话一筐,权衡一堆,以快刀斩乱麻的果断迅速控制局面。

突然,隔壁传来骂声,是老人的声音,尖酸刻薄,且瘦骨嶙峋。她大概在骂村里的妇女主任,意思是说好孩子半周岁后做的,现在孩子只有四个月,做过绝育手术后没奶水怎么办?旁边有人在劝,但越劝她骂得越起劲,而且骂词一点不重复,似乎她早准备了一肚子的坏话。

这个村的妇女主任,姓董,年纪三十五六的样子,有时陪村里人来做流产、放环什么的,话说得很得体,既不讨好,也不粗鄙。董阿姨刚开始还劝几句,后来可能实在忍不住了,回敬了她一句,大意是你这样骂会遭报应的。这下像炸了窝似的,她一屁股坐在地上,两只手拍着大腿,痛斥有人仗着权势欺负一个老太婆。被骂的董阿姨红着眼睛跑到我们办公室,半晌说不出话来。

陈阿姨一个劲地安慰她,量大福大,做我们的工作没有肚量就做不成。董阿姨说,我不想做了,下次还是让别人来做吧。说完,眼泪扑簌簌地掉了下来。陈阿姨捅了一下她,这么多人在,难看的。董阿姨别过头去,悄悄把泪擦干,看到一个熟人进来,勉强堆起了笑脸。

我们开始给手术病人量体温、测血压,县指导站的医生开始穿手术衣。

来做绝育手术的人,我大多认识。有的还是我接生过的。这个被男人弃之不管的女人,我曾给她做过好几次产检。印象中她的男人待她不错,每次来产检,他总陪着。而且左一口他儿子怎么样,右一口他儿子在里面好不好。她笑嘻嘻地嗔怪他,难道女儿你就不喜欢了?他呵呵着,满脸的胡子一抖一抖的,看上去信心爆满。她生产时因为血压高,被转到县里。产访是童医生去的,不知道她生的是儿子还是女儿。

我给她量了下血压,发现比平常高出10毫米汞柱。我让她休息半个小时再量。计生办的谢阿姨忙问我会不会量错。说完,她自知说错话了,赶紧改口,说,能不能过十分钟再量。我说,没问题。

这时,手术室里医生开始催了。石步村的一个妇女主任连忙凑上来,说,要不,我们的先做吧,她老公有点不耐烦了,家里小孩托人看管着。陈阿姨说,让谢医生的嫂子先来,刚才她已经让了一次。那个妇女主任虽然面上的表情有点硬,但也没说什么。

菊婶婶不知从哪里搬来了几把椅子。几个妇女主任互相谦让了一番,可屁股还没有热,看到走廊里的家属们站着,便招手让他们进来坐。

谢医生的嫂子站在手术室门口时一只手按在胸脯上,大口大口呼着气,两只黑色的裤脚微微颤抖,仿佛停着两只蝴蝶。陪她来的有谢医生,有她老公,还有她娘家人,大家七嘴八舌围着她说话,但听起来没有哪一句能让她把胸脯上的那只手放下来。最后还是谢医生把手术室的门推开,朝里面的医生说了几句,然后把他嫂子劝了进去。

谢医生的嫂子个子比较矮小,人也瘦。我估计她不会超过十五分钟。果然,一刻钟后,里面的医生让计生办的同志进去。陈阿姨连同村里的妇女主任三步并作两步,冲进手术室,一左一右把病人搀扶出来。

因为第一个手术很顺利，走廊里的声音开始慢慢浅下来，甚至还有轻松的招呼声。刚才骂人的老人，不知什么时候被劝回去了。医院里的氛围，被安静洗出了一片平和。有几个同样陪来的老人，大概认识这位姓董的阿姨，凑了上来，劝慰她不要生气，那个人实在太破相了。董阿姨笑了笑，指指坐在床上正在喂奶的女人，示意大家不要说了。

又一个手术病人出来，陈阿姨提高声音，问，车子准备好了没？村里的妇女主任说，她家有拖拉机，早泊在门口了。陈阿姨又别过头来，提醒童医生开个方子，药多开点。童医生连连点头，有数，有数。童医生捉起笔，把一张方子开得满满的，然后交给病人的男人，让他去药房拿药，并叮嘱不用付款。

我再次给刚才血压有点高的人量了一下，血压仍然很高。陈阿姨很不放心地盯着我，说，跟刚才一样？我说，差不多，要不，让童医生再量一下。陈阿姨忙让童医生测量。血压带慢慢鼓胀起来，陈阿姨的目光始终罩在往上蹿的水银柱上，大有一种恨不得把它拽下来的感觉。水银柱一点一点往下降，陈阿姨抿紧嘴唇，身子不由俯到桌上，目光一点一点往下移。

大约童医生听到了第二声消失，她忽地松开了开关，说，跟小干量的一样。陈阿姨直起身子把手叉在胸前,沉思片刻后,她推门进去,跟手术医生商量手术做还是不做。结果是手术医生不建议做。陈阿姨马上向分管镇长汇报,然后叫了辆四轮车,还派了一位民警与一位计生干部把她送回家。

手术的时候,有些家属凑到手术室外面,隔着玻璃窗朝里张望,虽然窗帘遮得严严密密,但里面的声音仍能听得见,尤其是寻找输卵管的时候,有的病人会感到酸胀,有的可能会觉得疼痛,与之相关的哼哼或呻吟,就从窗口溢了出来。窗外的亲属自然焦躁不安,咋儿啦,手术介慢啊,怎么回事啦,好的医生怎么不派下来。侬不要怕,阿拉在外面。前面一句是针对医生的,后面一句是对病人说的。

有的干脆在手术室外面插香,嘴里念念有词,甚至是跪拜。童医生见了,会猛地关上窗,把我的那扇也啪地扣上,然后一屁股坐在椅子里,说,介发苦(滑稽),医院里成了什么啦。有人附和了她几句,也有人不响。

一会儿,陈阿姨把窗户推开,一缕香烟袅袅着飘进来,童医生不由打了一个喷嚏,而且尾音还有一个呃,分量似乎特别重,到了耳朵边全成了嗡嗡。旁边的陈阿姨不住地摸耳垂。

也有人在手术室外面轻声做祷告,但做着做着,声音大了起来。陈阿姨只好走过去,拉拉她们的衣袖,劝她们轻点。

童医生坐在窗底下,神情自若,偶尔把头探出去一些,坐下后窗户仍然洞开。

小四轮、拖拉机、手拉车,在医院里跑进跑出,送来一些人,又送走一批。到了下午,医院像一口池塘,慢慢浅了下去。黄昏悄悄滑了过来。

林老师的书写最后还是选择了"结扎",只是,大多数人辜负了他的标语,既不叫结扎,也不称绝育,而是结育。

医学上称绝育为包埋术,输卵管的峡部被剪断后近端包埋,远端游离,如同一座断桥。

末脚位

末脚位,是一种方言,意思是垫底。

末,即最后。脚位,没有特别的指向,但跟"末"组合在一起,就有了"最后一位"之意。

每个月的月底,院长从抽屉里取出一张纸,直尺在上面横横竖竖,圆珠笔紧贴着拉出一条条线,像木匠弹墨线。之后,圆珠笔顺势倒在院长的虎口,医生们的名字一个个认真地站到了方格里,你在我上面,她在我下面,挤挤挨挨。

这是考勤表,贴在内科,下面坐着的是院长。每天按上班铃的是院长,在铃声中反背着手站在走廊里的也是他。如果谁迟到了,他便对谁沉一个星期的脸。

院长每天在那里画斜杠或圈圈,如果是三角形,说明去开会。童医生偶尔有之。童医生去镇里开会从来不算开会,只有去县计生指导站时,她才标这个符号。开会者的差旅费,刘会计是根据院长考勤表上的三角形来发放的。镇政府的会议一般安排在电影院,童医生过去也就二十几步路,根本算不上差旅。

每个医生有一个编号,我是14号,下面还有几排空的,使得我的名字像一棵伶仃草。随着横格上的斜杠越来越多,我那棵草如同穿了件编织衫。

这不是我的比喻,是阿荣伯说的。

那天,院长的考勤表上出现了三角形。于是,同事们开始串门。我也是,串到了内科,在那里翻旧报纸,听人聊天气。阿荣伯忽然说,小干,你怎么成了末脚位?我差不多被他吓了一跳,不知道我末脚在哪里。阿荣伯指了指考勤表,说,你是正规军,我们是野战军,怎么可以把你的名字放在末脚位?明天跟院长说说,末脚位应该是我。

我知道阿荣伯是在井玩笑,也没接过话,笑了笑,继续翻旧报纸。

阿荣伯似乎对末脚位充满了敌意,一个人在那里痛诉着,考核末脚位,转止的希望末脚位,家里的地位也是末脚位。

医院的后面是幼儿园,小朋友正在风琴的伴奏下唱歌。

像是有意为之,阿荣伯左一口末脚位,稚嫩的声音唱一句"娃哈哈"。阿荣伯右一口末脚位,好听的"娃哈哈"再次飞进医院。

阿荣伯瞪了一眼,怎么那么烦的。他甚至用手去撩,似乎"娃哈哈"是一张蜘蛛网。

阿荣伯在医院里已经工作了二十多年,可拿的还是临时工的工资。每次发工资,他都要咬牙切齿,恨恨地骂几句,骂声里末脚位一会儿倒过去,一会儿翻过来,骂累了,便与阿德友好地开玩笑,每次总能哄得阿德咧嘴逃开,而他自己抽气似的发笑。笑过后,他闷坐在办公室里,谁叫都不理。

我第一个月去领工资时并不晓得要避开他,所以,他问我拿了多少,我老老实实地回答。他要看我的工资条,我也给了他。

刘会计在边上又是咳嗽,又是递眼色,我还误以为她咽喉炎发作。当她看到我把工资条给阿荣伯时,她咳嗽没了,眼色也没了,但脸色变了,变得有点阴郁,一边嘴里阿梅阿梅,一边起身闪出了会计室。

阿荣伯虎起了脸,原本大饼似的脸变成了一根紫茄子,迅速翻了个白眼。会计室里只剩下我跟他,那个白眼毫无疑问,只有我看到了。我有些尴尬地站在那里,也想跟刘会计一样借故离开,可阿荣伯一把扯住我的白大褂,非得给我看他的工资条,就像一个病人袒露他的伤口似的。他的工资只有我的三分之二,看得我有些尴尬。脸上的表情可能让他看出我有些不安,于是,他大大方方地放我走,自己一屁股坐在刘会计的位子上,似乎铁了心要坐到下班。

可是刘会计迟迟没有出现,她跑到挂号室去对账了。平时是挂号室的梅姨去她那儿的,一个站着,一个坐着,坐着的人还时不时地指责或批评几句。但只要阿荣伯去领工资,刘会计就会跟梅姨亲近起来,一个站着,一个坐着,坐着的是梅姨,她在刘会计的账单上指指点点,手不时地推推鼻梁上的眼镜,神情很严肃。

刘会计的消失,仿佛让阿荣伯觉得脸上的面子失得更大。他干脆到各个科室现身,骂骂咧咧。看到猫,骂门卫老伯脑子不清爽,收留了那么多流浪猫,抡起扫帚去打猫。猫竖起尾巴,冲他呜啊呜啊,转身跳上窗台,很快不见了踪影。见地上有垃圾,骂清洁工阿德,拿的是医生工资,做的是扫地活,地还扫不干净,随手把手里的扫帚扔到了墙根,那里堆着阿德收集起来的纸箱子。哗啦啦,箱子瘫软到了地上。骂着骂着,他突然张大了嘴巴,一个"啊"字很响亮地从嘴里喷出来,随后他像是停顿在那里,鼻翼抽了几下,眼皮合上,又打开,嘴唇牵着,似乎有什么东西卡在喉咙里,半晌,才"啾"的一声。

阿荣伯非常情绪化,高兴的时候,见谁都是亲人朋友,碰到病人配药钱不够,他就跑到药房去做担保。如果药房不配合,他瞪起眼睛,跟药房的魏姨背《为人民服务》,念"发扬人道主义精神"。病人在药房外尴尬地站着,心里做着配与不配的选择题。魏姨急了,一跺脚,说,你借钱给病人不就得了。说完,魏姨没来由地嘻嘻笑了起来,似乎想冲淡自己刚才所说的话。阿荣伯再次瞪起眼睛,我工资末脚位,哪像你福气好,一到医院就是正式工。魏姨的嘻嘻没有间断,滚圆的手开始去捉药瓶。

阿荣伯是赤脚医生出身,只念到小学,这是他迟迟得不到转正的一个原因。另一个原因是他考核总是末脚位,这个事实让他直接无缘于特别优秀者这个条件。随着年岁的增长,他转正的希望变得越来越渺茫,比他资历浅的人,一个个转了正,工资单上的三位数似乎一下子衬出了身份,还有地位。考勤表上阿荣伯排在院长的后面,拿的却是全院差不多最低的工资,比他更低的是阿德与菊婶婶夫妇俩,但他们的工资单是另外一张。对此,他一直耿耿于怀。

有次,他借着酒精,把院长骂了个狗血喷头。院长指着他的白大褂说,你还像不像个医生?他一听此言,干脆脱了白大褂,继续指着院长的鼻子骂。

阿荣伯嗜酒,不是秘密。他跟镇政府的干部斗过白酒,跟派出所的民警赛过黄酒,跟供销社的柜员喝过啤酒。每次喝酒,他总要跟人划拳,两相好,五花魁,八匹马。输了,不用别人催,自己端起酒碗,咕咚咕咚,酒碗很快见底。赢了,捧起酒碗主动陪输者喝一半。

喝了酒的阿荣伯心情大好,拍拍镇政府干部的肩,勉励他们,酒风就是作风。能喝半斤喝一斤,这样的干部要提拔;能喝一斤喝三两,这样的干部要靠边。也有人捉弄他,问他什么时候提拔。阿荣伯快活地呷一口酒,说,廿七廿八,等待提拔,三七三八,飞黄腾达,四七四八,死蟹一只。我现在是死蟹一只。别人纠正他,是醉蟹一只。他也不生气,嘻嘻哈哈,手指一会儿张开,一会儿攥拢,两相好,八匹马……声音高亢地穿过沉沉的夜色,再隐隐地传到医院。他的一件白大褂贴着墙壁,一动也不动。

阿荣伯还跟他的病人喝。有些先是他的酒友,后来成了他的病人。看病前,两人先回忆一下喝酒的那些事。一个说,你的酒量在进步,所以身上没什么大毛病。一个说,你的酒品就是你的人品,跟你喝酒痛快。一个说,下次我们喝酒不要再叫某某了,这人老是嬉调皮。一个说,再也不叫他了,上次往酒里掺水,太没信仰了。之后,两人才切入看病的程序。而有些先是病人,后才是酒友。这大多是别人感恩于他,投其所好,请他喝酒。喝着喝着,成了朋友。

阿荣伯有宿醉的习惯,虽然他上班很准时,甚至比我们早到十几分钟,但整个人混沌沌,身上散发一股刺鼻的酒气。如果心情不错,他会主动搭讪,看病又看相,说人家印堂发红,两耳圆润,一脸富相。如果情绪低落,呆呆地坐在那里,半天不见他动一下眼珠子,既像老僧抱禅,又像是失魂落魄。

其实,阿荣伯的病人并不少,尤其是上了年纪的病人,都喜欢找他看病。他有一个特点,凡是找他看病的,他总是盐水一瓶,里面无一例外是激素与抗生素。农村的病人哪里懂抗生素滥用这种说法,大多是盐水一吊,病情改善,甚至治愈。在病人眼里,他无疑是医院里最好的医生。

他最擅长的是看支气管炎,农村人叫"老耗驼",发作时人上气不接下气,喉咙里像拉破风箱一样,背高高驼起来。到了他这里,不出三天,气急肯定得到缓和。但凡找他看过这个病的人,到了别人那里肯定治不好。虽然,我们私下里说他激素用得过猛,可这种病不用激素,病情确实不会缓解。

他还看痔疮,也不知是从哪里得来的偏方,凡是得痔疮的,他就在病人的嘴边扎几针,再配一副中药膏。这药膏他秘不示人,别人再怎么样套他的话,也套不到一星点信息。

有次,他酒又喝多了,坐在椅子上打瞌睡。阿其医生想让他酒后吐真言,问他药膏里有什么药。他歪着脑袋,说,有红花。阿其医生又问,还有什么?他睁了一下眼,又合上,说,有维生素C。阿其医生再问,还有呢?他不响,然后鼾声大作。阿其医生继续问,也问不出所以然。当阿其医生放弃寻求秘方时,他突然醒了,神清气爽地看起病来,仿佛刚才他什么也没说。

病人称他阿荣伯,同事喊他阿荣伯,连七八十岁的病人也这样叫他,似乎阿荣伯才是他真正的名字。对此,他似乎也挺满意,对谁都会摆一摆阿荣伯的架子。比如碰到同事,必须别人先叫他,如果别人不主动,他会斜着眼睛看着对方,目光里似乎蠕动着各种虫子,让对方觉得脸上脖子上痒痒的,手不由自主去挠挠,挠着挠着,就挠出了阿荣伯。他便满意地收起目光,高兴之余也会亲切地拍拍对方的肩膀,类似于一位长辈对晚辈的鼓励与肯定。

我曾好奇地问童医生,为什么大家都叫他阿荣伯?童医生说,具体她也不是很清楚。有的说是绰号,他年轻时就喜欢指手画脚,谁也不买账,别人取笑他做人的态度跟老伯伯似的,一叫就叫顺口了。也有的说是他辈分高,同样年纪别人得叫他阿伯,叫久了似乎也就成了习惯。

阿荣伯很少到我们科室来,来了就喜欢跟我们说生男生女的事。他说,他能从孕妇的脉中切出是男是女。童医生笑他吹牛。他说,不信试试看。他又说,他能凭孕妇的肚子形状判断出生男还是生女。童医生不信。我也不信。他说,我跟你们打个赌。后面的话我们没有接过去,谁也不愿跟他打这个赌。他的赌注我们知道,可我们谁也喝不来。

有一年,医院里突然改变了考核方式,民主测评的对象引入了病人,还有镇上的一些单位。结果,阿荣伯的考核分数遥遥领先。阿荣伯像是畅饮了十几碗酒,一整天都笑眯眯的,表扬阿德,肯定门卫老伯,还买了包大重九的香烟,见人就分一支。他站在屋檐下,跟我们说从现在开始要戒酒了。阳光大团大团地洒在他身上,他脸上的笑容也大团大团的。

不久,院长调他到下面的分院去做院长,那里加上他共三个人。他很乐意,高兴地跟我们道别。到了年底,他到医院里来拿奖金的分配单,结果发现他在三个人当中又是末脚位,其他两个人是正式工。

他再次喝得酩酊大醉。院长和阿其医生左右搀扶着他,然后,他向院长痛诉对末脚位的苦大仇深,摇摇晃晃走出医院。阿荣伯嘴里念叨着我是末脚位,末脚位是我……偶尔院长纠正一下,侬不是末脚位。阿荣伯瞪着血红的眼睛,大吼一声,谁说不是末脚位。院长忙说,是末脚位。阿荣伯完全瘫在院长与阿其医生的肩上。

"侬不是末脚位。"

"末脚位就是我!"

……

三个人像"大"字一样,在镇街上"大"了许久,许久……

环形

每个月的5号早上,10点钟后,刘会计会一身白地站在医院走廊里喊,发米啦。刘会计是个中年妇女,她的声音让人感觉像是去领一袋糙米。

刘会计的喊,是象征性的,她就是在那里晃一下,同事们也马上心领意会,像白条鱼似的,游向医院的东北角——会计室设在最偏僻的地方,它的对面是防保科,那里既有疫苗和糖丸,也有灭蟑药。

刘会计口中的米,当然并不是真的米,而是二十几张"大团结"。它们把医院里的人一下子团结到了会计室,签字,盖章,点钞,再开几句不大不小的玩笑。玩笑里有真也有假,但抱怨钱少是真的。

只有牛医生一声不吭,捉笔在工资单上写下自己名字,撩起白大褂一角,从口袋里掏出木刻章,往印泥上一摁,送到嘴边哈哈几下,用力在签名上一戳,接过刘会计递过来的钱,然后吐一口唾沫到食指,站到一边专心致志核对工资。数毕,骑上那辆旧自行车奔出了医院。自行车咔嗒咔嗒把她带进了信用社,然后咔嗒咔嗒又把她送回医院。她戴上口罩,冷冷静静地打磨一只只假牙。

当病人不多时,医生们出来晒太阳。

晒太阳最好的位置是牛医生工作的南窗口,那里阳光饱满,几乎没有被遮挡的可能。医生们手握保温杯,面朝太阳,东拉西扯,跟坐在屋檐下闲聊的农民差不多。只不过,聊着聊着,下半身的组织器官从这张嘴奔到另一张嘴里,湿润的唾沫给它增添了一些意象,在大家不太正经的嘻嘻哈哈中,恣意地摊成一个个片段。

牛医生很少参加这样的闲聊,别人也不开她的玩笑。牛医生一年到头灰不溜秋,衣服不是灰色,就是黑色,很顽固地呼应着她寡淡的神情。她出了医院,跟一个成了家养了孩子的中年妇女没什么两样。

可她偏偏是个老姑娘。

有次,牛医生也捧着茶杯出来晒太阳,隔着人群,在廊柱

带不走的处方

边站住,阳光打在她脸上,细细的皱纹里如同镶了一层金属的光泽。外科的叶医生正在谈昨晚的麻将,搭风、东风、龙什么的,激动处声音变得有些尖,仿佛喉咙被一副牌捏住了。

忽然,叶医生一声惊呼,嗓子跟一把扇似的被打开,牛医生,你戴戒指了?众人的目光顿时被叶医生的声音引领到牛医生那里,并迅速聚集到牛医生的手上,一枚黄灿灿的戒指正好闪出一道金光。我相信,这金光毫无障碍地跃入了大家的眼睛,并迅速激活右脑的细胞。

牛医生微微一笑,没有马上接过话。中药房的丽姨惊喜地问牛医生,你找对象了?旁边的人一时半会儿没有话,齐刷刷地期待着牛医生的回答。

牛医生慢笃笃地说,别人戴白戒,我戴黄戒嘛。

叶医生很好奇,问,谁戴白戒指了?他的嗓音又尖了。

最先把笑爆出来的是童医生,把树上一对吵嘴的小鸟惊到了对面屋脊上。叶医生抱着保温杯,脸上的表情一愣一愣的,不知道童医生笑啥。童医生好不容易把笑像伞一样收起来,说,我给你老婆也戴一只?免费。

笑,自不可免,像一圈涟漪,在人群里荡漾,淋漓着男医生与女医生一起晒太阳的热情。叶医生他们的顿悟,再次把笑容掀开来,连牛医生也跟着呵呵,这使她看上去年轻了许多。

这是我到医院后第一次听牛医生说职业化的冷笑话。

牛医生嘴里的白戒指,其实是节育环。

不同于绝育,这是最简单的手术,几乎没什么难度,尤其是子宫前倾位置,数分钟完成。对于行医时间还很短的我来说,这也是小事一桩。当然,病人起初并不是很信任我,有的甚至会直着性子问我会不会做这个手术,还一边拿目光挑剔地瞅我。那样子像是在集市上挑拣一个西瓜,我感觉到心跳与敲西瓜时发出的扑扑声在同一个频率。

我有时真拿捏不好自己回答的态度,不会用一张笑嘻嘻的脸掩饰内心的不悦,但用冷冰冰的表情回应病人,自己都觉得有点过分。所以,我更多的时候不响,之后,冲病人微微一笑,像是给病人留了道阅读理解题。

节育环是用一半纸一半塑料的包装密封起来的,在纸的一面有使用说明,字是黑色的,字号也很小,一只环的面积差不多笼罩了一段陈述,仿佛字与环是贴隔壁的邻居。

说不出什么原因,我几乎从来不去看那些说明,很难归结于熟练与否,就是觉得节育环上的文字带着某种枷锁,尤其是节育环被童医生错乱地叠到一起,所有的说明文字贴肚碰脑的,如同一群邻居陷入了一场永远不太可能结束的胡扯。

节育环是童医生从县计生指导站里领取的,数量不定,时间也不定。每个月计生办的阿姨们会跑到我们诊室,一支笔,一本笔记本,借我和童医生的位子,又借我们的放环手术记录本,用沾了唾沫的手指把本子一页页翻过去,哗啦一声,头低下去一些,纸上就多了一个名字。

我有时坐在她们的对面,有时在旁边站一会儿,不过大多是坐在对面。因为我一站,她们的屁股像是搁在位子上,写字的手怎么看都像握了一把新上手的镰刀。

我和童医生的字写得有些潦草。童医生的字比较瘦长,像一根根枯柴,如果她心一急,字与字之间埋伏着火星。我的字大多含着我的情绪,如果字与字缠在一起作跳舞状,估计我被某件事或某句话刺激了,特别是当出现一个带钩的竖笔画时,我肯定情绪不佳。但只要写出这样的笔法,我的情绪也正是在转弯。

所以,每当张阿姨或陈阿姨问我某个字时,我像辨认病人一样辨认那些字,有时看了半天都想不起来那是什么字。张阿姨便歪着头左看右看,跟警察破案似的辨识种种可能。

不过,这样的情形并不多,那些名字她们大多都熟悉,只要提供三个信息,如村庄、姓以及年龄,她们就能顺利识破我的字。

节育环的说明书,大多被我扔进了医用垃圾桶,就像从来没有说明过什么。对节育环的宣传,谁需要放置节育环,放置节育环的利弊,并不是我们的事。也没有病人让我们说明节育环,以及那一只环进入她体内会带来什么影响。她们最关心的是,放环后真的不会再怀孕?对身体有没有伤害?是否会影响生二胎?

童医生回答时总是笑嘻嘻的,先回答最后一个问题,说,绝对不会影响生二胎,然后对第一个第二个问题采取模棱两可的态度,一般不会,有时会,可能有。大多数病人听后便不作声,因为童医生早已把体温表塞进病人的口腔。这是放环前的常规检查。发热,一般不会,如果发热,那是绝不可以放环的。有次,我遇到一个病人,是村里妇女主任陪来的。估计妇女主任是做了很多思想工作的,当我说有一点点低热时,她悄悄把我拉到一边,嘱我今天给她上环。我不肯,她很不高兴,离开时虎着脸,也没跟我打招呼。

牛医生大多数时候在牙科,很少来妇产科,除非她值班,或我跟童医生都不在,她才坐到妇产科门诊。相比童医生,她在镇上的时间最长,熟悉她的人也最多,让她看牙科的人很多,寻她看妇产科的不少,找她既看牙科又看妇产科的也有,可叫她牛医生的几乎没有。病人要么直呼其名,要么叫她姨,有时候很难判断跟她坐在一起的是病人还是邻居,抑或是亲戚。

但有一点可以肯定,把她从牙科请到妇产科的,肯定是她亲戚。亲戚问她放环会不会有后遗症。牛医生说,看个体情况,有的会影响月经,有的不会。牛医生对亲戚病人笑了笑,眼眶四周仿佛被人犁了几下,皱纹圈住了她的眼睛,像是套了数个环。

我在三个人当中年纪最小,资历最浅,说的话也跟着年轻。我说,上环不是上保险,有的根本没有影响,有的放好后月经量会增多,腰酸腹痛,甚至意外怀孕。病人自然很紧张,说,你的意思是不保险?我说,没有人跟我说过这是保险的。病人开始摇摆不定,手里那张蓝色的放环卡被她拽紧又松开,松开又捏拢。病人又问,有人掉环过吗?我说,有的。病人继续问,有人放环后也会怀孕?我嗯了一声。

我说的是老实话,确实有病人掉环。有的自己发现,在撒尿时嗒啦一声,节育环掉到了痰盂里,病人用一张卫生纸裹着跑到医院里。碰到朴实的,不会抱怨我们,只是说还好发现得早,似乎她赚了一笔运气。也有泼辣的,像开口烧酒瓮一样直冲你来。无论是我,还是童医生,只能先让她出口气。我大多不响,而童医生的修养比我好,病人抱怨,她笑嘻嘻嘻地听着,一面说这个可能怎么到了你这里成了一定呢。童医生还会起身倒茶给病人喝,等病人气慢慢消了,便叮嘱她这个月要采取另外的避孕措施,下次月经转过后上另外一种环。

童医生说的另一种环是指"T"形环,比起"O"形环,前者的操作更简捷,取的时候也方便,直接把丝线拉出来即可,最适合头胎生女孩的妇女。不过,它也有弊处,留下的丝线会刺激宫颈口,如果宫颈有炎症,会加重炎症。有病人咨询我们放哪种环好,我们也难以回答,只能给个似是而非的回答,让病人自己选择。

也确实有人意外怀孕。有的病人放环已经五年了,应该说是很安全了,但突然五十多天不来月经,跑到医院一检查,怀上了。

当然,我并没有把这些事都告诉病人。或许我像童医生那样拉家常似的跟病人沟通,病人不会把我告到镇计生办,而镇计生办的阿姨也用不着跑到院长那里说我的不是。后来的事就像环一样被圈了起来。

那天我正在坐班,院长站在门口,让我去一趟他办公室,声音听上去很沙哑。院长平时不怎么找人谈话。我有点忐忑,不知道院长突然找我有什么事,但被院长约谈,通常没什么好事,尤其是上班期间,坏事的概率高于好事的。

院长拐弯抹角地问我来了医院有什么感受,有没有遇到困难,跟病人沟通怎么样。院长说话时眼睛并不看我,一直盯着桌上的《人民日报》,手不时去弄一下报纸。

我心里直打鼓,不知道这是要我说实话,还是让我表态。不好与好,在大脑里互相掐架。最后我还是选择了一个还好,并把它推送到院长面前。院长像是对我的回答不满意,沉默片刻后,说,有病人反映你的态度很生硬,对计生工作不够支持,让放环的病人放不成环。

我听得脑袋嗡嗡直响。尽管院长说得很慢,也没有用严厉的目光看我,可医院对面墙上的那句"坚决扫除计划生育的拦路虎"标语,像弹簧一样把我弹到了悬空处。我由不安到慌恐,由慌恐到气愤。但我没能把气愤表达出来,只是涨红了脸,话被我噎住了。

这件事我后来跟童医生说了。她劝慰我,甚至还帮我打听计生办哪个阿姨去告状了。童医生是用气鼓鼓的样子来配合我的委屈。不过,我到底还是学会了童医生与牛医生面对病人咨询时说话的样子,话不能说死,就像国画一样留些空白,注意事项多强调几次,反正也没多少病人,跟病人聊个半小时都没问题。她们问什么,我们答什么,顺着她们话题的藤蔓,我们搭架支竿。

但有一个问题,我们三个人都回答不出来,那就是放环痛不痛。童医生没有生育过孩子,一辈子没戴过环。牛医生还没对象,只是手上戴了一只戒指,这只戒指似乎每年都在添加些克数,尤其是每次相亲不成功后,她手上的戒指就会被重新打一遍,而她银行里的钱,像节育环一样只存不取。而我还没嫁。我们各自都有失败的病例,有时是意外,有时是意料,但我们都无法说破。

刘老师和他的雄鸭

整条老街只有照相馆卓尔不群地安装了两扇玻璃门。

白天玻璃门各顾各,你看到"涛声依旧"时,肯定也听到了《涛声依旧》,年轻的毛宁唱着年轻的涛声。"月落乌啼"在老街拐弯抹角后,漫向一家家店铺——黄毛老酒店、阿三裁缝铺、老胡子布店。"千年的风霜"贴着风刮过香来兮面店、好吃来饭馆,那里稀稀拉拉坐着几位老人,他们正埋头吃面,呼噜呼噜,数根残面挂到了胸前,似乎吃的是岁月的残羹。"照相馆"在对面,而且还是反的,不太容易读明白。

到了夜晚,两扇门静静地站到了一起,"涛声依旧"跟"照相馆"总算肩高肩低地挨到了一起。一盏昏黄的路灯斜斜地照着,照出青石板的幽深,老街的味道越来越浓。

只是,"涛声依旧"并不依旧,过段时间会改成"九九女儿红",毛宁会换成另一位歌手,照相馆会改成"九九女儿红照相馆",右边的玻璃门上黑汁淋漓,似乎刚喝过女儿红,醉意还在兴头上。

我去产妇家拆线的时候路过几次。玻璃橱窗里贴着毛宁的半身照片,一对亮晶晶又有些突灵灵的眼睛,即使隔着毛玻璃,也阻挡不了我内心隐忍的柔情。我的脚步有些飘,仿佛脚底粘了许多歌词,而脸开始发烧,我知道这不是羞怯,是因为愉快,只是这样的愉快有点突如其来。

那段时间,我喜欢毛宁的歌,爱屋及乌,我也喜欢起这条老街来。

照相馆的橱窗里错落有致地摆放着一些照片,相比毛宁,他们显得隆重多了,因为背后有天安门,有三潭印月,还有小木马。他们也笑着,不是毛宁式的微笑,他们的笑似乎用了蛮力,是真心想把笑表达出来,但可能在摄影师的修正下,他们反而笑不明白了。比这更不明白的是那些老人的相片,没有笑脸,黑白相间,看了挺瘆人的。我真不敢多瞧,但为了看毛宁,还得忍住一些走偏的遐想。

偶尔,照相馆也会展出女孩子的照片,可拍得特别偏题。有个女孩双手叉腰,一身凛然地站在天安门前,她的脚边蹲着一只小木马,上面挂着一顶草帽,不太清楚是失误,还是道具。还有个女孩,头上是宫女头饰,而衣服是短夹克,眉心中间还点了一个红痣,貌似卸妆,也像准备登场。

我忍不住笑了。

然后,我听到了几声鸭叫,很沙。

开照相馆的姓刘,大家都叫他刘老师。刘老师戴副黑框眼镜,国字脸,一米七五的个子,话不多,有事无事爱眨眼,就像他手中的快门。

刘老师曾在下面的一所完小里教了十几年的书,由代课老师熬成了民办老师。刘老师每天骑辆破自行车,意气风发地洒下丁零零,跑出老街很远,丁零零仍隐隐约约,仿佛是刘老师奔向公办老师的信号。刘老师在年底常常能捧回一张优秀教师的奖状,用糨糊贴在堂屋最显眼的地方,旁边是他母亲贴的八仙过海图。

刘老师书教得挺好,数学、语文、美术都教,普通话也好,字正腔圆,镇政府搞选举时经常请他读选举办法。刘老师从选举会场出来时,镇长会用一双肉墩墩的手握住刘老师骨感十足的手,不停向刘老师致谢。刘老师站在会场外听到镇长念到"这次大会是圆满的大会、团结的大会、胜利的大会"时,春风满脸,再笔挺着离开。

刘老师的书法也不错,有时镇里的文教办会请他写条标语什么的,他从不推让,拎个油漆桶刷过去。别人还要戴顶帽子,穿件旧衣服,怕油漆溅到身上。刘老师不会,刷子在油漆桶里蘸上一会儿,吃透油漆后提数分钟,把浮在外面的油漆滴到桶里,然后像运功一样站成马步,捉起刷子在墙上左右开弓,一气呵成。

刘老师写的标语还不太会褪色。风吹雨打,标语仍精精神神地站在墙上,尤其是"热烈欢迎",一直鲜红在人们的视野里。偶尔,刘老师替计生办的阿姨们写几条标语,"多生多育不如优生优育",诸如此类。

刘老师的转正指日可待。

就在这个节骨眼,他家里发生了意外。他已有一个女儿,刚上小学三年级。如果他不是老师,二胎的红色准生证肯定能顺顺利利拿到。可他现在是准人民教师,身份不同于他的哥哥与弟弟,他们可以,他不被允许。

所以,当他的老婆腆出肚子时,计生办的陈阿姨天天跑他们家,没有动之以情,直接是晓之以理,理是他快要转正了。转了正,刘老师有公费医疗,工资是民办老师的三倍,而且说不定刘老师以后还会当校长。现在的校长已经快到了退休的年龄。

刘老师端一碗热茶给陈阿姨,自己站在窗边,目光时而远眺,时而跟陈阿姨对接一下,一副淡定的样子。陈阿姨离开时,他还会送一送,客气地跟她道别。

后来,刘老师躲着陈阿姨。一到老街,他忙下车,把车铃的盖拧下来,推着自行车一步步前行,背微微弓着。一些家长碰到他,喊他刘老师。他惊慌地点点头,动作过于简单,以至于家长以为刘老师没听到,再喊刘老师,声音跟炮仗似的,吓得刘老师一只脚磕到了自行车踏板,另一只脚擦到了前轮胎的钢圈。刘老师忙把嗯嗯送出去,两只手紧紧抓住自行车,一步,两步,轮胎吱咕吱咕恢复了节奏。

刘老师轻轻悄悄把自行车推进院子,陈阿姨后脚立马跟上,她笑嘻嘻地跟刘老师打招呼,刘老师的脸立马像上了糨糊,可又不得不直面陈阿姨的笑脸,露出力不从心的笑。陈阿姨自己搬了凳子,坐到八仙桌边,大有母仪天下的风范。

陈阿姨开门见山,劝刘老师在计生政策面前不要犯错误,准确地说是在人生选择面前不要犯低级错误,理由有一二三。中间插了几句刘老师的嗯嗯啊啊。陈阿姨又补充了几点,还是一二三,条分缕析,讲道理,摆事实。

陈阿姨的情绪控制得很好,低的时候低,高的时候高,甚至该尖的时候尖。刘老师在小板凳上抽着烟,几乎是坐在陈阿姨的脚边。陈阿姨的话像中药一样,一味一味地加进去。

刘老师自始至终只有一句:让我考虑考虑。陈阿姨说,刘老师你抓紧考虑,这时间拖不起的。陈阿姨走之前,伸长脖子冲着屋里喊一声,阿芬,我走了啊。阿芬是刘老师的老婆,一家庭主妇,本分,厚道。如果不是刘老师,是刘老四,陈阿姨肯定是做女人的思想工作。陈阿姨人胖乎乎,但想法瘦精精的,很会切中要点。这也是陈阿姨在众多阿姨中转正最快的原因,她现在不再是镇聘干部,而是国聘干部。

刘老师到家的时间越来越晚,要天色全黑的时候才摸回老街,在家门口确认没有陈阿姨堵在里面,他才低着头把自行车推进去,可往往屁股还没坐热,陈阿姨就披着灯光站到了门口。刘老师硬着头皮,再次接受陈阿姨的思想教育。陈阿姨的态度正往消极方向滑,口气也越来越不耐烦,让刘老师尽快做出选择。

听说,刘老师请人替自己的老婆掐了掐,推测肚子里怀的是男孩,还去区卫生院照了B超,拐弯抹角地问医生是男的还是女的。医生自然不肯说。刘老师再托学生家长的亲戚的亲戚去问检查结果。医生给出的是恭喜吃苹果。刘老师花了一个上午破解医生的暗语,认为这是提醒自己怀的是男孩。

刘老师离开了学校,回到老街。四个月后,刘老师的老婆生了,是个女婴。刘老师像霜打的茄子,缩在家里大半年不肯出来。小女儿天天被抱到外面晒太阳,脸蛋红扑扑的,一笑,要多可爱就有多可爱。刘老师的脸却一天比一天白,甚至白得不像样子,让人误以为他在家没事干,弄出点涂脂抹粉的闲事。

有一天晚上,刘老师一个人从老街的东边踱起,一直踱到西边,背着手,歪着脑袋,从一家家店铺门前走过。然后又从西边踱到东边,还是歪着脑袋。刘老师踱得很轻,也很慢,店里的人根本不知道刘老师从自己店门前走过。

过了半年,刘老师便开了这家照相馆。

刘老师的声名鹊起,并不是来自他的拍照技术,也不是缘于他那些稀奇古怪的道具,而是他养了一群雄鸭。

雄鸭在幼小时跟下蛋鸭差不多,看不出什么端倪,一身黄毛,当黄毛褪去,雄性特征招人显眼,声音沙哑,羽毛五颜六色,在阳光下闪闪发光。镇上的人极少养雄鸭,除非不小心混在雌鸭堆里。养着养着,突然有一只长得特别快,羽毛跟织锦缎似的,此鸭必雄也。刘老师却偏偏养了一群,这不能不让人觉得不可思议。

刘老师把雄鸭圈养在后院,筑了一排竹篱,旁边还叠出了几座迷你假山,并接了一根小水管,终日浅流,形成高山流水的意境。他种了些花木和药草,一年四季皆有花香与药香。见过的人,皆以为这是仙鹤住的地方,而不是一群身子笨重、声音沙哑的雄鸭。

刘老师的老婆由此冠上了贤惠之名。她从不说刘老师的不是。刘老师给雄鸭喂锅心饭,并拌上猪肉汤,她不说。刘老师僻出半间屋子让雄鸭们住,她也没有异议。刘老师除了拍照,便整天跟雄鸭们待在一起。雄鸭的嗓音特别难听,可刘老师听着听着眯起了眼睛,惬意无比。

镇政府有选举会议时,仍想请他做工作人员。刘老师指指嗓子,说,嗓音沙哑了。一听,果然沙哑得厉害。有人不知哪里听来了一个偏方,说是吃雄鸭大补,遂向刘老师提出购买意向,被刘老师一把扫帚赶出了照相馆。于是有人猜测,刘老师准备自己大补。

刘老师的照相馆名经常在换,只要哪首歌曲流行,他就改成那首歌的歌名,并反反复复地播放。歌声中,雄鸭们有些张开翅膀,长长的脖子一伸一缩,两只鸭蹼左颠颠右颤颤。刘老师站在雄鸭中间也是左摆摆右晃晃,两只手在两耳边一张一合,脸上允满了陶醉。有时雄鸭没什么反应,安安静静地蹲在竹篱笆下,听着听着,脖子一拧,插进了翅膀。刘老师跟着打起了瞌睡。

有人来拍照,刘老师轻手轻脚地离开雄鸭,那样子很滑稽,惹来笑声,且惊起雄鸭数只。刘老师脸拉了下来,挥手让人离开。来人央求再三,照片是用来结婚登记的。照片是拍了,但男女的位置站错了,本来是男左女右,而刘老师拍成了女左男右,等发现后想改也来不及了,鲜红的结婚证盖上了钢印。

有次,刘老师来医院看病。刘老师在前面走,后面跟着一群雄鸭,浩浩荡荡。刘老师进来时着实吓了我一跳,以为是哪个养殖户带着病鸭来看病。虽然医院是给人看病的,但极个别的农民有时也会抱着一只小猪或一只小羊什么的,让医生打支针或配些抗生素。

刘老师自己找阿其医生看病,让雄鸭们站在医院的天井里。此举引起了清洁工阿德的强烈抗议,可阿德说话没点到位。一个说,鸭子太脏了。一个说,你看哪只鸭子是脏的。一个说,鸭会拉屎。一个说,你看哪只鸭子拉了。两人扯了会儿皮,无果。刘老师顾自跑到了内科,留下鸭子们呆头呆脑地蹲在墙根。阿德提着扫帚,狠狠地盯着鸭屁股。

刘老师的针是我打的。刘老师趴在窗口,对着窗底下的雄鸭群。当我把针扎进他的屁股时,他不由得哎哟一声,那群雄鸭咔咔地一只只站了起来。刘老师腾出一只手往下压了压,雄鸭们再次蹲了下去。

刘老师出了医院,拐弯,站到了石桥上。雄鸭们仍伸长着脖子往前摇摇晃晃。刘老师把手拢在嘴边作喇叭状,呼唤出"鸭鸭"。雄鸭群为首的那只停住,呆了几秒,旁边的几只把头偏过来,又偏过去,似乎对上了目光,然后掉头。

刘老师和他的雄鸭,一起路过了电影院,穿过了车站,浩浩荡荡。

刘老师是镇上第一个接受男性结扎的人。

门诊贴

一

上午看了几个病人,下午几乎无所事事,便想做点私事。

许多人看到我的字,皆以为出自男人之手。问及原因,说是大气。因被大气的评价馥郁久了,我练钢笔字的觉悟越来越高,只要得闲,便临帖练字。

我练过田英章的,学过顾仲安的,唯独不喜欢庞中华的,觉得他的字过于正经,笔画跟穿了套装似的,一点都不可爱。

这次我练的是周慧珺《心经》。周慧珺的字体飘逸,行云流水,且筋骨结实,气息连绵。我先读帖,一遍不够读两遍,两遍后还是生疏,继续读,一直读到对每个字有亲近感为止,然后背帖。

《心经》不长,也就260个字,虽然理解上不一定通透,但背起来不怎么费劲。因为旁边印了简体字。大约背了五分熟,我有些迫不及待地开始临摹。

"观自在菩萨,行深般若波罗蜜……"

练了周慧珺的字后才发现,她的字单个看也就那样,但整体一看完全不是那样,字与字之间气脉贯通,如流水泱泱,也似高山巍巍。

我练得很认真,一个字一个字地把它们认到纸上,手腕酸痛时便放一放,趁机读读《心经》。

"色不异空,空不异色",这句我觉得挺好玩,绕来绕去,似是而非,读多了,又有所悟,但悟在哪里却说不上来,就是可以让人体会到这话说得很有道理,能接受。

我把写好的字一张张摊在桌上,跟字帖对比着看。乍看,倒有几分远亲,可细看,个个都是路人。我羞愧难当,准备重新读帖。

有一个身影在诊室外闪了一下。我下意识地扭过头去,是个老妇人,刚与她的目光相撞,她缩了回去。我的目光也跟着收回。

如果她想看病,会进来的。我继续坐着看字。

果然,过了一会儿,她又出现在门口,但身子一半隐在门后。她问我,阿娣姐来弄啡(在不在)?我侧过脸去,说,童医生不在。她说的阿娣姐是童医生。

童医生这段时间经常在星期天休息,自从她捧上《圣经》后。

阿娣姐呒勿弄(不在啊)。她在门外既像是重复我的话,又像是自言自语,尤其是结尾的"弄"字气息拉长,再慢慢低下去,直至消失,一个人的遗憾呼之欲出。

我仍不响,心里起了挂碍,要不要招呼的念头左右摇摆。她虽然问的是阿娣姐,事实上是来看医生的。可招呼病人进来,我脸上有点挂不住,感觉自己跟兜生意似的。如果我不喊她进来,估计她一时半会儿还会迟疑,甚至今天不看病了。

我心里打着鼓,手下意识地把字帖合上,不管她找不找我看病。

窗外有人在说话。听不太清。倒是几只麻雀的叫声很清晰,从翅膀扇动的间隙碎碎地倒了一地,然后渗进了我的诊室。似乎被麻雀的叫声推搡,我不由往外瞅去,她的一只脚正好迈进来。我赶紧把字帖拢到一边。她站到了我的对面,问,阿娣姐什么时候上班?我说明天。她嘴里嗯了声,别过头,似乎想转身离去,但站着不动。我也不动,可觉得手脚无所适从,局促的感觉支使手把写好的纸叠了起来。

半响,她说,你写的字啊?我笑了笑,算是回答。她说,写得这么好啊。我又笑了笑,说,我在抄《心经》。

她一听,把身子凑了过来,我闻到一股雪花膏的味道,像亲戚似的靠拢过来。她问我能不能帮她念几句。她笑眯眯的样子很慈祥。我几乎要毫不犹豫地答应了。

可我一时踌躇起来。我记得外婆说过,念经不可以随便念。后面应该还有半句话,外婆却抿紧了嘴巴。

但,外婆的意思我懂。

我思忖的样子肯定像发怔,她轻轻地唉了声,像是用来唤醒我。我给了自己一个理由,这是读帖,不是念经。心里一放松,我的声音就出来了。

我对着字帖念,她几乎贴着我听。雪花膏不时渗出香味。

我起初用普通话念,可念着念着,感觉气急,似乎闯入了一条陌路,且障碍重重。我感觉背脊热烘烘的。

估计她听得有些糊涂,疑疑惑惑地望着我,那眼神似乎看着一个可怜的孩子。我努力回忆着外婆的声调,她经常念《心经》,合掌恭敬,"色即是空,空即是色",念得特别快,好像绕口令一样。外婆的声音也好听,清晰,清脆,在众老太太中像面旗帜一样高高飘扬,其他人只是陪衬,尤其是念到"揭谛揭谛,波罗揭谛"时,外婆的声音突然高起来,引领着一屋子老太太平原似的声音,于是,满屋"揭谛",梵音激荡。

我重新念过,改成外婆的腔调。只是,我念得半身不遂,仿佛字到我嘴里中风了。

看得出她听得很费劲。她说,医生,你念慢些。我晓得自己的读音在半路上搁浅了,而我无力把它们扶正。她身上的雪花膏再次扇过来。我还想念下去。

况且,她已坐在我旁边的凳子上,凳子的四个角顿时没头没脑。

我一个字一个字拎出来,像辨认熟人一样,然后用半生的方言读给她听。老妇人的脸慢慢绽开笑容,一边不停夸我几句,到底是读书人,介难懂的字都读得出来。

我念一个,她跟着读一个。她读得不是很充盈,字经常在舌头与牙齿间磕磕撞撞,撞出来的音自然也面目全非,像被胭脂涂坏的脸。我说"远离颠倒梦想",她念成"乱离仙桃芒香"。我帮她纠正,她还是曲里拐弯。

我说,你在《心经》里念出了许多水果,仙桃、菠萝……嗯,从色声香味触法之名,到无色声香味触法。她笑了,笑得有点羞涩。那一刻,我仿佛看到了她残留的少女味。可即使这样,她还是跟不上我的节奏。或许,那些水果对她来说太陌生了。

《心经》念了，我下班的时间也快到了，她才忽然想起自己是来看病的。

她说了病情，我觉得不复杂，叮嘱她用药三天后如没效果，得来复诊。她接过方子，不住地道谢。到了门口，她又转过身来，说，医生你年纪轻轻懂《心经》，还会看病。啧啧。

下班后，我去买了瓶雪花膏，淡淡的香味，堆起了对外婆的思念。

二

夏天的午后，我有些倦，靠在椅子上，眼睛盯在窗外的那朵大理花上。风来，一团乱红；风过，疏落有致。花丛里有数只蜜蜂嘤嘤嗡嗡，听得我眼皮慢慢合了起来。

我肯定睡过去了。多久，并不能确定。我是被阿姐的叫声惊醒的。

我睁眼，见一位六十开外的妇人站在走廊里，一身花衣，但因质地粗糙，看不明白那些是什么花。她冲我招手，嘴里喊着阿姐。我好奇地看了看她，不知道应好还是不应好。在我疑惑间,她五个手指并拢成一只笊篱,不停地往我方向挖。

我不禁起身,走到门口。老妇人却一步步往后退,一直退到了墙壁上,像一只干枯的花蛾子。我问她,你叫我?她点点头,核桃似的脸上窝着笑,使嘴巴看起来豁得很厉害。

我说,你有什么事吗?

她把我挖出去,想必是有事想说。

她说,我来看病。我示意她进来。医生看病哪有在走廊里看的。

她扭扭捏捏,不肯进来,后背紧贴着墙壁。

我再劝。她再坚持。我一跺脚,返身坐到办公桌前。老妇人往前走了几步,但,她很快驻足不进。她又叫我阿姐,声音弱弱的,含着些许委屈,但眼角的皱纹拼命往里挤,笑,显得似是而非。

我心一软,离开办公桌。我说,看病总要进来看的。我的口气趋向讲大道理。

她有些为难地说,她不能进去。说这话时,她忸怩不安,神情像被什么禁忌所弥漫。

我到底没忍住,问她为什么不能进来。我说的时候伴了些笑容,让自己尽量看起来很和气,但心里荡起了嘲弄与好奇。

她说，产科是暗房。之后，她顿了顿，似乎后面的话还在酝酿中。她的喉咙在松弛的脖颈纹里上下滑动了几下，说，我已经系布襕了。她把声音压得很低，低得跟忏悔似的。

她的意思我懂了，她是念佛之人，有许多忌讳，吃什么有讲究，去什么地方也有避讳，太平间可以去，产科不能进。

这也不是什么秘密。我给人接生的时候，遇见不少老人，逢儿媳妇生孩子，心里当然热，可脚始终徘徊在外面，看见我从产房出来，会捧一堆焦躁的话语来问产妇在里面怎么样了。婴儿呱呱落地，一边念阿弥陀佛，一边赶紧把烧好的热面让人送进去。

我半开玩笑半认真地说，这是妇科，不是产科。她半信半疑，抬头看着诊室外的牌子。她看了很久，才把头转向我，说，产科是两个字，妇科也是两个字，但牌子上是三个字，这上面到底写着什么。

我没把笑忍住。我说，是妇产科。既不是产科，也不是妇科。

她狐疑地看着我，这不还是产科，是暗房，我不能进去，否则我念佛白念了，功德没了。

嗯，这话比较熟悉。我外婆经常讲功德，看见乞丐要布施，多少不论；见人有难要帮助，多少也不论。

我想了想,说,产房是暗房,产科不是。她思忖了片刻,还是摇了摇头,不肯进来。

我俩一个在门里,一个在门外,话也拉了不少,可纯属无效。看来老妇人笃定不愿进来看病。

于是,我问她哪里不舒服。她含含糊糊说了她的病情,似乎那些症状让她羞愧难当。我听不太清楚,让她再说一遍。她又说得模棱两可。我只好概括她的意思,然后总结给她听,问是不是这样。她点了点头,但头点过后勾了下去,仿佛病情烧着了她。

我怀疑她得的是老年性的妇科疾病。像这种情形,要做一个常规妇科检查,以确诊病因。

可她连门诊室都不想进,妇检室更不可能。我想了下,说,这样吧,我给你开些药膏,你去涂一个星期。如果效果不理想,你到时候再来。她嗯得细声细气,不知道她念佛的声音怎么样。善哉善哉。

我开好方子递给她。她远远地伸出手,捏住方子,一边说着谢谢阿姐。我开她的玩笑,我被你叫老了。

她正正经经地说,阿姐无大小的。

三

她进来时,我正在做敷料,从一团药棉中抽出一撮,放在左手的虎口,用右手食指往里一戳,棉絮坐了进去,在尾端一搓,成了棉球。

她笑嘻嘻地望着我,那笑容很明亮,似乎带着问候的使命。我放下棉絮,笑着迎接她的目光。

她说,阿娣姐在吗?我说,她休息了。说完,我下意识地拿起棉絮,打算继续做棉球。

居然,她没有离开。她坐了下来。我伸出去的手立马缩了回来。

我问她看什么,她有些局促起来,两只手不停地绞着。半晌,她说,我有点说不出口。

这样的情形,我并不陌生。对农村女人而言,说不出口的无非是意外怀孕,或夫妻间的那点事。

其实,我也说不出口。

有些疾病在治疗期间绝不允许过夫妻生活,包括放环取环以及人工流产手术后,可我怎么也表达不出,似乎堵着一块石头。说做爱,似乎太文质彬彬,尤其是对上了一定年纪的人,用这个词不外乎说外语;说房事,仍感觉过于书面化,还不如那个。我说那个,她们倒心领神会。

还是童医生的表述最好,虽然很笼统,但听着明白。她用的是"走拢"。手术后,她的医嘱里有一条是两个人不要走拢。既不拗口,又让人晓得是什么意思。

我说,介有啥说不出口的。都是女人。说完,我还特意笑了笑,想让她放松。另外,我也让自己装得老成些。

她不语,却帮我做起棉球来。一只只棉球被她漂亮地甩到桌上,很快堆了半桌。

我说,你来看病的吗?虽然明知故问,可有时很需要这样的废话。尤其像我这样的小医生,没有废话很难留住病人。

她说,也不全是。她说得有些吞吞吐吐,但手里的棉球一点也不含糊,做得比我熟练,感觉她是在捏汤圆。

俩人一时沉默着。我沉默,是在等待她给我讲病史,没有病史,我无法替她看病。她沉默,是因为羞涩还堵着她的嘴巴。于是,只好让棉球先叠起来。

这是下午,病人一般很少。她愿意陪我做棉球,也挺好。或许,棉球做着做着,她的羞怯便会退下去。

可看她的年纪怎么也有四十了。额前的头发用发夹别到了耳边,后脑是剪得四平八稳的短发,上身是卡其蓝,裤子是灰色的,中年妇女的特征没有一处被遗漏的。不过,她的皮肤倒很饱满,尽管看着很粗黑,皱纹并不多。

她说,她去年找我看过病,尿路感染,小便又急又痛,用了我的药很快就好了。我自然记不起来。她说,真的不记得?我点点头,神情应该是既茫然又确定。

她絮絮叨叨着,从家里到田里,又从男人到女人。我听得有要呃紧,这都不是我要的病史。我没打断她。反正,我也没事。

一团棉絮差不多抽没了,她还没开口说正事。我看看手表,离下班时间近了。我不得不停下手来,说,你有什么事说吧,我快要下班了。我还故意抬了抬手腕,示意时间。

她慢了下来,给手里的棉球留了一条小尾巴。她凑了上来,屁股底下的凳子翘起两条腿。

她轻声问,生男生女是不是有方法?说这话时她涨红着脸,跟下蛋母鸡似的。

我蒙了一下,脑袋有些空白。我推了推棉球,好不容易推出一句话:"你是想生二胎?"她笑了,脸上的红晕飞散开来,感觉烧到耳朵了。她说,她已有一个女儿了,女儿也乖。自己不想生了,可家里的老人一直念叨着。想既然要生,总希望生个男的。这次,她说得很利索。

我想了半天,也想不出一个答案来。只好跟她说,生男生女真没有方法。她说,我听别人说生男生女不是女人的事?这个倒好解释。我说,从生物学角度来说,女人的染色体是XX,男人是XY,只有男人才有Y,所以,生男生女由男人决定。她问,染色体是什么?可以改变吗?

呵呵。桌上的棉球顺势倒了一半。

我自然无法跟她解释脱氧核糖核酸,以及DNA。我想到了童医生的说法。我说,人身上两根东西,每个人都有的。我怕她误会,但我自己先脸红了。

我继续说,女人的两根东西是一样的,男人的是不一样的。因此,不一样的东西是要由男人那里复制的。

她似懂非懂,但没有深究。谢天谢地,如果她想深究,我也讲不清。

她又说,我听人说方法还是有的,妇产科医生知道的。她笑盈盈着,脸上的红已退,使得她的神情很笃定。我反而慌乱起来。

我说,我没有方法的。真的。我担心她不相信,又补充了一下。

她脸上闪过一丝失望。啪,她屁股下的凳子放平了。她的身子并没有直,两只手搁在桌上,样子有些无助。

我犹豫着,要不要把带教老师她们说的告诉她,如果那也是方法。只是,这仅仅是老师们私底下说说而已,并没有得到过证实。

考虑再三,我慢吞吞地说,排卵期受孕,生男孩的概率大些。因为,雄精子跑得比雌精子快。她似乎若有所思,嘴里呃了一声。继而,她问我排卵期是什么。我用月经中期这样的说法科普了一下。

她嗯嗯着,起身离开。她一离开,下班的铃声急促地响起来。

我去关窗,看见一只蚂蚁正曲里拐弯地忙碌,嘴里衔着白色的颗粒,那是蚂蚁的卵。

这个,我也是听人说的。

拖拉机的叫声

麻雀在稻草人身上跳来蹦去,啄它的脸,啄它手上的红布,可似乎还不解气,把叽叽喳喳的声音扔了一圈。稻草人抱禅如定般地站在水田里,底下的白鹭一脚一脚地走着。

隔壁是油菜花,它正趋于开败的状态,花越来越被挤到顶端,后面拖着一根细长的豆荚。此时的蜜蜂看上去散漫了很多,飞得有点浮皮潦草,连嘤嘤嗡嗡也变得瘦精精的。

只有蝴蝶,仍在田塍上流连忘返。远处青山隐隐,三两个黑点在坡上蠕动。

我从独山村产访出来。因昨晚下过雨,路很泥泞,而且也不平整,时不时卧着一个坑或弹出一个洼。自行车的前胎好不容易避开,后胎还是陷了进去,屁股被实打实地震了起来。我捉着车头,歪歪扭扭往前骑,泥浆扑哧扑哧溅到裤腿上。

村里的路大多是泥路,只有过春节的时候,上面敷一层薄薄的小石子,坑变浅,洼也没了,骗过了很多人的眼睛。清明过后,路面的石头如老人倒败的牙齿,零落,衰败。

久之,机耕路的叫法呼之欲出。

其实,也就拖拉机跑过。

拖拉机跑着跑着,石头陷进了泥里。雨水一来,石头们闷头闷脑地嵌进泥浆,带着尺寸不一的脚印,在拖拉机的叫声里,最终以抱团的方式老化了一条路。

像这样的老路,七冲八拐,如一具骨架撑起村庄。

村里的路,没有名,统称直路与横路,像是笔画。只是,笔画还有撇捺折,而路没那么烦琐,因受了时光的炙烤,最后成了老路。哪怕是斜路,或是弯路,在村人眼里始终是笔直的,仿佛是一个隐喻巩固着人们生活的耐心。

可在我眼里,每一条都是新路。我经常摸错路,有时怪自己粗心,没听明白,有时因为路远,骑着骑着人糊涂起来,心跟着纠结,好在村人很热心,指点之余还会带我一段。

刚才我出来时,产妇的男人要送我一程,怕我迷路。被我拒绝后,他再三叮嘱我按原路回。他本可以说成老路回,但他有意避开了。是的,这样的老路也只有我才能回,对村人来说这是忌讳的,没有人会把去医院的路叫成老路,就像没有病人跟我说再见。

产妇出院时,我曾问去她家的路怎么走。她说,过了老街沿着机耕路一直走,遇见三块大石头后往右拐第一间房子即是。那里果然有三块大石头,平整,光滑,每块约有一张八仙桌大,气势很足地坐在溪涧中,有人在上面浣衣,旁边浮着两只鹅,雪白雪白,它们一动不动,像是飞下来的天鹅。

如果仅仅停留眼前,村庄的生活是安宁的,安宁到似乎容不下我们医生的角色。

村人送急诊病人,拖拉机是不二选择。尽管拖拉机浑身震颤,叫声无处不在。但,拖拉机跑得快,它带着赛跑的使命,迅速跑上机耕路。尤其是服毒病人,拖拉机跑出了最快的速度,甚至把小石头都跑飞了,它们被迫在路边的草叶上翻滚跌爬。横直的路,霎时变成了生死之钩。

拖拉机的叫声,在村庄上空急吼吼地响起,引来路人侧身避让。猜测与悲悯,被女人们反复折叠。在渐渐隐去的叫声里,消息迅速长出翅膀,扑闪在每一个女人的心里。生活的怅然,由此浓郁。

粗糙的乡村生活坐实了女人的寻常,寻常到结婚是为了孕育,而孕育无非是延续香火,像一本书摊在每个女人的面前。向往与憧憬,似乎是深夜的星辰,寥落,且隐晦。婚后的生活既可以是一眼望底,又好像重峦叠嶂。沉默的顺从,被更多女人所选择。

她们扮演着女人的全部角色,从新媳妇变为孕妇,由孕妇到产妇,成为孩子的母亲后,避孕还是绝育,让女人大部分的选项被放弃了。

只是,在生活琐碎的重复掐拧下,生命倏然变得不堪一击,愤怒轻易间被推向绝望。

服毒者绝大多数是她们,原因不外乎夫妻间的争吵,偶尔也有婆媳不和。她们像乡间的伶仃草,摇晃在寒风里,曾经的爱情,仿佛是远去的蝴蝶。

拖拉机载来了她们,也载来了一车哭声,以及纷乱的争执。

悔恨,在生命之轻前失却分量。

田野上的叶子,一片黄落,另一片抽出来,而在累累尘土和斑斑锈迹的生活里,总有负重的东西牵绊着她们的脚步。

她们繁花如雪,也孤独如霜。

我曾遇到一个女的,生头胎时因为难产不得不剖宫产,产后一直恢复得不好,还落下了痛经的病根,但为了如期怀上二胎,她坐着拖拉机几乎跑遍了所有打听来的中医诊所,倒掉的药渣差不多铺满了她家门前的直路。后来怀是怀上了,可成了高危产妇,血压一直很高,做产的风险非常高,随时可能发生子痫,不仅胎儿危险,连孕妇的命也悬于一线。即使这样,她仍义无反顾地怀了,不愿终止妊娠。可以说,她生了两个孩子,经历了两次鬼门关。她对孕育的执着,也是对婚姻的坚守。

然而,谁也想不到她会被拖拉机一路叫着送到医院。

她很幸运,到底还是抢救过来了。只是,无人能探究她内心的幽微,是否能被以后的生活所烛照。

自然,也有个别的意外成了一个塌陷的句号,永远地埋进了山坳,那里杜鹃啼鸣,野花迷离。

所以,看到机耕路的坑坑洼洼,我心里老是怀疑那里粘着朽坏的情绪,然后提醒我这里曾经变成过死路。我常常被这种虚妄折磨,惊恐于每一次疑虑。那些奔跑的气息,仍拽着秋草的尾巴哭泣。

于是,我骑车越来越快,对路面的坎坷不管不顾,似乎拖拉机的叫声正朝我压来。恐惧间,我措手不及,从车上重重地摔下来,腿上迅速起了一个乌青。但,内心的惶恐,却消失了。

相比,夜晚的拖拉机叫起来不那么揪心。它们的叫声,属于我。

开始阵痛的产妇坐不了自行车,巴掌大的座位根本搁不住产妇,而且还有七七八八的东西,产妇的衣服,小孩的包袱。手拉车有之,但四处漏风,而且太慢。央人抬门板,似乎不太吉利。

于是,产妇一开始阵痛,家人赶紧抽一把稻草,铺一床棉絮,把产妇扶进拖拉机,匆忙中,老人仍会记得给扶栏系上数根桃枝。

拖拉机在半夜里叫了起来,声音在黑夜里横冲直撞,在浓密的黑夜里叫出一条高高低低的路来。桃枝在灯下晃晃悠悠,既像是驱赶黑暗,也像是引渡光明。然而,它的光只能照亮一截路,它的车斗也只能坐两三个人,它摇摇摆摆爬过坡地,歪七扭八开出村道,从横到直,从直到横,车头笨拙地拐来拐去,一路颠簸。一起颠簸的,还有一车人的心情。

那时我正躺在被窝里,可能在做梦,也许是沉睡中,当拖拉机在医院门口停下,我立刻醒了。拖拉机在夜晚叫得理直气壮,我醒来自然也毫无拖泥带水。拖拉机就在石桥上,那里有一盏昏黄的路灯照着它,一扇铁门拦着它,还有一墙枯瘦的爬山虎对着它。

我在被窝里缩起了身子,两臂抱拢到胸前,双脚蜷缩,像是子宫里的胎儿。这是我经常模仿的动作,尤其是拖拉机的叫声一来,我用这样的姿势来帮助自己鼓足勇气,看上去像是在缩手缩脚之间做出决定,但这个决定到底还是直来直去,身子跟着也直了起来。

拖拉机的叫声前进了。

它慢慢穿过铁门,绕开一口井,由光探寻出一个位置。在万籁俱寂下,它停止了叫声,一身铁疙瘩,敞开着一车人的心思。

菊婶婶趿拉着一双没跟的棉拖鞋,沿楼梯一步步向我接近。我在黑暗里摸到了棉衣,但身子又禁不住往下缩了点。冷,嗖嗖着包抄我。我眼睛盯着窗外,淡蓝色的窗帘布后面是昏黄的路灯光,不像是有瞌睡的样子,似乎站了一晚就是为了接应菊婶婶。

我在心里给菊婶婶数着步子,还没数到二十,门外响起了敲门声。轻轻的三下,"小干,大肚皮来了。"菊婶婶的声音贴着门缝,把产妇说成大肚皮。我如没及时回应,菊婶婶重新敲三下,然后重复刚才的话。她的声音仍是压低的,有可能她把手拢到了嘴边,想把话焐热了才跟我说,好像担心我会被拖拉机的叫声冻着。

确实,我被拖拉机的叫声冻出过病。

那天的雪,来得毫无迹象。早上还出了一会儿太阳,到了下午天阴沉下来,傍晚暮色四合时,把雪也合了下来。吃过晚饭,我在宿舍门口站了一会儿,楼下的花坛很快皑皑一片。四周一片寂静,静得几乎能听到雪花扑簌簌的脚步声,雪花不慌不忙,笃定地飘洒,稳稳地站住,好像到哪儿都是家。像这样的雪,估计一时半会儿停不下来。雪不停,拖拉机是跑不出来的。拖拉机不叫,我可以睡个安稳觉。我为这个想法感到一阵幸运。

后半夜,拖拉机仍叫醒了我。

那个冷,简直像把刀子搁在脊背上。我哆哆嗦嗦穿衣,感觉无力抵抗被窝的诱惑。可下面急促地传来产妇家属的声音:医生怎么还不下来,产妇要生了。是个男人的声音,粗狂里带着责备与焦灼。我一惊,忙掀开被子,披上棉衣奔下楼。雪还在下,高高低低,尽是厚厚的一层白。我手慌脚乱地在拖拉机上查看产妇的情况,不禁倒吸一口冷气,胎儿的头已卡在产道外。

我大声叮嘱产妇哈气,一边飞速地准备接生器械、接生包,恨不得多出几双手来。好在,母子最终没有大碍。待一切安顿后,我问他们为什么不早点来医院,如果生在路上那可怎么办。

产妇的男人说,听娘说头胎散痛没怎么快,再说下雪天下来比较麻烦。原来他们住在东毛山,是离镇上最远的一个小村,有六百多米的海拔。如果没有拖拉机,这走下来得四五个小时,但拖拉机从那么高的山上下来,还是雪夜,没有驾驶功夫,跟赌命似的。

第二天,我就感冒了,还发了低烧,所幸无大碍。

偶尔,拖拉机的叫声直接从医院门前跑过去。或许是送货的。我像是得了什么大便宜,美滋滋地抱了抱自己,然后一头睡过去。

有次,与县里计生指导站的许站长聊天,聊着聊着,说到了拖拉机。她说,她去山区做绝育手术,因路远得宿在那儿,可晚上通常睡不着。四周各种怪叫声此起彼伏,有一种叫声像是婴儿哭泣声,听得人心里发毛,也不知是鸟还是蛙,抑或是别的。但,最害怕的是听到拖拉机的声音,拖拉机在夜里响起,十有八九是手术后的问题。

拖拉机是庄稼人的工具,接引着一家人的生路,跑得越多,家里的活路越宽,村庄的路跟着宽阔。慢慢地,那些路扯长了村庄的身子。

突突,是拖拉机的叫声。

突突,我的心跟着跳了起来。

角色

像是被人掐好一样,电影院门口的高音喇叭一响,从仓屋吹过来的晚风跟着"月儿弯弯照九州"一起飘进我的窗口。窗是木格窗,但镶着六块玻璃,风过来的时候,窗往里挤,咣当一声,一丝缝隙都不留下。

此刻,混杂了各种声音的喧嚣正慢慢低矮下去,连同低矮的还有一缕缕炊烟。它们爬上屋脊后消散了,就像带着某种使命奔向还没来得及打开的星空,散落在一条街和一条河上的瓦屋,被赶过来的夜色拢成一坨,或一块。

这是首老歌,歌声出来时像是从唱机里掉出尘埃。我搞不清楚电影院为什么要选择这样一首歌作为开场,不像是热场,倒像是清场。

难怪电影院的生意不咋样,谁愿意被悲戚戚的情绪裹挟着去看一场电影。

有时遇雨天,电影院的售票窗紧闭。不知是条件反射,还是记忆再现,我耳边会隐隐响起"几家欢喜几家愁"的旋律,冷月当空,浮世飘零的场景毫无节制地凸现在我的大脑皮质层。

月亮,浓缩成了一个苦冷的词根,并镶嵌到一个不可修复的声音的废墟里。

我不打算出门,便沏了一壶茶,在台灯下咕噜咕噜地喝。这是月今天来看病的时候给我带来的,我不肯收,她有些恼怒。恭敬不如从命,我拿了两包。

这还是谷雨前的茶叶,热水一泡,香气氤氲,满室茶魂。

这是一个春风沉醉的晚上,晚风里飘浮着饥饿的香气。所有的一切都朝欣欣向荣的方向发展。

我隔着门,隔着窗,仍然感觉到从黑暗里递过来的气息。它们泛着春的湿润,从一扇门到一个巷子,又由巷子到里弄,每到一处便沾上声音,压床、生育、饮酒、拌嘴,还有溪水潺潺。它们蜿蜒四溢,像是一种声音问候一种物质,或者是一种物质回应一种声音。

月是一个经前紧张综合征患者,每次来月经前一定要来我这儿配药,而且总是阴历二十一二的样子。别人尚有紊乱的时候,或提前,或延后,她虽然有经前紧张的毛病,经期却稳稳当当。

她第一次来看病的时候,根本没有犹豫,直接坐到了我这边的凳子上,也不看我,目光落在窗外的那棵槐树上,但眼睛里空空荡荡,似乎专心陈述自己的痛楚。

她说肚子痛,心乱跳,头发晕。她说这话的时候,脸上平平静静,并没有心乱跳的样子,倒像岿然不动。

我有些惊异,这好像不是妇产科的领域,应该去看内科。

她说,她已经去市人民医院看过内科,各种检查也做了,都好好的,可她仍觉得肚子痛,内科医生建议她看看妇科。

说这话时,她的目光从窗外移到我这儿,再次陈述自己肚痛头晕心乱跳的症状,仿佛她刚才并没有同我说过那些话。

她是结婚三年后才有的孩子。之前,她对每一次经期都很紧张,她希望能怀上,可每次大姨妈都不依不饶地缠上她。她偷偷地奔走了好多医院,检查下来都说没问题,就是让她好好调养身体,不能着急。

她本来倒没什么,但是她婆婆急坏了,三天两头问她月经是不是停了,眼睛像干炒栗子似的盯着她肚子。她婆婆的急,跟众多婆婆的急一样,是角色在炙烤着她,讨儿媳本来就是为了传承香火,有个能捧羹饭碗的孙子。

只是她的婆婆比别人的婆婆急得更丰富,因为她婆婆是妇女主任,配合镇计生办发发计生药具,陪别人家的媳妇放环、做绝育手术什么的,再就是掌管一村人的生育舆情。

尽管,大家都是邻居,她婆婆也只是履行一项职责而已,可村里的婆婆们明里暗里说些冷嘲热讽的话,尤其是月三年没有怀上,一看到她婆婆就拿话挤对她,极其热情地问她家媳妇怀了没有,有几个月了。

这本来是月的婆婆经常问别人的话,结果弹到自己身上却跟被打了巴掌似的。弄得她婆婆再也无心去管别人的肚子,整天拿把扫帚冲着一群母鸡骂,养了三年,连蛋也没有,净吃我的谷。

她理解婆婆的心情,一声不吭地进了屋,可那群母鸡不理解,被人用扫帚驱赶,惊慌失措,拍打着肉翅膀飞上桑树巅,伸长脖子蹿上墙头,颠着屁股跳到柴垛,把"咯咯咯"乱撒。家里似乎弥漫着一场看不见的较量,可她婆婆一瞧见她,立马露出一脸的灿烂,问她想吃什么。

她后来终于怀上了,月经不来了。喜得她婆婆又三天两头去做计生工作,以往的热情与激情与日俱增,碰到邻家婆婆们时,腰板挺得直直的,眼睛里闪着灼灼的光芒,似乎恨不得把别人的一切都装进自己的目光里。而家里的一群母鸡每次见到她婆婆就会惊恐不已,咯咯啊啊,啊啊咯咯,犹如抱头鼠窜,院子里一阵喧嚣与零乱。

听了她的生育史,我心里大致有了结论,她并没有器质性的疾病。我给她做了常规的妇科检查,如同我先前的判断,她的生殖器官非常正常。她说她想做个B超。我说你已经在人民医院做过了,不用再做了。她不肯。我劝说无效,只好给她开了一张单子。

B超检查结果,跟人民医院的结论一样。可她仍强调自己头很晕,心乱跳,似乎正陷入溺水状态。我给她量了血压,也拿听诊器听了听她的心脏。

我知道我所做的这一切,不过是履行医生的角色。人民医院的病历卡上清楚地写着:BP120/85毫米汞柱,P78/分钟,窦性心律。

我说,你真的没有毛病。她面露不快,盯着我说,难道我在骗你?说这话时,她的目光里闪着碎玻璃片似的光,看得我有些发毛。

我说,你只是月经前的植物神经功能紊乱。这也是病。我又补充了一句。听到这句话,她的神情反而放松下来,似乎一个悬而未决的问题得到了解决。

她说,我就是说自己有病的,你们医生就是不相信我的话,倒相信一台台机器。她又说,那你给我开药吧。我去人民医院看病,他们根本不肯给我配药。我明白今天如果没有药配给她,她会一直觉得自己的心在乱跳,哪怕我把听诊器塞进她耳朵,她也会把咚咚听成咚了咚。

我如果不了解她,跟她解释经前紧张综合征是怎么回事,那我跟她是没有办法认识的。比如早上,她来了后,我得耐心听她陈述她又失眠了,昨晚看到了窗前泊着半个月亮,听她讲自己最近内心恍惚,做事老是丢三落四,看东西觉得在飞一样,听她述说心乱跳,肚子痛,怀疑子宫里长了一个包块。

我可以问些简单的问题,之后最好保持沉默,当一个听众。卫生院没什么病例卡,我也不用记录什么病史。她的病史在我的脑海里长了根须,而且每个月还在默默地长。我只是帮她捋一捋,便于她寻找生长的空隙罢了。

尽管俩人熟悉的程度不亚于一对朋友,但我在她面前必须装出首次接诊一样认真、仔细、谨慎的样子。她把自己全身的不舒服说个遍,陈述的口气跟她主诉的内容并不匹配,她是在回忆痛楚。我的角色在她回忆式的主诉前慢慢被淡化。到了后来,她只管说,我只管听。然后是她说药名,我开处方。

我写好后,她再看一遍,还轻轻读出药名:谷维素、维生素 B_6……这两样药是她首诊时我开的。她有时说痛好多了,有时说没有减轻,甚至还加重了。她说疼痛减轻的时候,她的眉头反而蹙着,一张苦瓜脸;倒是说药没什么作用时,她的神情放松,仿佛她只是转述而已。

她婆婆,我也认识。个子不高,嗓门却很大,说话的节奏特快,跟倒豆子似的。她婆婆上我这儿来不是看病,而是陪人做人流,或放环。有时她把病人陪到童医生那边,见病人犹豫或恐惧,就亮着嗓子劝慰病人一点都不痛,也就跟屁股上打一支针差不多。看到病人仍心存担忧,她几乎是拍拍胸脯保证,说不要怕,真的不痛,你孩子都生过了,这点小痛根本不算什么。她承诺的方式让人无可救药地联想到她做过多次人流。如果童医生不在,她就会把病人陪到我这儿。我的年纪在病人眼里就是一个弱项,我也没办法证明我做手术做得并不差。这时,她就会出来打圆场,说我是从卫校毕业的,也就一个小手术,大一点的手术小干医生都会做。

我在边上听得既舒服,又起鸡皮疙瘩。病人进人流室,她拿着卫生巾在外面等,把嘴巴凑到门上,叮嘱病人别怕。一旦里面丁零当啷的金属叩击声响起,她立马冲进手术室,扶病人起身、穿衣,再搀扶病人一步步走到外面的门诊室坐下。如病人想呕吐,她根本不顾脏与否,奔到妇检室拿垃圾桶,还跑到食堂拿杯子倒热水给病人喝。我有时觉得手术很顺利,并不需要配药。她的嗓门蓦地提了起来,似乎跟我急。她甚至还暗示我给病人多配些药,万一以后有什么伤风感冒也可以服用。

我曾经跟月半开玩笑地说,你再生一个,说不定这病就好了。她瞪着一双杏眼,似乎怒不可遏。她生了一个女儿,根据当时的政策,她隔六年可以再怀一个。她不想再生,说有一个女儿就够了。可她婆婆不想放弃这个指标,既盯着别人的肚子,也盯着她的肚子,只不过盯别人的肚子是防止鼓起来,而盯她的肚子是希望凸起来。

月觉得身体轻松的时候也会上我这儿来坐坐。有时翻翻我新买的《女友》,也看看《星星》诗刊。两人好像也说不到一块儿去,对同一件事的评价,有时很难统一,可又并不觉得隔阂。有时我们也聊些话,但大多不太被记得。我给她倒开水,她觉得白开水不好喝。于是,我从别人那儿找来茶叶。她喝了一口,又觉得不好喝。我无语。两个人就咕噜咕噜喝水。有病人来的时候,她就挪一下屁股,把凳子让给别人。别人一走,她又坐到那儿,似乎她专门来替病人焐热凳子的。

杯里的茶叶已沉入杯底,似乎躺下睡着了。三毛说,人生如三道茶,第一道茶苦如人生,第二道茶甜似爱情,第三道茶淡如微风。我握着手里的茶杯,却不知道自己这是泡了第几道茶。

茶在我手里,只剩下隐喻的意味,就像我给月开的处方。

风中呼啸的娘

像是跟天气打了一个招呼,小雪这天下起了雪。下着下着,雪花变成了雪籽,然后刮起了大风。纸屑、尘埃,还有棉球、纱布在医院里磕头碰脑,数只麻雀在楼梯的转角处惊慌不已,蹦跳成一团乱线。

没有病人。坏天气把病人都留在了家里。医院里住满了风声和冷不丁传来的哗啦啪啦。

医生们有的往衣服里塞热水袋,有的把手搁在电热板上,连闲聊的兴致都被冻僵了。

这种天气,最适合坐被窝,脚下躺两只灌了热水的盐水瓶,怀里再抱一只,把台灯的脖子拧到最低,翻翻书,旁边放一袋话梅。

可轮到我值班。

我翻看了一下产包,还有两只。我在犹豫间下了一个赌注,今天不会有人来做产。因为,今天下雪了,今天刮大风了。

整个上午,我冰冷冷地坐在诊室里,搓手跺脚带来的热量都贴不到肉里。索性,我练钢笔字。写了一张,手指头差不多变成鸡爪。我对着手心哈气。窗外花坛里的一棵桂花树被吹得披头散发,像是一个疯狂的女人热爱着她的生活。

这时,一个老年人跌跌撞撞地闯了进来。他戴顶雷锋帽,帽檐翘着,一蓬蓬白汽从嘴里吐出来。他说,他老婆生了,能不能去他家看看。我几乎愣住了。他老婆?他看上去是做爷爷的年龄,至少六十岁,头发半白,脸上的皱纹像机耕路,只有满口的牙齿还显示他的硬朗。

我说,你老婆在这里建过卡吗?一边去拿挂在墙上的产检卡。镇上所有孕妇的名字在这里都能找到。

他有些尴尬地说,没有建过卡。他勾下了头。外面正好有一阵风急吼吼地跑过去。咣当,风不知把什么东西撞倒了。

我不由鼓鼓囊囊地站起来,看着他说,你们没有红卡吧?什么时候生的?

他说,是早上8点多,现在胞(胎盘)还没下来。没有红卡。我老婆脑子有病。他说得有些磕磕巴巴,似乎靠回忆才能回答我。

没有红卡？脑子有病？疑问像两阵寒风张牙舞爪地钻进了脖颈。

我一看手表,已经10点半了。胎盘在子宫里已两个多小时了。我顾不得收拾桌上的字帖,到产房拿了接生器械和手套。我向他问来住址和姓名后奔到了院长办公室。院长正捧着茶杯看财务报表,报表上的一个个数字正揪着他的眉毛,一副愁容惨淡的样子。院长听后,让我赶紧去,他会打电话给镇计生办。

临出门时,我又拿了支催产素针,怕胎盘滞留时间长了影响宫缩。

到了外面才知风真是疯了,劈头盖脸,根本不知道从哪个方向来的,我觉得自己被人推搡着、拽拉着,裤脚管里好像有人塞进来一支支冰棍。我眼睛躲在风帽里仍不太容易睁开,也不敢多朝前看,时间稍稍一长,感觉眼珠子不太会动了。其实,风把我的思维也冰镇住了。我一点都不知道自己在想什么,甚至对产妇的估计也麻木了。

他家在医院后面的莫家岙,路倒不远,只是风大得实在不像样子,简直能把人鼓起来,还刺骨的冷。一路上只有我跟他两人,像是风中的逗号。

他在前面走，缩着身子，头不时朝左朝右偏，时不时用手去摁头上的帽子，爷爷的形象活灵活现。我跟在他后面，在风的呼啸声里一次次侧过身去，如同半身不遂。

我们像两片叶子一样跟跟跄跄地终于被推进了一幢小屋。

屋檐下站着三个人，都是老人，像是闲聊，也像是什么都没说，在等人的样子。他们背后是黑乎乎的屋子，门槛上缩着一只猫，背弓得老高，眼神懒洋洋的。

我用发硬的手指揉了揉眼睛，问他产妇在哪里，一边抬脚迈过了门槛。站着的三位老人神情黯然，又默不作声，但目光很散乱，一个朝外看，一个往地上瞅，另一个对着屋顶，各顾各的。

他说，我领你去。说完，他一脚跨出了屋檐。我愕然。拢共也就两间平屋，产妇不住里面，难不成借宿在别人家里？这时候的疑问终究有点摇摇晃晃。但愿不要有什么意外。因心里转到意外两个字，我不由哆嗦了一下。

他把我领到的居然是后面的一间茅屋。一扇柴门比他的年纪还要大，上面豁着，下面漏着，中间还透着。我脑子一时空白，手里的产包差点磕到了柴门上。他麻利地推开，朝里面努了一下嘴，说，她在那里。我感觉自己的手脚一阵阵发麻,身子怎么也走不过去。

产妇躺在一条破棉絮上,盖的也是一床旧被,上面的污渍像是积攒了多年,几乎可抠出块来。她的下面塞了一层稻草,稻草下面就是泥地,她连张床都没有,四周冷风飕来飕去。我只看到产妇在旧被外露出半个头,头发干枯,但没有一根白头发。我抖着牙问,她怎么睡这里呀?太冷了。

他仍用"她脑子有病"来回答我。

她的左手边躺着一个婴儿,被裹在破襁褓里,小脸上沾满了血渍,还有白色的胎脂。婴儿时不时哭几声,呼啸的北风把哭声挤得粉碎。

我觉得"罪过"两个字在心里跳来跳去,难过的情绪快速地啄着我,啄得我心底一片兵荒马乱。

我掀开被子,她几乎光裸着身子,下面拖着一根脐带。我问她有没有不舒服的。她混混沌沌地看着我,一脸的干瘪。他拢着手,说,她脑子有病,听不懂的。不快的情绪大口大口地吞噬着我。我吸了好几口冷气。

我用手按压她的腹部,子宫还没完全收缩,所幸出血不多。我让他拿条毛巾来,盖在她肚子上。我拆开产包,拿了一张垫纸铺上,又戴上手套,一只手拉脐带,一只手轻轻揉她的子宫。她一动不动。慢慢地,子宫开始变硬,脐带也一点点被我拉长。三分钟后,胎盘娩了出来。

我检查了一下她的会阴,没有破裂的地方,出血量也不多,但我决定还是给她打针催产素。针头扎进她屁股时,她的手突然来抓针管。我下意识地用手去阻止,却一把捉住了铁链。她被铁链锁着。我再次抖着牙问,干吗锁着她?

他说,不锁,她要乱跑的。我没再问下去,只是觉得浑身发冷。

我半跪在稻草上,确定针管的位置后替她拉紧被子,慢慢把注射液推进她体内。

我拔出针头后,用棉球在她屁股上摁了一会儿,透过被窝的缝隙看看没出血点了,便收起针管。她的手再一次伸过来,手指骨一节节往外突出,像一只笊篱。

一个十六七岁的男孩在柴门外探头探脑,头发乱蓬蓬的,跟鸡窝似的,身上穿了件不合身的旧军大衣。男孩突然叫了声娘。产妇的脸侧了过去,吃吃地笑了起来。男孩也笑了,鼻子下拖着亮晶晶的鼻涕。婴儿突然放声大哭起来,在一间四处透风的茅屋里一声接着一声。

我感到一阵酸涩,但又不知所措。

我从柴门出来后,屋檐下多了一个女的,是村里的妇女主任李阿姨。李阿姨一见男的,就大声斥责起来,介咣数倒账,老婆有病还要去睡她,现在连孩子都生了下来,你有能力去养啊。男的神情很尴尬,嘴上却嘿嘿着,也不回话。

另外三个老人你一句我一句,半是数落半是同情,同情产妇,也同情他,说他不容易,老婆经常要犯病,家里只有他一个劳力,儿子又有些半痴呆。如果不是因为穷,也不会讨个脑子有病的女人。李阿姨白了他们一眼,还说呢,知道自己老婆脑子有病,还生什么小孩啊。有一个老人接上来说,家里香火也是要紧的。李阿姨气呼呼地说,生个呆儿子反而讨债,再说介老的年纪了还不懂避孕啊。

男的仍嘿嘿着,似乎说的都是别人的事。

李阿姨问我,产妇怎么样啊,真是作孽。我说,现在看看还好。只是那茅屋实在太冷了,最好住到平屋里来。

李阿姨的气又来了,夹枪带棒地说,介眈有良心,把老婆锁在茅屋里,还要去睡她。

风继续呼啸着,我隐隐听到有人在叫娘。转过头去,男孩正扒在柴门上。

我想起一件事来,问他谁接的生,孩子的脐带怎么处理的。

他说,是他接的,用家里的剪刀剪的。

我差点惊出汗来,破伤风这个病名蓦地跳进脑海。我说我赶紧处理一下。

他似乎有些不太情愿,靠着水缸边不动,还是在李阿姨的指责下把婴儿抱了过来。我解开襁褓,婴儿居然赤裸着,是个男婴。男婴的皮肤已冻得发紫,蜷曲的小腿不停地颤抖,肚子上拖着一截脐带。我用止血钳夹住,剪去多余的脐带,碘酒棉球涂了几遍,上面盖上消毒纱布。

我回去时让他一起到医院,像产妇这样的情况一定要用些抗生素。起初他不肯,推三阻四的,后来旁人都劝,医生说要配一定要配的。他这才勉勉强强地跟了出来。

回去的路上风弱了些,可我一路抖着,刚才的情景像蒙太奇一样在大脑皮质层切换着。我想借深呼吸来平息情绪,结果打起了嗝。我掐合谷,按内关,仍无济于事。到了医院,胃跟着痛起来。

我开处方时问产妇的姓名,他似乎愣了一下,过后好像用力忖了忖,说是阿梅。我说姓呢?他又接不上。我有些厌恶地看着他,老婆姓什么都不知道的啊?他的嘴咧了咧,终于咧出一个李字来。

我在处方上写了李梅花。我也不晓得自己怎么会写这个名字,或许产妇有属于她自己的名字,这个名字在队里的户口名册里有,她的父母肯定知道。现在,她的男人差点叫不出她的名字,而她却为他生了一个婴儿,还被他锁在茅草屋里,只有北风在她的周围唱着破歌。

我在门诊室里麻木地喝了几杯热水,嗝倒不打了,可身子仍抖着,心里空荡荡的难过。

第二天,有人在镇上的老街那里发现一个男婴,把他抱到镇政府的民政办。也不知从哪里得来的消息,曾有人跑到镇政府想领养,最后放弃了。民政办决定把男婴送到县里的福利院,担心路上有什么意外,让医院派个医生护送,我便随车同行。路上是我抱的婴儿,他哭一声,嘴里呷几声,呷几声,哭一会儿。我泡了半瓶奶粉后,他才安静下来。

几天后,那个产妇死了。

娘,这个字让我难过了好长时间。

偏方

我在屋子里咳咳咳,知了在外面喳喳喳。

刚开始的时候也就偶尔咳咳,没放在心上。后来咳嗽的频率高了,呼吸短促,一说话就气急,像是跑了八百米,如果多说几句,就不停地被呛着,话在嘴里成了一块破风箱栓,左右漏风,且无处可逃。

最难堪的是话才说了前半句,后半句就卡在了气道里。我捂着嘴巴,把头偏过去,努力不让咳出来的气流与唾沫恣意飞跑,但总有闪失的时候。

于是,我成了穿白大褂的病人。

阿其医生很认真,望触叩听,花了十分钟时间,认为是一般性的伤风,门诊记录本上写的是感冒。阿其医生在处方上写了三种药,都是口服药。我拿了处方,道了谢,咳咳着去配药,拿药。梅姨不在,西药房的珠姨把方子接了,娴熟地打开这个柜子,又拉开那个抽屉,用一双肉嘟嘟的手把一颗颗药装进纸袋,临了又往里塞了几颗,仿佛她配的不是药,而是珍珠。

珠姨姓魏,叫魏珠珍。珠姨是我叫出来的。别的同事都叫她老魏。其实,她一点都不老,和牛医生、童医生差不多年纪。

我曾跟她开玩笑,怎么叫珠珍,珍珠不是挺好的嘛。她笑了,笑得花枝乱颤,一对好看的酒窝扑闪在嘴边,似乎是它把她的笑溢了出来。她说,是她父亲取的,因为前面有三位姐姐,分别叫素珍、玉珍、兰珍,轮到她时没好名字了,听说原本是叫珍珠,可前面有个魏,叫着很别扭,所以干脆叫珠珍,家里人称几个姐姐叫素、玉、兰,而她是珍,因为她最小。我说,你长得珠圆玉润,名字里又有珠,叫你珠姨得了。珠姨再次笑得花团锦簇。

阿其医生的药,一种是棕色合剂,止咳化痰,另两种是抗生素,既可治疗呼吸道感染,也可治疗尿路感染。打个不恰当的比方,就像是农药,喷洒下去总有虫子会敏感,至于虫子长在什么部位并不是最重要的。

我小心地遵守阿其医生的医嘱，棕色合剂饭前喝，两颗胶囊与一片白色的药丸饭后服。饭前服的前提是胃的消化能力好，药物对它没刺激。这当然是基于我自己的主观判断。阿其医生只是设置了一个条件。我看的是咳嗽，没让他看胃病。

我服了两天的药，咳嗽仍在持续，就像延续一场坏天气，有时阵雨，有时多云，如果不打雷，这天气将继续阴晴不定。我的咳咳，从早上一直响到晚上，由诊室到食堂，又由食堂到宿舍，把阿其医生咳得有些脸红。

坐在阿其医生隔壁的是外科黄医生，他原来是赤脚医生，会包扎，也会扎针，嘴里常年叼着一根烟，就是给病人缝扎伤口，烟灰也是一楞一楞的。或许我的咳嗽咳出了他的使命感，非要给我扎几针，说是保证把我的咳嗽扎好。我半信半疑。他嘴皮一动，香烟从他嘴的左上角移到了右下角，烟雾趁势捧住他的嘴唇，使得他的面目有些神神道道。

黄医生见我犹豫，起身把针灸盒拿出来，掏出几根，用酒精棉球粗枝大叶地擦了几下，就要往我身上扎。我跳了起来，说什么也不肯。黄医生一脸的失望，烟灰扑扑地掉下来。

阿其医生建议我拍张片子，因为他听出我肺部有啰音。可他一会儿说是湿啰音，一会儿又说是干啰音。我问他到底

偏方

是什么啰音,他便翻开厚厚的内科学,一边把听筒贴在我背部,让我深呼吸。良久,他说,干湿啰音都有。我说,肺部感染了?他点了点头,毫不犹豫。阿其医生又开了两天的药,打点滴。我片子没拍,怕那 X 光的射线。

我的静脉比较饱满,一针见血。液体静静流入体内,我感觉身体慢慢发热,这是抗生素起的作用。当晚睡得还比较稳,没怎么咳嗽。我大喜,特意准备了一些好话跑到阿其医生那儿。黄医生脸上有些挂不住,不冷不热地说,当心第二天反弹哟。我说,你这张乌鸦嘴。说完,我有些后悔了。黄医生的资历虽然在医院不算最老,但他毕竟是位老同志,我说话不该没大没小。好在黄医生也不计较,起身去修摩托车。黄医生上班时喜欢穿着白大褂给摩托车"看病",左拧一下,右扳一下,完了,两脚一踩,摩托车"突突"喷出浓烟,他便跨上去,白大褂的后摆呼呼着鼓成喇叭状。

第二天我果真咳得厉害了,还发了烧。阿其医生补了张方子,里面加了一支激素。上午 10 点后,病人基本不太有了,我穿着白大褂坐在躺椅里输液,因不能吹风,就把注射架搬到了走廊里,外面知了扯着嗓子拼命叫,我听着听着打起了瞌睡。

等下班铃声响时,我拔掉针头,汗也出来了,人感到有些轻松,但没什么胃口,扒拉了几口饭后,我倒了一调羹的棕色合剂。

天气仍热得出奇,各人都对着台扇吹。我没办法,只好让台扇摇头,吹东吹西。病人来了,我戴起口罩。病人有的说,你伤风了?我说是。有的说你病了?我说嗯。病人有好奇的,医生怎么也生病。我觉得好笑,可笑不出来。因为一笑,眼泪汪汪的。

病情出现反复,尤其是晚上更严重。我平躺,感觉胸闷,做一个深呼吸都非常困难,仿佛吸进去的气都自顾自地躲在胸腔里,真切体会到英雄气短的窘迫。我往右侧卧,左侧的鼻塞倒得到缓解,可咳嗽加重,可能压迫到了肺组织。我朝左侧躺,像是很多水往左侧灌,呼气时甚至有咕噜咕噜的气泡声。

阿其医生又加开了三天的点滴,把头孢先锋霉素调整成氨苄青霉素与庆大霉素。后两种药我也经常开给病人,用三天的肌肉注射量,但得分开打。有次我给病人开了方子,第一天是在医院打的,后两天她去村卫生室打,也不知是她自己想减少疼痛的次数,还是村里的赤脚医生贪方便,将青霉素与庆大霉素直接混合成一针,结果打出了肿块,病人腿瘸了一星期。

偏方

我做了皮试,结果自然是阴性,我没有过敏史。在扎静脉前,阿其医生有点心神不定,为要不要再加支激素而踌躇。黄医生见状,慢笃笃地说,激素当然要加了,最起码两支。说完又动员我扎针。我还真有点动心。可看到他的烟灰突然不争气地塌下来,我觉得这不是好兆头,赶紧咳咳着离开。

输了五天的液,病仍黏着我,而且我越来越强烈地感受到水住进了肺泡,我为它们整夜地辗转反侧。

我提不起精神,可一个人躺在宿舍里反而更低落,所以,继续上班。对面的童医生起初戴着口罩,怕我传染给她。过了三天,她可能觉得危险期过去了,就把口罩摘了。平时,两人无事时会聊天,我病了,彼此一时都没了说话的兴致。

我偶尔把头靠在椅背上,眼睛无力地望着窗外,那里有数只知了在叫,叫声密集时仿佛一阵雨。这时,我会感觉到我肺部的水醒了过来,以渗透的方式挤进一个个细胞,携带进病菌,在那里遇到抗生素。于是,细胞缩水的有之,膨胀的有之,仿佛成了混乱的主题公园。

童医生在看书,低着头,风扇把她的头发吹出一缕又一缕,像是有谁在挑她的头发。虽然,她把书搁在膝盖上,还用跷起来的左腿虚掩着书,可我还是看到了,是本《圣经》。于是,我猜想她的寝室里一定挂着画有十字架的日历。

每年的年底,童医生总会抱来一沓厚厚的新日历,上面还散发着刺鼻的油墨味。新日历的上半部,似乎年年如此,"只生一个好"后面是漂亮妈妈抱着一个漂亮女娃娃,她们笑容明媚,完美无瑕。童医生很客气,见熟人就发,见病人也送。送不完时,她就搁在文件柜上,她女儿有时抽几张玩,折叠成一只只船。

病,是经过半个月的治疗痊愈的。之前,我喝了五天的中药。药方是黄医生开的。他没有闻,也没有切,用极不正确的握笔姿势写了一张方子,上面写了十四味药,但看着像十四种花:玫瑰花、桂花、芍药、蒲公英……黄医生先写药名,后写剂量,他似乎写得很艰难,在10克与12克之间纠结,还涂改了两次。他再次把大拇指压到了食指上,像是捻针的手法。

中药房的丽姨,她前身是赤脚医生,也替人接过生,在调整村卫生室的医疗点时被临聘到了卫生院。她给我抓药,那杆细细的药秤,被她提得行云流水,秤尾高高地翘起来,且手指离秤砣远远的。她让我报药名与剂量,有时凑到亮处,对着我看秤星。我看得明明白白,她把秤星往外移了。我说,丽姨,你把药多秤了。她压低声音,说,没事的,这药可以多几克。

偏方

药被我浸泡了一刻钟，渐渐露出花的形状，浮在水面，也有的沉到水底，像是收集了一个春天的记忆。我把它们倒到锅里，用草黄色的纸把锅盖隔开。经过武火与文火，花被熬成了一碗褐色的汤汁，那里凝聚着花魂，我的病躯将安放它们，而它们用辩证的方法选择祛，选择宣。

我的康复，让黄医生很得意，说，很灵吧。他既像是讨的，又像是问的。

后来，我问黄医生，那个方子是什么方子？他吹了吹香烟，说，偏方。

我又问，针灸有没有偏方？黄医生似乎认真地想了一想，答，也有。

我窃喜。幸好没扎。

气味

一丛金边吊兰养在药瓶子里,我把它搁在窗台上,越过它,能看到花坛的东南角,那里坐着清洁工阿德。他侧着身子,正专心致志地抠鼻孔,嘴巴一会儿朝右偏,一会儿往左拐,脸跟着扭来扭去,像有一根麻绳牵着他的五官。两只蝴蝶在他身后翩翩起舞,一红一黑。

阿德把抠出来的鼻屎凑到鼻子底下,用力嗅几下,然后头慢慢歪过去,目光也跟着一起斜,一缕微笑爬上嘴角。阿德似乎在跟蝴蝶笑。蝴蝶扑闪着翅膀,一前一后。

阿德有羊痫风,偶尔会毫无征兆地抽几下,像是大脑突然异常放电,把他电着了。他口吐白沫,全身抽搐,然后猝然倒地,昏睡过去。

阿德犯病的时候，谁看到，都会大叫一声，随后大伙儿闻讯赶来，在他的口腔里塞一块压舌板。如果痉挛严重，把氧气瓶推来，氧气在他鼻孔里咪咪，像是障碍性的发笑。

阿德的病是先天性的，没有特效药，只能等他自己慢慢苏醒过来。

确实，苏醒很慢。我们围拢在他身边，但爱莫能助。他躺在地上，四肢僵直，像濒临死亡。有时，病人来就医，我们四下散开，顾不得地上的阿德。照看阿德的事就交给门卫老伯和菊婶婶。门卫老伯如果哪天搓麻将赢了点小钱，他会耐心地站在阿德身边，手中的蒲扇朝自己扇几下，再往阿德那里摇一些些，满脸的慈悲。日头很猛时，门卫老伯撑一把黑色的布伞，伞下一半是自己，另一半是阿德的头。更多的时候是菊婶婶看着阿德。但菊婶婶的手脚不停，食堂里的事围着她，切菜、烧水、消毒，只有趁空隙从半扇门大的窗口望出去，阿德还在昏睡中。

阿德阵挛性发作停止，鼻翼翕动，眼皮慢慢睁开，一只手支撑着身子，缓缓从地上起来。菊婶婶忙扔下煤球，跑过去扶起阿德，搀着他挪到医院走廊里的长条凳上。菊婶婶轻轻叫阿德几声，阿德迷迷糊糊应一下，一脸的瞌睡懵懂。

我第一次看到阿德发作，是到医院一周以后。我去食堂拿消毒包,阿德正在扫地。突然,我身后传来咚的一声,紧跟着是啪的一下,我扭过头去,阿德摔倒在地上,扫帚柄搁在他肩膀下。我不知所措。很快,阿德就抽了起来。我不敢过去,喊挂号室的梅姨。梅姨见状,站在走廊里喊,丁医生,阿德犯病了。丁医生是牙科医生,正吱吱嘎嘎打磨一对假牙。阿德也姓丁,是丁医生的亲弟弟。

对阿德来说,犯病并不是最大的危险,摔倒时的状态和地方才充满风险。如果手里拎着热水瓶,热水会直接浇到身上,而烫伤一时半会儿难以愈合。最最让人揪心的是阿德在溪水边发病,倘若没有人瞅见,掉进水里被淹死的概率几乎是百分之百。院长是个很节俭的人,不准我们用自来水洗衣服,如果谁拧开水龙头哗啦啦汰衣裳,院长会沉着脸,目光犀利地剜你一眼,站在你一丈之外不动,望之俨然。但阿德除外。

从昏迷中醒过来的阿德,对刚才发生的事没有记忆,似乎做了一场梦,直愣愣地瞅着自己身上的伤疤,发很长时间的呆。呆过,他重新抡起扫帚,哗啦哗啦,由天井到中药房,再从中药房到妇产科、内外科、牙科、检验科,一间一间打扫过去。阿德一言不发,一丝不苟,像个扫地僧。

但,阿德只扫我们妇产科门诊室,样子很凄怆,侧着身子,偏着头,像是半身不遂,而扫帚是他的拐杖,东荡一下,西抹一下,心里像装着一袋事。如果有病人在,他就在门边扫划几下,然后拖着扫帚,跑了。

至于人流室、分娩室,他的扫帚绝不会伸进去,仿佛那是雷池。碰上有人分娩或做手术,阿德干脆把划几下的动作也蹈空了。我和童医生把医用污物收拾好,想让阿德去倒一下。阿德装聋作哑,缩在屋檐下晒太阳。童医生气不过,跑过去喊他。阿德结结巴巴地说,我闻到妇产科的气味要恶心的,隔夜饭都会吐出来。童医生还想坚持,阿德拖起扫帚,逃了。童医生不住地骂这个死阿德,但也无可奈何。

阿德有没有恶心过,我不得而知。他对我们妇产科似乎时刻保持着高度警惕的样子,我几乎天天看得到。他早上到各科室送热水瓶,显得殷勤有加,两只手抱着,放下时也是稳稳当当的。唯独到了我们科室,他的手伸得老长,眼睛低垂,热水瓶一蹾,他立马抽身,仿佛有一大群污秽的气味正伺机袭击他。

挂号室前有一条走廊,那里放置了长凳。阿德有时也去那里坐坐。当病人问起某个医生时,阿德显得很兴奋,领着病人去找医生,一边还大声地喊某医生,听上去声音里洋溢着多巴胺。病人向他道谢时,他还人家一串"呒告"。

可假如有女病人问他妇产科在哪里,他歪过头去,伸出乌黑的手指,胡乱戳一下。病人不解,再问。阿德的手指头在鼻子底下揉来揉去,像是下了很大的决心,朝走廊的东面划了几下,然后擤了擤鼻子,嘴里出来的是嗯哼嗯哼。等病人拐进妇产科后,他才慢慢转过头,仿佛有一根绳牵着他,但没有什么表情,眼睛盯着墙壁上的黑板,上面一半是母乳喂养的好处,一半是春季传染病的防治。阿德的目光很专注,半天也没见转动一下。当妇产科有声音跑出来时,阿德便悄无声息地离开走廊,移到后面的屋檐下,或靠着廊柱,或背着墙壁,双手插在裤兜里,中山装的两只袋盖往外挂着,仿佛里面盛满了好气味。

中药房的丽姨,隔段时间会把一坛坛中药抱到天井里曝晒。一味味中药接受了阳光的抚摸,开始热烈起来,气味得到充分漫溢。它们无所顾忌,朝各个角落疾走,有的还跑在了前面,准备跟谁撞个满怀。

有人说,中药味好闻。也有人说,中药味难闻。丽姨蹲着胖墩墩的身子,手脚不停地翻晒着中药,一边絮絮叨叨,中药比人更有味,人只有臭烘烘,中药是味味香喷喷。阿德,你说是不是啦。

丽姐,你说的是真话。咳咳。阿德在边上积极地帮丽姨端一只只药坛。

童医生把头探到窗外,故作生气地说,阿德,你帮丽姐端药坛,为什么不给我们扫地?

妇产科的气味介恶心的,我才不去。阿德一下抱起两只药坛,脚头屁轻,一把扫帚被他扔得远远的,仿佛那把扫帚刚去过妇产科。

我去食堂消毒手术包与产包,在天井遇到阿德时,阿德会避得三丈远。当高压锅扑哧扑哧往外吐热气时,阿德捏起鼻子,说是妇产科的那些包包让他觉得反胃。我不敢跟阿德认真,怕阿德犯病。有次,我也拿产包去消毒,菊婶婶不在,想让阿德帮我把高压锅端到煤炉上,阿德不肯。我开了句玩笑,意思是妇产科的气味一般人还闻不到呢。结果,阿德开始抽了,两眼发直,身子直挺挺地往墙上撞,吓得我扔掉了产包,大喊救命。

阿德已经三十多岁了,一直没有女人。他想不想女人,我无法知晓。只是当别人在屋檐下晒太阳开阿德的玩笑,说是要给他介绍女人时,阿德会咧着嘴笑,一边把头深深地勾下去。

晚上,医院对面的电影院放电影,他会一次次地徘徊在电影院门前。阿德不是去看电影,而是去捡地上的硬币。他双手插在裤兜里,低着头,目光直直地盯着地面。忽然,他一脚踩上去,不动,像是定格在那里,然后,慢慢俯下身,一只手贴着鞋帮,一点点探到鞋底下,摸出一枚硬币。阿德装作系鞋带,把硬币快速塞进鞋子,嘴角一牵,喉咙里轻轻咳嗽几声。

阿德捡硬币的事,并不是秘密,有时在医院扫地时也能扫到硬币,或一些碎钞。如果那天扫到了硬币,他会一连好几天在扫到硬币的地方一次次地扫。于是,童医生会很认真地跟他闲聊,阿德攒钱是为了讨女人。阿德神情一慌,可脸上的笑很不争气,他只好把头别过去,嘻嘻着消失在童医生的窗前。

阿德的女人迟迟没有出现。

而我不得不承认妇产科里充满了女人的气味。那些气味来自女人的胯下、腋下,也来自她们的肌肤。孕妇的肚子圆滚滚,脸也跟着圆滚滚,我低下头去听胎心,一股热烘烘的孕味扑鼻而来。我心里数着胎心,一边嗅着她们的气味,心里安静极了。我碰到过有洁癖的孕妇,也遇到过邋遢的孕妇,但她们身上的气味,似乎也没什么差别。实在要区分,可能是一个清爽,一个偏重,类似于一个是长在大棚里的番茄,一个是长在荒坡上的番茄。胎儿在发育,她们的气味也在发育,随着肚子越来越腴,气味越来越沉稳,仿佛特意来跟我解释即将瓜熟蒂落。

到了分娩时,孕味变成了羊水的气味。对我来说,这种气味很熟悉,像熟透的番茄。我在梦里都能嗅出它的气味。明明是我躺在床上,梦里躺在床上的却是产妇,情急之下,羊水喷到了嘴里。我想拼命忍住,却不由自主咽了下去。我慌里慌张,张开嘴巴忙往外吐。呸呸呸,我把自己吐醒了。

有时,童医生也赞同阿德的说法,尤其是妇检室与手术室的气味,令人联想到一只烂番茄。即使开窗通风,那股异味仍顽固地黏附在每个角落里,仿佛她们的呻吟一落地就变成了藤蔓。久之,我对菊婶婶的番茄炒蛋总感到恶心,怀疑她用了烂番茄。菊婶婶自然不会明白我的心思,仍隔几天端出番茄炒蛋,然后用狐疑的眼光盯着我的挑三拣四。

医院对面的墙壁上有人在刷计生的宣传标语,每一个字都有半张桌面那么大,在阳光下散发着浓烈的油漆味。写标语的是文化站的林老师,他像壁虎一样贴在那里,差不多有三天了,他还没有把纸上的"生儿生女一个样""生儿是名气,生女是福气"等口号摁到墙上。他提了一桶又一桶油漆,用坏了五六把刷子,还多次修改,把"名气"与"福气"调了个过儿。自己还没意识到,就被计生办的陈阿姨看到,结结棍棍地骂了几句。林老师跟陈阿姨比较熟悉,厚皮贼脸地笑着,完了虚心改过。

油漆味随风飘来,像是在医院里辨识出一条小路,直奔妇产科。我坐在办公室里打喷嚏。对面的童医生开我的玩笑,说是有人在思念我。我笑笑,没吭声,继续打喷嚏。我对油漆味过敏,就像阿其医生、谢医生他们,对我们妇产科的气味过敏一样。只是,他们不像阿德一样明说,而是拐弯抹角地说,妇产科是暗房,去不得,否则搓麻将手气要勿顺的。所以,他们如果找童医生聊天,只会趴在窗口,一句一句把话递进来。当有人进来看病时,谢医生他们忽地一闪,不见了踪影。这一闪,他们至少一个星期不会出现在妇产科。

不知道他们的手气是顺了,还是差了。

这一星期内,阿德又抽了一次,但这次他把扫帚丢开,一只手扶着地,慢慢倒下。阿德似乎闻到自己发病的气味,用部分不发电的大脑指挥着自己,远离井口,避开墙壁。

然后,等待苏醒的气味漫上来。

文友

海燕进来的时候,我刚脱掉白大褂。她一瘸一拐地,因没有声音,只见余光里有一影子跟括号似的括到我跟前,然后像一截锄头咬进泥里,定住了。我不由一惊,猛抬起头,海燕露着一张干瘪的笑脸,笑里有饱满的讨好与谦卑,身子往上挺了挺,可一会儿还是往右歪。

当然,那时我还不知道她叫海燕,只把她当成病人。

于是我习惯性地问她,你看什么?她露着一口四环素牙,说,我看你。看病说成看医生,大家都理解。可当医生改成你后,感觉这里面有了不一样的味道。我请她坐到凳上,可她扭扭捏捏,一边晃还一边躲,似乎很嫌弃那条凳。

你哪里不舒服?我改了另外一种问询方式。

她吃吃地笑着,脸上的皱纹根本无处可藏。她说,我是海燕。说完,她用手特意捋了下头发,像是顺带,身子也轻轻晃了晃。我注意到她烫了一个爆炸头,跟非洲狮子似的,几乎挡住了她一半五官,这使得整张脸看上去被人捏过似的。

我说,你要看什么病?

我没叫她海燕,而是仍用了你。

海燕收起了笑容,说,我不看病,是看你。我知道你在写文学,我也在写文学,我过来跟你交流文学。

海燕说这话时身子又往上挺了挺,仿佛文学顶住了她的脊椎。

我心里不由呵呵了几声。我说,我也就喜欢而已,那些小东西还够不上文学,称她们文字也有些勉强。我说的是实话,写了三年,仅看到一些小豆腐干。文学,实在很宏大,我能沾个边已显出文学对我的慈悲。

海燕再次绽开笑容,像一朵将要萎谢的喇叭花。她说,都变成铅字了,还不叫文学啊。我特别崇拜作家。她的目光有点灼灼,似乎我就是一位伟大的作家。当我意识到自己正直面这个比喻时,身上感到一阵燥热。

之后,我跟海燕一时无话。

我听到隔壁人家在唤鸭赶鸡,落到耳边像是袄袄起身,呼呼回去。因为静,也因为我此刻被海燕的写文学弄得有点无所适从,所以这唤鸭赶鸡的声音,以及节奏,听起来特舒服。我在心里解读着那位大嫂或阿姨的袄袄与呼呼,可投射到大脑沟回是起身与回去,我情不自禁起身,走三步,像是给海燕做示范。海燕支在桌边,既没有坐下来的意思,也没有想离开的迹象。这时,一缕夕阳的光打在玻璃窗上,折射出金黄的光芒,不偏不倚,与她的爆炸头相迎,她像一朵向日葵似的对着我。我再次感到燥热。

我说,我给你倒杯茶。海燕忙摆摆手,说,不麻烦。我马上就走。这是我所预期的效果。我装作客气一下后,适时停止了倒茶的动作。

然而,海燕仍然没有走,仍在我的右边支着身子。

我说,要不,你坐一会儿?海燕看看条凳,说,这个凳子坐过的都是妇女吧。我接不上话。她又说,我还是小姑娘。她说这话时下巴不由往前抬了抬。

这时候,我承认自己确实有些烦了。一半因为她不是病人,何况我已经下班;另一半是我对她的做作有些反感。

我在桌前摆弄着钢笔,说,我待会儿还要去看个病人。我撒了谎。

海燕似乎这才想起离开。离开前,海燕把身子靠在门框上,往外探了一下爆炸头,确认外面没有人,之后才摇摇晃晃地离去,也没跟我打个招呼。

我有些木然地坐了一会儿。好像刚才来了个病人,可她说是来看我的。我没给她倒水,她也没坐。然后,我骗她要去看个病人,于是她走了。她的腿不怎么好,出去时摇摇晃晃,腿上一定有病。只是,看她的腿病,不是我的专业。

我像拼图一样,回忆着那个叫海燕的女人。隔壁还在唤鸭,再听,是回去吁吁,袄袄起身。

是夜,我在灯下写日记。

一同记进的还有海燕,一个腿有不便且又固执地站立着的女人。或许,我称她为女人,她会不快。

当然,我不可能叫她女人的。女人在镇上还有别称,叫老宁,往往是指为人妇。出了镇,我不知道女人这词还能涵盖哪些。

我的日子极其平淡,上班门诊,下班宿舍,只是无法做到淡然。一空闲,心里觉得堵。一堵,就想写东西。写着写着,我会发起呆来。呆过,心情平静。于是,继续纸上涂鸦。偶尔也会对着纸上的文字出神,等回过神来,我会想起那句"你在写文学"。再往里想,有一丝愧疚,我那天的做法类似于轰,为了让她快点离开编了谎言,而且态度也不是那么友善。心里不知怎的,又开始堵,我在愧疚面前迈不过去。

所以,当我再次看到海燕的时候,热情与客气一起握住了我的情绪。

这次是在宿舍。我请她坐下,她马上坐了下来。我给她倒茶,她起身接过。海燕上面穿了一件小翻领的外套,下面是黑色的紧身裤,依然有点不太相配。

相配的倒是她的爆炸头。不过,这次她扎了一根蓝色的手绢,整张脸看上去清秀了许多。

我跟她闲聊着,但更多像是做问答题。她问我属什么。我说属鼠。她说,她属猪。我在心里掐了一下,比我大1岁不可能,那么比我大13岁。我问她住哪里。她说在陈岙。在镇的北面,离医院不远,也就十来分钟的路程。她问我平时看什么书。我老老实实回答她,还给她指了指我的书架,上面是三排书脊。像是回礼,我问她喜欢看什么书。她说,她喜欢看文学书。这个我能理解。

后来,我们不知不觉说到了各自写的东西。她说,能不能给她看看我发表的东西。我把贴有作品的本子递给她。她翻一张,低低地惊叹一声,毫无雕琢。我坐在她的对面,虽然有些难为情,但更多的是愉快。

她合上本子,也合上了她的惊叹。她说,想不到,你发表了那么多的文学。她说得诚心诚意。我笑了笑。谦虚与羞涩都包含在了笑里。

这时菊婶婶在楼下喊我可以吃饭了。我留海燕一起吃饭。她霍地站了起来。她说,不吃了,该回去了。我陪她下楼。到了医院门口,她不让我送了,顾自骑上自行车走了。两条腿在风中像是有平仄,一会儿左拐,一会儿右倾。我回去的时候又听到唤鸭声。

海燕又来过几次,带着她写的诗歌。她的诗歌写在练习本上,字歪歪扭扭,像是得了风湿性关节炎。当我心里转过这个病名时,海燕说,她的腿是得了风湿性关节炎的。顺着这个话题,我们说了很多。

海燕念了一年初中后,回家务农。十七岁时突然双腿疼痛,不能走路。看了很多医生,甚至吃过庙里的香灰,都没什么用。就在全家准备放弃时,她叔叔不知从哪里打听到一位郎中,她在他那里看了几回,还扎了几次针灸,腿慢慢可以下地了。但基本不能干重活,而且天气变冷或下雨,腿就会作痛。在家待着,特别无聊,离希望与憧憬很远。有次,她在邻居家看到几本杂志,借来读后,觉得自己也可以写写。按她的话,诗歌最容易写。所以,她选择了诗歌。

我轻轻地笑了笑。没有去点破诗歌创作的难度。别看诗歌就这么几行,想写出绝妙的诗歌,实在不容易。

海燕的诗歌,写得一般般,无非是对贞洁的赞美,对明天的期待,还有对自己处境的哀叹。可每次我都说写得很好。就像她惊叹我的豆腐干作品一样。

海燕从我这里抄走了不少杂志的地址,准备向外投稿。出于热心,我还指点了一二。比如要用方格纸,最好用钢笔抄,可以附上一封给编辑的信,等等。

海燕的诗歌,从来没有被发表过。这不仅仅是事实,而是现实。我一开始可以选择反对。但没有。对于一个有腿疾的人,心存一个美丽的梦想,哪怕是泡沫,在破裂前仍能给她带来快乐。

可后来的事情,非我能预料。

海燕在几家文学杂志社登了交友启事,一下子收到了许多封同样爱好文学的异性朋友的来信。她似乎对此产生了极大的热情,三天两头跑邮电所寄信,还给他们寄土特产。偶尔也会拐到医院里来跟我聊几句,看得出她心情特好,腿脚也很轻松。她有时给我看那些来自陌生朋友的信,有些同样是农村的,有些是有单位的。那些单位也是五花八门,工厂的,部队的,地质勘探队的。

海燕如何跟他们交流,我不清楚。海燕没说起,我也没问。只是,我隐隐感到这是件不太落地的事。海燕虽然腿有点小问题,人也长得不怎么漂亮,但在农村嫁个男人根本不成问题。据她的说法,那些她相亲过的男人都配不上她,理由是他们不懂诗歌,只晓得吃喝。文学装饰了她的生活,也阻碍了她的生活。这句话我一直想跟她说,可到底还是没说。

也不知过了多久,大概快一年吧,她突然跑过来找我商量事情,这次一点也不嫌弃我产科门诊的凳子,一屁股坐了上去。她面露羞怯,又带些紧张与不安。她说,过几天有个南京的朋友想过来看她,问我要不要见一见。我惊愕不已。

她说,那个人跟她通信最多。相互还寄过照片。

我再次惊讶。

她又说,她想在我这里见个面,家里肯定不行。

原来,她在信里撒了个谎,说是在医院上班,父母也是医生,对她管得很严,信只能寄到家里。

我在心里快速地转了转,劝她果断拒绝,否则这个谎言的窟窿会越来越大,最后谁也无法预料会出现什么结局。她神情一下子暗淡起来,对着窗外发了会愣。离开前,她冉央求我能不能帮这个忙。我狠狠心,还是拒绝了。

那个南京笔友到底有没有来,我不得而知。海燕也没来我这里。我有时也会想到她,给她一些猜想,有好的,也有不好不坏的,唯独不愿去想不好的。但她交友的事,我多多少少有些责任,是我闲谈时提起过,只要付5元的信息费,杂志社可以在页角帮你刊登一则交友信息。文友,大多靠这种方式建立书信来往。

我内疚时,一片落叶正好从树上飘下来,忽忽悠悠,也像兜兜转转,最后趴在了窗台上,是一片潦倒的落叶,上面布满了虫眼。我再次想到海燕,一个靠着文学取暖的女子,文字在无处发表的时候,却擦亮了爱情的底片。可爱情经不起虚构,一旦自谎言开始,必然以谎言结束。

我祝福海燕,真心实意。

只是,这没什么作用。

风掌握生长秘密

村庄的迹象在风中。春风浩荡,把一件件农具荡下墙,它们被人赶进了庄稼地。锋利的犁铧插进大地,褐色的泥块一床床翻身。锃亮的锄头咬住了杂草,荒芜的概念慢慢得到清理。一把化肥,一小撮种子,从风里跻身而去,卧在了刚翻好的泥地里。

人们在地上卑躬屈膝,极力讨好种子,还悄悄念叨,念出一片红晕,叨出一些往事。风把那些话那些事吹进地下,在湿润的泥里反复酝酿。种子坚硬的外壳,被慢慢顶出一条缝,再慢慢长出一片芽。油菜开花,桃花含苞,风在它们中间捻出一个个动作,引来蜜蜂义无反顾的吮吸。风笑了,扇出一朵朵鲜花来,香甜的气息沉醉着村庄里的男男女女。

带不走的处方

风在村里飘一阵,歇一脚,在张三门口听听,也到王五窗前停停,红尘滚滚的细节被风截在了村庄深处。那里,狗追着鸡跑,鸡跳着上树,唯独猫躲在灶膛里打盹,它对白天的欢娱打不起精神。

一把柴火,惊吓到了猫。猫呜呜啊啊,逃出灶间,蜷缩在柴堆里,惊魂未定,风把它的毛吹成一团球。猫叫着叫着,把春天叫来了,每晚在春风沉醉的时候快刀斩乱麻似的忙碌,一直忙到天亮才一身疲倦地回来,后面吊着一根尾巴,像是给风做个样子。

炊烟,袅袅起身,顺带着锅碗瓢盆的声音,站到了屋脊上,风忙不迭地在半路接住。青烟负责捎带消息,余下的把一部分生活埋进地里,继续人间烟火,夯实日子的底部。如果冰灶冷寨,风也跟着呜呜,一副枯瘦的骨架,怎么也撑不起生活的外衣。

生活的起承转合,付诸风,有时是冷风,有时是暖风。风碰见一个老人的离世,他的故事,他的经历,还有他的秘密,风送给他烟消云散。风也遇见一个新生命的降临,把婴儿的啼哭传遍村庄,在每一扇木门前结一个风铃。风东南西北坐了一圈,婴儿长了一大茬。风不停转换位置,婴儿变成小孩,在村庄里跑的范围越来越大。每个孩子都是见风大。老人坐在屋檐下总结村里孩子长大的原因,他们的话里漏着风,充满了岁月的骨感。

谁也不知道医院里扬起的那阵风,是从哪里启程的,一路上又挟来了多少孕育的秘密。虫欢虫爱的声音被风推起一丈高,呢喃的喘息在风里打转。村庄像一只丰满的口袋,装了许多隐秘的事,可风恣意地跑进跑出,逢人便呼呼,似乎它最忙碌。

也是,风最懂大地的心思。小草睁开惺忪的眼眸,风快活地忙着暖床。还有地里的作物,眼看着一天比一天精神,风把僵硬的泥块刮松了。夏天,风摇晃着抽穗的水稻,留下一路的哗啦啦,像是合不拢嘴,但又管不住嘴。秋天,风的事情多了起来,树要换衣,山要染色,果子要熟。风像中年人,不停地吹,各个角落都要吹一遍,收集一切欢娱的信息。撞上风的更年期是冬天,情绪阴晴不定,时而冷若冰霜,时而又喋喋不休,在大地上絮絮叨叨,只是大地沉默不语。

自然,没有风不知道的事,也没有风不知道的生长规律。

有人用大棚骗了种子,种子心急慌忙地抽芽,长叶,开花。蜜蜂在白色的塑料布下撞一下,磕一下,夜深了它们中有的还在找路。风在棚外徘徊,一次次地离开又一次次地回去,始终无法把消息带给棚里的种子。收获,已不单单属于秋天。硕果的意义,被平分给了其他季节的每一个日子。很多人承担不了等待的成本,更愿意省略季节的更迭。

有人把鸡鸭圈在一间屋子里,每天用别样的饲料喂养它们,一排排密集的大支光灯照着,它们光吃不睡,吃了蹲,蹲了吃,身上的肉肉越来越多。它们亢奋的叫声被风带到了村外,可没有人管。鸡司昏晓,慢慢枯萎在人们各种各样的机事里。

因此,神明替代了风。一个掌管心思,一个掌管事物。看得见的风在村庄里飘荡,看不见的神明坐在位子上,有的被称为寺庙,有的被叫成神龛,甚至有的绘成图像被贴在墙上,或灶前。迎请供奉者是她们,跪拜祈祷者也是她们,在香烟缭绕中合掌恭敬,俯身说出一个个秘密,许下一个个心愿,用响亮的磕头以恳求神明在天保佑。

我有时搞不清神、仙与佛的区别,也弄不清楚这些神仙与佛的人称代词,不知道用"她",还是"他",至于"它"肯定不行。比如观音是男的,但法相是女的,乡村称观世音菩萨,也称观音大士,没有性别色彩。在乡村人的心里,观音大慈大悲,也救苦救难,用千种化身普度众生。笃信者有之,临时抱佛脚者有之。

我认识一个老的接生婆,她是跟她母亲学的,没经过什么正规培训,仅有的一点助产知识无非拼接了她母亲的经验和她自己的接生经历。她甚至连最基本的生殖解剖结构都不太清楚,却接了很多小生命。她随身携带一个小产包,里面的器械极其简单,似乎提醒着村里人生孩子很简单。固然有简单的分娩,孩子顺顺利利娩出,母亲也没什么大碍,她这一趟很轻松。别人给的报酬也是五花八门,条件好的,给她两块钱,外送些鸡蛋或糖果,条件差的,可能就一包枣子或几个鸡蛋,她也不计较。

也遇上过难产,胎儿久久无法娩出,产妇的身体越来越弱,家人焦急万分,她的内心更是充满不安。她把自己的恐惧与焦虑归结于不够虔诚。于是,她供了一尊瓷观音,每次接生前她会沐手洗脸梳头,换一身干净的衣服,在观音像前点燃三支清香,然后在蒲团上默默地跪上片刻。袅袅青烟拂过瓷观音后,再拂过她的头,似乎隔着青烟,观音与她的距离越来越近。她有时接一次产,膝盖上要淤积很大一块乌青,就像胎儿身上的胎记。

我到镇上时,她已不再接生了,主要是不被允许再接生了。她看上去慈眉善目,手软软的,声音也是柔柔的,看你的目光含着慈祥,像个观音。只是,她有个很大的遗憾,她本想跟同龄的老太一起去寺庙念佛拜佛,可那些老太不愿意接纳她,嫌她原来是个接生婆,双手沾满了血污,包括曾请求她去家里接生的老太太,她们都嫌弃她在暗房里待得太久,身上有秽气。她郁闷难当,但又很无奈,索性自己一个人在家里念佛,坐在观音像下面默默念诵。

观音是村里最具人缘的菩萨,不仅仅住家里,也住在庙里,既被人求平安,也被人求子。尤其是婚后一直没有孕育的,隔三岔五就会把送子观音面前的香炉旺起来。只是,这个香烧得有点偷偷摸摸,没有人愿意被人看到自己在求子。但人只要进了庙,还没开口许愿,心思其实全泄露了。

她们怀揣着希望与煎熬从一家医院奔赴另一家医院,在医生的问讯里重复着自己的隐情,而医生对既往病史的追溯像锋利的刀子切开她们内心的伤痛。她们的矜持与羞怯在诊断面前荡然无存。她们一次次揭开自己的私密,接受各个医生的检查。无人知晓她们躺在手术床上时心里在念想什么,她们的目光里留存着什么,只看到她们卑微的笑容里堆满忽闪的渴望。

尽管医生的字像天书,估计任何人都看不出病历上的诊断是什么,但不孕不育仍像利剑一般刺向她们的神经,以至于她们过度敏感,听到有人说不下蛋的母鸡诸如此类的话也会掩面哭泣。她们小心谨慎,她们惶恐不安,在村庄里尽量让自己变得无声无息。即使一趟一趟跑医院也是避开耳目，似乎不能生育是她们的原罪。

其实，她们有的并非不孕，而是不育。停经四十多天开始见红，甚至更早，想尽一切方法保胎，差不多医巫兼用，中西结合，哪怕不可信的偏方也宁肯信其有，不愿错过孕育的可能，但所有的努力仍没能留住胎儿，久而久之成了习惯性流产，其痛苦带有某种羞辱，也蒙着自卑。有的不是原发性不孕不育，但过多的流产导致子宫内膜越来越薄，孕育的土壤遭到严重破坏，就像一枚青果子，还顶着花蒂，就被风吹离了枝头。

是的，风曾经住在村外不肯进来，村庄像一只干瘪的口袋，盛不住年轻人的激情，也装不下中年人的心事。她们心有戚戚却躲闪着旁人的目光，用一个底气不足的理由把自己劝进医院。她们惊恐不安，为一桩意外的孕育。

当我按下电动按钮，一场风就刮错了地方，它急吼吼地顺着引流管探入宫腔，热流贴着管子从我手心里一截一截地跑出去，下面有一只瓶子静静站在那里，热乎乎的液体被吸入瓶子，慢慢变成红色，像一只被榨汁的番茄。风数次误入，引起数次创伤，精美的种子从孕育一开始就遭遇了搁浅。

风一次次地刮，从天上刮到地上，刮起一阵阵尘埃。空中的云层越来越薄,风把大地刮薄了,把种子的消息刮到了空中,如同在一次美丽谎言的笼罩下,生长的秘密瞬间暴露无遗。

同样一阵风,我手中的风,却稀薄了孕育的希望。我也懵懂过,以为自己在帮助她们过滤冲动的杂质,那些毛茸茸的心思从此不再幽微。有一天,我在车站偶遇娟,她正拎着大包小包的药,看见我笑了笑,笑得很苦涩,一边还拼命想把药往包里塞。我心里正在措辞时,她急匆匆地离开,走得像是被心事散漫了一身。我想起前几天她来看病,停经35天,以为自己怀上了,但一查仍没有。她不会掩藏失落,一个人坐在凳子上发了阵呆,整个人的表情书写着"失魂落魄"四个字。我曾经开过一个方子,后来我劝她去大的医院看看。

方子被我揉成团。结果风把它衔到了花坛里,一株娇艳的大丽花照着它。许多天过去了,大丽花慢慢枯萎,一瓣瓣花凋零下来,落到处方上,上面的字迹已风化。风收罗了一切。

半路无门

菊婶婶秋后又养了两只小母鸡,连同原来的五只母鸡,现在有了一群。每天一大早,她把医院的大门打开,然后拐进医院南墙门,到那里再打开一扇小得不能再小的门。她的一群鸡勾肩搭背涌出来,两只小母鸡,缩着脖子,蹒跚在鸡群后面。

菊婶婶提了一桶昨晚剩下的米饭,往里掺进糠后倒在鸡食槽里。一群鸡立马伸长脖子,直奔过去,在木质的鸡食槽前站得挤挤挨挨。两只小母鸡试探着想从一堆肥大的鸡屁股中间钻进去,数只鸡立马扭过头来,狠狠朝它们的头上啄了几口。小母鸡压低着呻吟,俯下身子逃到一边,而头仍朝鸡食槽那边抻着,五只老母鸡脖子上的毛正愉快地抖动,一些米糠零零星星被抖了出来。

待老母鸡吃饱,踱到树底下打瞌睡的时候,两只小母鸡慢慢靠近鸡食槽,低眉顺眼的,但啄起饭糠时,显得勇猛精进,连连落下笃笃的声音。只是翅膀微微耷拉着,似乎随时准备趴下去。五只老母鸡蹲在树枝上打瞌睡,头慢慢垂下来,翻一下白眼,眼皮像窗帘样啪嗒扣上。

菊婶婶挥着扫帚教训五只老母鸡,尤其在它们啄俩小母鸡时,扫帚没头没脑地过去,嘴里恨恨地说,让你们欺侮,打死你们。如果每次都应验的话,那五只老母鸡起码死过去百遍了。菊婶婶又提着扫帚驱赶两只小母鸡,让它们挤进去。两只小母鸡惊慌失措,一只跑东,一只跑西。菊婶婶于是又恨恨地说,瞧你们傻样,打死你们。

当然,两只小母鸡仍在长大。

我有时把吃剩下的米饭倒给它们吃,五只老母鸡如果刚吃饱,就懒洋洋地用眼睛瞅我一下,继续散步的散步,晒太阳的晒太阳。两只小母鸡起初缩在墙角,不敢过来,见五只老母鸡没动静,便急急忙忙奔过来,围着米饭快活地吃起来,偶尔还有几声撒娇似的咯咯,咯咯。

后来,我发现两只小母鸡对五只老母鸡的惧意渗透骨髓,如果五只老母鸡不进窝,它们绝不会擅自进去。五只老母鸡下蛋的时候,它们便远远蹲在树底下,似乎守护着某尊神。

当菊婶婶说她的两只小母鸡是半路鸡时,我会罪恶地想到我的病人。

罗娅就是其中的一个。

罗娅第一次来做产检的时候,陪同来的有四个人。一个是男的,三十多岁,这在农村已显得很老相,脸上的表情纵横着许多沧桑。另一个是五十多岁的妇人,不确定是婆婆还是母亲。另外两个女的,稍微年轻些,红扑扑的脸上有些兴奋,嘴里嘀咕嘀咕,进来后还在咬耳朵。

那时的罗娅一言不发,眼神茫然,动作也很机械,甚至有点呆板。她男人好像看出我的怀疑,便在边上替她回答。我给罗娅量血压的时候,老妇人凑上来,很紧张地问我胎儿好不好。我说,三个月的胎儿,我仅凭产检是没办法确诊好不好的。她男人见状,忙接过话,说,给她吃点什么?我说多吃鱼肉、蔬菜,还有水果,她喜欢吃什么就吃什么,但尽量清淡为主。我刚说完,老妇人迫不及待地说,我们不要让她吃辣,她偏要吃辣,每天讨辣椒吃,我们给她烧鱼汤,她也不吃,这鱼还是我们自己捕来的……

罗娅仍木然着。我有种不善的念头,这个孕妇怕是有智力障碍吧。

以前我也碰到过一个,男的是镇后一个村里的,因经济拮据,一时讨不上老婆,娶了一个邻村的姑娘,人倒长得很清秀,只是有点智力障碍,长到二十五岁,说话仍含糊不清。第一次产检是牛医生做的,第二次来的时候我坐诊,他并没看轻的意思,倒是他老婆不肯让我检查,说是上次不是这个医生,所以我不是医生。他哄了她很长时间,还给她买了娃哈哈,她这才开开心心地跟我到产检室。产检倒是小事,生产时颇费了一番功夫,我们妇产科的三个人全体出动,一个哄,一个教,另一个接生。

产检登记,照例要填写身份证信息。我向罗娅要的时候,老妇人有些紧张,说,她的身份证被她娘家扣压了,要我们再打过去一万块钱。说这话时,罗娅的男人很不满地剜了她一眼。另外两个女的仍自顾自聊,好像陷入了某个话题,而这个话题一时没办法结束。

此刻,我无须刻意解读老妇人的话。眼前的老妇人是她婆婆,她的家在很遥远的地方,跟她讲这里的土话完全是鸡同鸭讲。

罗娅婆婆自知失态,忙闭上了嘴巴。

等罗娅第二次来的时候,我已不记得她了。还是她婆婆提醒,我才有些印象。这次,罗娅婆婆一屁股坐在我的对面,从口袋里掏出红色的准生证与身份证,往我面前一放,又一推,然后不停地用一块看不出颜色的手绢向脸扇风,但目光始终笼罩着我的手,好像我手上长了什么,看得我有些别扭。

产检卡登记时要填写一些常规情况,比如学历。我问罗娅书念到几年级。我怕罗娅不知道学历是啥意思。罗娅面无表情地说,高中。我心里咯噔一下,不由抬起头,以为自己听错了。高中吗?我问。是的。罗娅还是没表情。

罗娅顺从地躺在产检床上,而眼睛盯着窗外,一棵桃树倚着窗台,泛青的桃子上面蒙着一层茸毛。我给她做了常规检查,还是偏瘦。我叮嘱她多增加营养,尽量不要挑食,因为你现在不是一个人,而是两个人。产检室里很静,她也不响,所以,我的话听起来格外清晰,只是不晓得她有没有听懂。

随着怀孕月份的增加,罗娅来产检的次数越来越多,但陪她来的人却越来越少,最后她挺着大肚子一个人来。来了后不管我忙不忙,只找我做检查。于是,我跟她聊天的内容渐渐多起来。

罗娅家在湖南。她原以为是来我们县上打工,与同村的三个姑娘跟着别人来的,这个别人也不是别人,同她家还有一点亲戚关系。到了以后在这个亲戚家住了一个月,说是找不到工作,只能帮她们找对象。她不愿意,这个亲戚说不愿意就回,把路费与一个月的伙食费先结了。她写信给家里人,想让家里人寄钱过来,可另外三个姑娘却愿意留下来,并且一个个确定了婚姻关系。她一个人又待了十天,家里的回信没收到,只好同意去相亲。第一个介绍的,她不喜欢,嫌对方太粗鲁,第一次见面就动手动脚的。第二个她也没同意,那个男的似乎不太聪明,坐了半天没超过五句话,只会直勾勾地看着她。第三个,也就是她现在的男人,长得端正,是个木匠,也有修养,只是年纪大了些。于是,她给家里又写了封信,把自己的终身大事定了下来。

我有些傻乎乎地问,你父母没反对?她说,这边给家里汇了两万块钱,后来因户口的事又汇了一万,父母也来过一趟。我说你文化这么高,就这么把自己嫁了?罗娅帮我纠正,这不是嫁,是骗。可一会儿又称赞起自己的男人,说他人倒真是不错,待她非常好。

罗娅在我这儿有名有姓,但出了医院,她被镇上的人称为外地老宁(媳妇)。别的女人嫁人后也是没名没姓,但前面挂着她男人的名,类似原来的某门某氏,而罗娅没门。

那些上了年纪且经济条件又一般的男人,他们的门无法被本地姑娘打开,只能向罗娅她们敞开。她们说不上漂亮,但无一例外年轻,像一根随时准备灌浆的玉米。她们悄悄被介绍人带来相亲,若双方都满意,就定下来。这个定既有定亲,又有付定金的意思。男的把钱交给介绍人,介绍人开始张罗结婚的事宜,迁户口,拿身份证,登记,办酒席,俨然成了姑娘的娘家人。如果不满意,也不勉强。她们继续在镇上相亲,直到成为外地老宁为止。

罗娅她们的满意与否,也仅限于表面,她们有的住了下来,却迟迟没办结婚证,原因各种各样,归根到底还是钱的问题。没证无法生育,不能生育,自然难以拴住女人的心。这似乎是男方最担心的事。我有一个朋友的母亲,曾经悄悄跑到我这儿,说她有一个侄子讨了一个贵州姑娘,那姑娘倒安安心心过日子,但年龄还不到二十岁,结婚证没法办,只是男的年纪越来越大,都三十三了。两人同居后,姑娘放置了节育环,问我能不能私下取一下。

自然,这种事谁也不敢做。

再见到朋友母亲是在三年后,她陪着她的侄媳妇来做产,那姑娘把本地话说得无懈可击,如果不是身份证上的贵州省,我还以为她是镇上的人。像我朋友的表兄算是顺风顺水的,也有的姑娘仅仅住了一段时间,就跑了。没办法报案,因为这个时候才会想到用这种方式讨媳妇也是犯法的。去找介绍人,发现介绍人也是层层介绍,像是一团乱麻,根本理不出头,只好自认倒霉。

或许是为了提防这种事发生,有些人家就精明起来。给介绍人的钱不是一次性付清,而是等孩子生下来后付清尾款。也有的等姑娘一进门,就把她的身份证收起来,说是替她保管,实际是怕她跑了。她们怀孕后也是整日整夜地陪着,名为照顾,实则跟看管差不多。她们来检查,起初有三四个人陪着,但彼此间没有交流,前后错开,连目光都不会碰一下,就像罗娅一样。等到肚子顶到胸口,走路跟鸭子般摇摇晃晃时,她们大多一个人过来检查。她们大多对肚子里的孩子不太关心,默默地来,默默地去,很少会主动询问胎儿好不好,该注意哪些事。似乎,生育于她们仅仅是不得不做的一门功课。

她们说着半生不熟的普通话,浓重的南腔北调,偶尔夹杂几句镇上的方言,米糠一样的粗糙。她们有的个子特别矮小,乍一看还以为是个初中生,满脸的青涩,又是满脸的漠然,仿佛背负着不确定的命运。她们有的长一口氟牙,黄褐色的牙齿暴露了她们的来处。她们有的散发着浓烈的大蒜味,一下子把自己跟本地姑娘区别开来。她们有的瘦瘦弱弱,被人介绍到这个村,或那个村,如同纸被风吹过,有的飘到河里,有的被刮上树梢。她们用一纸婚姻把自己种进别人的庄稼地,跟赌博似的,手气的好坏全凭运气。她们有的嫁了好人,自己也安心,不出几年,把这里的方言说得特别地道,唯一留下的胎记便是她们还喜欢吃辣,吃大蒜。她们把孩子背在后背,有的用一只竹筐,有的用两根布带,孩子不哭也不闹,安安静静地张望着左右。

也有的嫁得不好,为分家、还债、过日子诸事烦心时,跑,成了她们最后一根稻草,也不管孩子年幼,趁人不备时整一个包袱离开。

与罗娅一起来的三个姑娘中,有一个姑娘在产后半年就跑了。那男人家也不晓得从哪里打听来的消息,抱着婴儿找到了罗娅,问她知不知道那姑娘的去向,罗娅自然一点都不知情。可看见婴儿哇哇大哭时,罗娅毫不犹豫地撩起衣衫给婴儿哺乳。

对于那些外地姑娘的到来,最敏感的或许还是村里的妇女主任。她们的嘴碎,但心肠很热,只要是外地女人被领来,便热心地奔过去,仿佛手里拿的不是一包避孕药具,而是一包喜糖。有时还会替人家出出主意,但所有的主意不外乎不能有计划外生育,必须有证有卡,否则她们用非法同居来定义这桩事实。

所以,一旦外地姑娘怀了孕,又没有红卡时,妇女主任会被男人家白发苍苍的老娘跪拜,被人用粪勺轰出来,未进门就听到满耳的骂声,几乎集中了村里所有的脏话,一起泼过来。一方躲着藏着,另一方寻着找着,甚至日夜盯着人家的门,观察着里面是否有灯光。"外地老宁"被妇女主任说得特别用劲,从一张嘴奔到另一张嘴,火烧火燎的。

罗娅生产的那天正好我跟牛医生换了一个班。她婆婆似乎不太开心,躲着我去找牛医生和童医生。好在,她产程虽然长了点,但并没有什么意外。

产妇本该拆了线才能出院,可她婆婆坚持第二天就要出院。我不同意,她跑到会计室找刘会计。我仍不同意,坚持自己的理由,万一产后感染,万一产后出血,还有婴儿的脐带要每天消毒。我说了很多个万一,希望能转变她婆婆的想法。可罗娅婆婆根本不管我提出的那些可能存在的风险,指挥罗娅的男人用手拉车把罗娅母子俩拉回了家。那天正好有一个服毒病人在抢救,一般人家很忌讳这个时候出院,但罗娅的婆婆不管不顾,拉着罗娅从服毒病人的抢救桌边经过。罗娅还好奇地瞪着看。

刘会计提前跟我打了个招呼,说是让我去拆线。我没好气地说,不去。

可不去也得去。

菊婶婶的半路鸡下蛋了,而原来的五只老母鸡因年事已高,再也不能下蛋。菊婶婶把两只老母鸡给卖了。买鸡的是罗娅婆婆,她炖给罗娅吃。

菊婶婶的母鸡又剩下五只。

电话机

像是历史的声音,当红色的程控电话响起嘟嘟的铃声,院长笑了,笑得很开心,脸上的线条朝外面飞,而且越飞越远。

我觉得院长一笑,人显得特别憨厚。

虽然,院长很快把电话机装进了木盒子,外面还挂起了一把小锁。

那是1993年一个夏天的午后,医院的白墙上、天井里落满了光斑,风紧一阵慢一阵,晃动的光斑像是水波荡漾。因为热,也因为闲,医生们被瞌睡折磨着。

这时装电话机的人来了。

尽管安装电话的人喝了酒,相貌也不好看,跟院长说话没大没小,还唾沫飞溅,在阳光下不时闪过一个个白点,但我们仍愉快地围着他,只不过偶尔有人侧一下,或偏一下。院长递烟,阿其医生点烟,刘会计泡茶,丽姨还帮他拎来台扇。除外,还有一堆软绵绵的美言在他周围飘来荡去。

钻孔,拉线,爬上爬下,腰上系着的白色帆布包盖住了大半个屁股,他时不时往屁股上摸,一摸准能摸出他想要的零件。于是,又有一堆好话捧起了他。他鼻翼两边的法令纹不住地朝外展。一会儿,他咬着香烟,问,电话装在哪里?院长不语,但神情安然,内心笃定。我们齐刷刷地看着院长,也不语,之后目光推来推去,出现短暂的寂静。

也不知谁起了头,说是电话应该装在院长办公室,随后众人附和,声音一个比一个坚决,像是有一堵墙挡在院长面前。院长对我们的心声不以为然,抬起头开始望天空。我们面面相觑后,一个个也慢慢抬起头,天空云淡风轻,飞过一群小鸟,丢下一串叽叽喳喳。我暗自思忖,电话的铃声如果是鸟叫的声音,不知道会不会引来一群群鸟,从此,屋里鸣叫,屋外呼应。鸟语花香住进来,而病人统统出院。

在我异想天开的时候,院长做出了决定,说是装在内科办公室。人群里仍有几个声音坚持要装在院长办公室,院长并没有半推半就,那几个声音一下子飘零了,以至于让人不清楚刚才是谁在干扰院长的决策。

医院里原来有一部瘦骨嶙峋的电话机,两只听筒像两个粗大的骨关节,黑乎乎的,铃声也黑乎乎的,响起来跟气急败坏似的。如果要打电话,得先得到院长的首肯,因为电话机装在他办公室,再用手摇到镇上的邮电所,这个摇还得拿捏好分寸,快了慢了都不行。你捏着话筒,耐心等待电话那头有人给你一个懒洋洋的"喂",你贴着话筒,小心翼翼地也"喂"过去一声,然后很谦卑地报出电话号码,麻烦她转接出去。此刻不管你内心怎么火急火燎,都要低头弓背站在电话机前,像跟电话里的人忏悔似的。电话顺利接通还好,有时并不顺畅,对方没人接,但事情很急,还得手摇过去,一边向接线员赔不是,一边请求再拨一次,说话的声音完全没了骨架,只有低声下气,再筐给对方一些好话。

所以,用这样的电话,除非万不得已。

装电话的走了,左耳朵夹一支烟,右耳朵也夹一支烟,袋里还装了一包半的杂烟,是阿其医生从其他医生那里整出来的。医生抽烟的不多,仅赵医生与丁医生,他俩都嗜烟,一个烟不离手,一个烟不离口。赵医生是外科医生,给人看病,望触叩听皆由左手独立完成,右手始终提着一支烟,大拇指与食指跟小香蕉似的,而无名指与小手指雪白闪亮。那是赵医生兰花指翘出来的功效。丁医生是牙科医生,专门给人补牙、拔牙,把一颗颗焦黄的病牙坏牙置换成洁白无瑕的假牙。丁医生相当于牙师傅,做的是手工活,腾不出手,烟只能粘在唇上,即使给病人装牙套,他的烟灰也是险棱棱地吊着。平时,他俩似乎各抽各,大多是病人看病时敬的烟。阿其医生去拿烟时,赵医生挑了半天,才拢给他数支烟。丁医生倒爽快,翻了几只抽屉,找出一只烟盒塞了过去。

电话机静静地趴在内科的北窗下,它的面前坐着院长。我们七零八落地站在内科室里,看上去像是围着院长,其实是围着电话机。你一句我一句,拉了一通闲话,但归纳起来就是"楼上楼下,电灯电话"。如今,这样的生活实现了,医生们似乎没有理由不好好看病。因为,电话机既是医院的,也是每位医生的。许是集体想到了这个层次,医生们的声音明明亮亮起来,像是各人捧回了一部电话机。

电话号码一点都不难记,尤其经阿其医生的艺术处理,把 8 念成发,把 6 读成乐,把 5 译成我,而 2 变成了你,电话号码变成了我乐你我发发。这号码让谢医生丁医生们喜出望外。丁医生说,一声响,我乐你我发发。介好号码,一声响。

"一声响"是丁医生的口头禅,给病人装假牙时是"一声响",同人打牌输掉了也会"一声响"。他高兴的时候,"一声响"出现的频率特别高,似乎满嘴"一声响",而他高兴的内容却不知所响。

谢医生说,我乐你我发发,这号码撞得介好啦。下次搓麻将,先打医院电话,不发也难。呵呵呵……谢医生身子靠着花坛里的茶花树,他一笑,茶花树嘎吱嘎吱抖动起来。谢医生有个习惯,好事说成是撞,而坏事被说成碰。于是,谢医生有意无意地去撞电话。准确地说是撞电话铃声。只要电话铃一响,谢医生脖子伸得比手长,两只眼睛死死盯着电话机,只是脚不怎么听话,有点绊跌,似乎他正努力追赶着发发,而发发在前面撒腿欢奔。他深吸一口气,捧起话筒,把"喂"字叫得文质彬彬,儒雅至极,但又总让人感到哪里不对劲。

如果哪天谢医生接了医院的电话,他晚上准喜滋滋找人去搓麻将。第二天,同事问他昨晚手气如何。他打哈哈,既不肯说赢了,也不愿说输了,只说今天天气好热,明天继续热,过几天会有一场雨。打了半宿的麻将,居然变成天气医生了。

不过,谢医生撞电话铃声的机会不多,绝大多数是院长接的。为此,谢医生背地里不知遗憾了多少回。院长是个中规中矩的人,上班看病,下班持家,从来不摸骨牌,那些发发于他似乎隔世又隔界,可他偏偏守着我乐你我发发的电话机。

医院里的声响,大多是不太愉快的。哭闹与呻吟,从一间诊室到另一间诊室,即使闲静的时候,那些声响还在弥漫,是来自身体病痛的声音。这些声音包围着医院,像是一种慢病侵蚀着每个医生的神经。说不清是冷静,还是麻木,医生居然在病人的大呼小叫中神情自如,一针一刀,一叩一触,手法毫不迟钝。有时医生之间聊天,扯些下半身组织器官的嬉话,往往笑到一半,突然被搁浅,有点莫名其妙,但并不觉得意犹未尽。因为,没有哪个医生会嬉皮笑脸地看病。

但,新装电话的铃声让医院充满了唯一的悦感。

尤其是在午后,医生们也不忙,铃声嘟嘟,像是唱起了《欢乐颂》。我听到了,不由别过头去,心跟着扑通扑通。童医生的视线从《圣经》上移开,眼睛瞟向窗外。隔壁的丽姨正好来串门,一只脚进来,一只脚顿在外面,胖胖的身子朝走廊里拐。刚刚还在噼里啪啦打算盘的梅姨,屁股底下吱嘎吱嘎扭了几下。连清洁工阿德也停止了刷刷地扫地,痴痴地望着内科。如果目光可以拐弯,他看到的是电话机。装好电话机的那天,阿德一边扫地,一边不时偷偷瞄一眼电话机。谁也不知道阿德的内心,但从他看电话机的眼神可以看出,似乎这部红色的电话机让他的心思波澜壮阔。有人跟阿德说,这电话机功能很多,能连接到非常远的女人。也有人对阿德说,有了电话找女人方便多了。阿德咧着嘴把头歪过去,粗糙的羞涩激荡着他的表情。如果内科没人,阿德会扔掉扫帚,然后毕恭毕敬地拎起话筒,也能把"喂"字念得有模有样。

此时,医院里的电话铃声有着饱满的仪式感。

铃声停止了。医院像是坐在寂静里,也好像一切鼓满了等待,等待院长气贯长虹的喊声。

无疑,被院长叫到的那个医生跟中了奖似的,脚底像踏着风火轮,疾步奔向电话机,那里院长把位子空着,听筒卧在玻璃板上。接电话的医生自然不会一屁股坐下,而是站着把电话听完,如果听电话时间长了,身子慢慢俯下去,靠在桌上,但屁股仍悬着。院长在一旁站着,显得有些无所事事,陪听电话似乎成了他的一项日常。别人对着电话机嗯嗯啊啊,他把报纸抖出哗啦啦的声响,好像只有这样才能撇开想象中的偷听。

门卫老伯曾徘徊在内科,也不说话,目光一直停留在电话机上。院长怕他记不住号码,特意给他抄了一张。门卫老伯接了,但仍不说话,神情有些高远。这种高远,院长自然没见过,我们也没见过。最终,门卫老伯把高远放了下来,他说自己是守门的,守电话理属守门范围之内。阿其医生捂着嘴拐进了外科,丁医生嘿嘿着一声响去做假牙了,我用半张报纸遮着脸回到妇产科,可到底没能忍住声。童医生讶异地看着我,听我说完,她接连哈哈,笑声震荡良久。

后来,院长不再喊了,而是由阿其医生跑到诊室叫人。阿其医生叫人接电话时,脚底犹如扇风,似乎耽搁别人接电话,是浪费一笔巨大的财产。

也是,打电话是要付钱的。医生打私人电话时,一概要付话费。当你开始"喂"时,院长在旁边看表。可能打电话时人正处于多巴胺分泌状态,问候、寒暄、恭维,偏题跑题了还意犹未尽,放下话筒后才深深感到言多必失。

有天,院长出差,内科只剩下阿其医生。我去串门。他突然神秘兮兮地告诉我,你想打电话吗?我不由激动,问他有钥匙?他说,钥匙没有,但我有方法。他跑到门口张望了下,然后又回来,把手拢到嘴边,说,搁手柄的那个键可以用来敲电话,如果是3,就敲三下,但中间不能断。我有点不太相信,虽然我非常期待阿其医生的说法是可行的。阿其医生压低声音说,我来试试,你报一个电话号码。我脱口报出我同学医院的号码。阿其医生把话筒装进白大褂的口袋,背对着诊室的门,开始敲电话。

阿其医生的食指在搁键上密集地敲着,类似于黑白电影中的发密电。或许因为心慌,中间总是出差错,一错,长音的嘟就挤身进来,然后就嘟啦嘟啦——待机中。阿其医生喝几口茶,两只手往下压了压,伸出食指继续敲。敲了半天,并没有敲到我同学的单位。

但,我跟阿其医生并没有放弃这个方法,就像是追逐一个民间故事。

有次,阿其医生值班,我也值班,两人又想到了敲电话号码。

阿其医生在电话机前忙碌,但他始终站着,似乎院长那个位子烫屁股。我趴在他的办公桌上,眼巴巴地看着他。突然,阿其医生的手指头不动了,嘴巴跟花瓣似的慢慢绽开,把话筒递给我。电话果然通了。我欣喜若狂。我冲着阿其医生不停地跷大拇指。

阿其医生好不容易敲出来的电话,可接电话的人说我同学休息。我像泄了气的球,瘪塌塌地回到寝室。偶尔我有些不甘心,自己也试着敲,背着同事,跟做贼似的,心虚得要命,被其他同事瞧见,恐怕不仅仅是尴尬而已。只是每次敲得筋疲力尽,电话机依然沉默无语。

相比白天,夜晚的铃声充满诸多不确定,就像一枚干果悬在枯树上。

电话机

  有时,我正在灯下看书,突然楼下电话铃声大作,我心里一拎一拎的,那时快乐的憧憬与不祥的预感几乎是同义词。等我急匆匆地赶到,电话铃偃旗息鼓。我站在电话机旁,像一尾搁浅的小鱼。过后,怅然与焦虑跟长了触脚似的扎进我心里,我怀疑是家里打来的电话,而这个时刻来的电话大多是不好的消息。当有这样的想法时,我会发一阵呆。数分钟过去,电话仍静默着,我这才慢慢踱到楼上。

  有个晚上,雨下得很大。我坐在灯下看书,隐隐听到铃声在响,但不太确定,再说楼下有值班医生。可铃声不屈不挠,持续了很长时间。我撑着伞一脚高一脚低地去接,结果铃声戛然而止,电话跟我开了个玩笑。

  分院的阿荣伯喝高时喜欢打电话来,也不管深更半夜,电话里的内容只有一件事,说是有人服毒,让我们过去抢救。起初我们信以为真,他听出我们很着急地要赶过去,他的声线开始乱跳,似乎上面站满了蚂蚱。因经不起我们细问,他开始唱起绍剧,一个猪爷爷,一个猪爹爹,气得接电话的人把话筒摔得响响的。

  阿荣伯得罪了我们接电话的兴致。

不能去的舞厅

电影院生意本来就清淡,有时一个晚上也就一烧火凳的人,自从有了舞厅,清淡得特别悲怆。热场的老歌更像是一首挽歌,一次次意欲冲破小镇的夜色,却一次次跌宕在无边的寂寞里,被哗啦啦的尘世挤成一片粉齑,悲戚戚的旋律落了满地。

电影院的门口始终只有胖杨与瘦朱两个身影,他俩起初站在门边,保持着检票的姿势,继而靠在墙上抽起了烟。两个红点时明时灭,似乎替代着他们的心事。他们最后缩在墙根,一个咳嗽,把一口口痰吐向舞厅的方向,另一个发呆,呆过后扔小石头,还没飞到舞厅就掉了下来。

离他们三丈远的地方是一堵石墙,中间挖了一个小洞,呈拱形，布几条铁栅栏，仅容一只手进出。一束灯光从里面映照出来，像一只枯蝶贴着墙壁。售票的阿姨在里面耐心地打着毛衣，一针进，一针出，没有手伸进来，她的指头上就一直绕着针线。售票阿姨白天在广播站工作，用纯正的镇上方言播天气预报，念会议通知，也读些镇上的新闻稿件，声音跟的确良的质地一样挺刮。即使鸡毛蒜皮的报道，到了她的嘴里一样活色生香。

走廊里的一盏路灯正好坏了，我趴在宿舍前的栏杆上，整个人隐在暗处。我喜欢这样的氛围，有声音，也有宁静。门诊平屋与宿舍楼的西南相交处有一个豁口，正好搁住了电影院的门口，且斜对着我的窗口。说句不太中听的话，胖杨瘦朱一直生活在我眼皮底下，我看到过他俩的趾高气扬，尤其是县越剧团到镇上演出，他俩的神情不可一世，见谁都不聚焦。当然，我也看过他们的落寞，就像此刻，一个吐痰，一个扔小石头，而远处的舞厅霓虹闪烁，一圈一圈荡漾在小镇的上空，吸引着年轻人的心，也仿佛是一张括弧似的笑脸，专门冲着胖杨瘦朱笑。

清洁工阿德插着手，顺着楼梯下去。我在心里默念着数字，数到33时他的身影出现在石桥上，手仍插在裤兜里。他左拐，一脚一脚从电影院门前走过，在灯光快要照不到的时候,缓缓转身,再一脚一脚回来,像是彷徨中的诗人。阿德黑黑的身影从地上爬到墙上,又从墙上附到胖杨与瘦朱的身上。阿德偏过头,装作没看到他们的样子。

楼下的值班室里忽然传来争执声,听不大清内容,但绝对不是好话,好像是骂爹骂娘,也可能是埋爹卖娘。方言我到底听勿懂,只是觉得居然会有这样的口头禅,估计谁又输了牌。值班医生没多少娱乐,也不允许有离开医院的活动,打纸牌戴纸帽子成了大家打发漫漫长夜的乐趣。

一会儿,阿德上楼,脚后跟啪嗒啪嗒,声音响得有点怪异,似乎从电影院那里拖来了一块破板。在楼梯尽头,他咳嗽了几声,然后哼起了小调。这是属于阿德的小调,从没有人听清过这是什么调,在阿德觉得快乐的时候他会哼,在他觉得尴尬的时候也会哼。

阿德的快乐与尴尬有时让旁人分不清。

镇上有过舞会,大多由团委出面组织,借一间会议室,扎几串彩带彩球,往水泥门汀上撒几包滑石粉,黑板上用仿宋体写上某某舞会。某某往往是五四青年节或迎新年,而"舞会"两个字往往占据了大块面积,让一进来的人立刻感受到舞会的气氛,既兴奋又局促。

如果有人愿意做点小牺牲,一直守候在电插头前,一排排小彩灯在会议室里紧张地亮起,又紧张地暗下来,人为造成流光溢彩的景象。一群年轻人跟着节拍进进退退,可很拘谨,动作也僵硬,尤其是目光不知道放到什么地方,仿佛肢体与心灵处于对抗状态。不过,最终仍是肢体胜利,谁也不愿蹈空舞会。

舞会的主角大多是年轻老师,村里的年轻人偶尔也参加,不过多数靠墙坐着,眼睛灼灼地盯着那些脚步,嘴唇轻轻翕合,像一条搁在浅滩上的鱼。直至舞会结束,那些鱼仍没有游进去过。

乡村舞会,一年不过两次,每次也不会超过三小时,可组织者极其谨慎,窗帘是加厚的,门是密封的,进来的人还得持请柬,明为排除闲杂人员,其实是把舞会的影响力降到最低,尤其从来不请刚刚跨出校门的学生。尽管如此,不少家长对会跳舞或跳过舞的老师仍持戒备心,目光里总缺少那份虔诚的尊重。

所以当有一天,舞厅的海报贴满小镇,不亚于往池塘里扔了一块大石头,而胖杨与瘦朱在涟漪的核心圈。他们似乎愤怒有加,各骑一辆自行车对镇上的每条街每条巷检查了一番,统计出舞厅海报有多少张,贴在了哪些墙头。他们摘抄了海报的内容,两个人对"为丰富乡村夜生活"这句话琢磨了半天,胖杨还抽掉了瘦朱半包香烟,瘦朱心疼得有些失控,一只手在香烟盒上不断摩挲,但仍没有保护好余下的半包。

第二天,胖杨与瘦朱跌脚绊倒跑到文化站站长那里,汇报了这件他们认为伤风败俗的事。文化站站长正踌躇满志地准备一场庆三八晚会。他嗯嗯啊啊应着,笔在纸上仍龙飞蛇行,从一个主题到另一个主题,但始终确定不下主题。胖杨说,站长,这事无论如何都得阻止,太丢人了。文化站站长的笔停顿了下,疑惑地问,有这样严重?胖杨用舌头舔了舔嘴唇,说,我见过太多的舞厅,我是说我在电影里在录像带上看到过舞厅,没有哪家舞厅可以跟高尚跟纯粹跟脱离低级趣味相提并论的,却与幽暗、密谋,以及龌龊共生共长。

胖杨不知是紧张,还是愤怒,舌头在口腔里甩来掼去,听上去仿佛舞厅是高尚的,是纯粹的,是脱离低级趣味的。文化站站长愣了愣,不明白胖杨脸上的表情跟他表达的意思到底是统一的,还是分裂的。文化站站长暧昧的态度让胖杨心一急,话更加含糊不清。文化站站长挥了挥手,让瘦朱说。

瘦朱的开场白很长,措辞谦虚,态度谦卑,似乎他今天是来忏悔的。文化站站长及时打断了他。瘦朱马上在一堆谦辞里峰回路转,说镇上开舞厅也是应该的,贴海报也不是非法的,但绝不可以把海报贴在计划生育的宣传标语上。瘦朱的情绪慢慢高涨起来,最后要求文化站站长取缔舞厅。

不知是瘦朱一激动导致文思泉涌,还是身怀绝技有备而来,他居然唱起了快板。他一边拍打着木椅扶手,一边历数舞厅的种种坏处,什么良家女子变质,什么青年才俊变坏。胖杨目瞪口呆,手里的烟灰险棱棱吊着。文化站站长的脸慢慢舒展开来,一只手轻轻地拍在玻璃板上,最后竟然欢快地敲打起来,眯缝着眼睛,身子轻轻摇晃,很陶醉的样子。

在瘦朱最后一个唱词戛然而止时,文化站站长拍了板,让瘦朱准备一个快板节目,内容是讴歌妇女半边天,然后客气地送走了胖杨与瘦朱。走出文化站,胖杨白了瘦朱一眼,瘦朱剜了胖杨一下。俩人一前一后走到电影院门口,胖杨摸出一支烟给瘦朱,自己从另一个口袋里掏出一支点上。刚才胖杨趁文化站站长充分陶醉在瘦朱的快板中时,把散落在桌上的香烟收纳到了自己口袋里。瘦朱痛快地吸了一口,俩人开始戚戚咻咻。

第三天,舞厅的海报被人撕了个精光,似乎小镇压根没有舞厅这回事。

但,舞厅仍如期开业。这天像是被人掐好了似的,天气出奇地好,空气里弥漫着春的芬芳,仿佛有多种饥饿渗透在每一次呼吸中,又似乎有一种悸动牵引着每一个步伐。从午后开始,舞厅门口的音箱就没静音过,从《花心》到《晚秋》,由《明天你是否依然爱我》到《新鸳鸯蝴蝶梦》,似乎县城的音像店开到了小镇,又似乎众多歌星赶到了舞厅。

舞厅取了一个既大俗又大雅的名字——蹦擦擦舞厅。不知是故意的,还是无意的,擦擦让人有了恶毒的遐想。

可敢于说出来的只有叶医生,他说,原来跳舞是用来擦擦。说完,他还很夸张地把嘴巴撑起了一个圆形,似乎擦字在口腔里停留不退。周围的人呵呵着,笑得有些暧昧。

门卫老伯凑了上来,压着嗓子,说,舞厅老下作的,在跳脱衣舞。叶医生故作惊讶地说,老伯,你去过了?门卫老伯白了叶医生一眼,说,这种秽气的地方好去啊,我是听人说的。叶医生还想开门卫老伯的玩笑,说,老伯,那种地方去了,你会长命百岁的。门卫老伯说,三话四话,只有下流坯才去那种地方。

不知何故,门卫老伯对舞厅的坏话越来越多,什么舞厅里有跳贴面舞,舞厅里打群架了。刚开始叶医生还会配合门卫老伯的情绪,甚至一起夸大舞厅的堕落程度,把凡是能想象到的龌龊不堪都倒进舞厅。可时间一长,叶医生似乎疲劳了,懒得跟门卫老伯扯皮,如果门卫老伯还坚持舞厅充满污秽,叶医生则戏谑他一定进去过了。门卫老伯指天发誓,以示自己的清白。见叶医生仍笑嘻嘻地看着他,门卫老伯一急,就把胖杨瘦朱供了出来。

其实,门卫老伯不说,我也知道他的消息肯定来自胖杨瘦朱。仅凭门卫老伯那点有限的文化视野,他想都想不出贴面、脱衣之类的词。难怪叶医生要取笑他,门卫老伯说舞厅那些事时他的神色出卖了他,不像是批判,倒接近于欣赏。

但,门卫老伯仍忠于对舞厅的抨击,而且这成了他生活的一部分。晚饭后我出去散会儿步,路过门卫老伯与菊婶婶的小屋,他看到了便问我去哪里,他鱼泡样的眼睛里闪过怀疑与警惕。我说我出去散步。我跨出医院门时,门卫老伯不由伸长了脖子。拐弯时,我不经意间看到门卫老伯探出头朝我张望,我一扭头,他赶紧缩回了身子。

小镇的夜晚仍如往常,幽暗里长着宁静。一只虫子的呢喃,翻越墙头,掉进别人的耳朵,却怎么也不会住进一个人的心,再吵也没人会拿虫子说事。狗从院子里追出来,一本正经地对着来人叫,叫过后仍挤到屋檐下。数只麻雀在竹林里瞌睡,一阵晚风惊扰了它们的梦,扑棱棱从竹竿上滑了下来,在枯萎的竹叶上跳了几步,还蹦了几下,而后再次飞上竹梢。那里卧着一缕月光,麻雀渐渐合上眼皮,连同合上了一枚月亮。

半小时后,我散步回来,门卫老伯大松一口酒气,一边忙不迭地合上铁门,步履有点踉踉跄跄。自从镇上开了舞厅,门卫老伯一下子变得特别勤快,不到七点半就吱吱嘎嘎关门,还特意加了一把铁锁,下面拖着一根铁链。当时他去会计室报销,会计还责问他怎么买这么大的锁。门卫老伯叽里咕噜说了一通,一会儿说供销社没有小锁,一会儿说小锁容易生锈,嘴里唾沫横飞,但他内心的真实想法始终没有蹦出来。

锁到底还是报销了,门卫老伯一高兴,结果关门的时间又提前了半小时。他一落锁,对面的电影院售票窗口跟着合上,留下小小的黑洞,宛如一个旧疮疤。

这晚,医院里来了一位急诊病人,被人送来时已9点多了。一群人把医院的铁门拍得震天响,还有砰砰的脚踢声,惊得菊婶婶顶着一头蓬发几乎衣不蔽体出来开门,因心急慌忙,外加铁锁上缠了几道铁链,她开门的速度令外面的人气急败坏,隔着铁门冲菊婶婶直吼。菊婶婶底气不足,进屋后骂了几声"死大炮"。她的死大炮缩在被窝里装睡。

此刻,小镇的夜晚一小撮醒着。有人站在舞池里喊大家下去跳舞,可大家像一只只壁虎似的贴着椅子不动,头却直直地昂向舞池。看不清那个人的脸,灯光把他的脸切得跟烂白菜似的,他扭动起来,四肢如同散了架,但又像是沉醉其中,左扭扭,右扭扭,再抖动几下,让人感觉有什么东西附上了他的身。有人在幽暗的灯下吃吃笑了起来,不知在笑他扭得好看,还是笑他跳得跟鸭子似的。他也不在意,继续在变幻的灯光下跳,时不时伸出手来,示意边上的年轻人过去跳舞。

一曲终了,他停了下来,但并没有离开舞池。当音乐响起的时候,他大喊的是慢三。他不知从哪里拉来了一个小姑娘,与她跳了起来。那男的嘴里喊着嘭嚓嚓,身子带动着小姑娘,在旋转的灯光里翩翩起舞。

终于有几个大胆的站了起来,但不敢走到中间,在边上学着刚才那对男女的样子,女的一只手搁在男的肩膀上,男的一只手抱在女的腰上,因为生硬,进进退退的步法像是推推搡搡。

如果是群架,大抵也不过是这样的情形。

有一次,门卫老伯喝酒喝到兴头上,突然说了这么一句话:镇上有两个地方是不能去的,一个是舞厅,另一个是妇产科。

当时我正在他们小屋里倒开水。我没响,继续把热水瓶倒满。我出来碰到了阿德,他刚从外面回来,电影院的萧条,把阿德捡硬币的乐趣也剥夺了。但,阿德从来不去舞厅门口捡硬币。阿德说,舞厅是下作坯去的地方。阿德也从来不打扫妇产科的卫生。

只是,门卫老伯从来没有赞扬过阿德。

瘢痕

如果不穿长丝袜,我不敢穿裙子。即使天再热,白大褂下边也套着袜子。我的腿上有瘢痕,白色的,尤其是脚踝的地方更密集。那是蚊子叮咬留下的。

考卫校前我常常用功到深夜,双腿被蚊子叮满,也浑然不觉。我在极度困倦中睡去,蚊子们鼓着腹部一动不动地趴在上面。久之,那些红色的点慢慢变成白色的瘢痕,像是长了白癜风,且无药可治。

看到童医生她们露着光洁的双腿,趿拉着粉色或藕色的拖鞋,在医院里扇起一阵阵风,我心里充满了羡慕。童医生也疑惑地问过我,这么热,还包得这么严实。随之,她哈哈笑起来,替我找到一个解释,说是小姑娘矜持。我笑了笑,到底没有勇气说出自己的隐情。

到了宿舍,第一件事是脱袜子。丝袜紧贴着皮肤,加之心急慌忙,常常被脱坏,不是钩丝了,就是露洞,也没办法补,只能一扔了之。被扔掉的丝袜保持着双腿的形状,颓败地瘫在地上。有时,我会兴奋地幻想那些瘢痕被剥掉了。可,每当看书看到半夜,手忍不住去挠脚,感觉被蚊子叮咬得厉害。驱蚊片每晚是两片,还点蚊香,像一条蛇盘着。如此,我还喷驱蚊水,甚至花露水。

然而,我仍觉得脚上有蚊子在咬。那些瘢痕仿佛都活了过来。

还有,我头上也有疤痕,右颞骨的地方,一节手指的长度。那里特别白,不长头发。如果扎紧头发,仔细看能看得出来。所以,我很少留长头发,习惯剪成童发,蓬松的短发容易遮盖瘢痕。据母亲说,我两岁时从眠床上爬下来,磕到了父亲的尿壶柄。等母亲收工回来,发现我满脸是血,一动不动地躺在床底下。母亲哭着一路狂奔,把我抱到赤脚医生那里。赤脚医生的针扎在我头上时,我忽然哇哇大哭。母亲继续哭,我也哭。但对母亲来说,这个哭有点喜悦的心情。

这件事我自然不记得,都是母亲在复述。时间长了,我似乎有了记忆,恍惚中看见自己在夏天的午后躺在床上,旁边睡的是哥哥。他比我年长一岁,还不懂照顾我,任我咿咿呀呀地蹬腿舞拳,然后翻过身,一点一点朝外面挪去。危险这个词还没有出现在我的大脑里。我身子一滑,掉了下去,头首当其冲,碰到了硬硬的东西,随之血流如注。我哭着爬着,往低处爬。后来,我哭累了,睡着了,唯有我头上的伤口醒着。母亲看到我时,血还在淌。

伤口愈合容易,但记忆的疼痛却是终身携带的。

我有一个病人,她找我是因为意外妊娠。她已有一个十多岁的儿子,这次怀孕,纯属意外,她不想跑到妇女主任那里要流产卡。她说,她感到难为情,都这么大的年纪了。她说这话时,没有忸怩,可脸一直发红,好像每一个字都烫着她的面孔。我说,没卡的收费标准跟有卡的不一样,要不,你把卡欠着?她忙拒绝。她不愿意在别人跟前出卖自己的孕情,因为她是已经快四十岁的人了。她说,这个面子她倒不起。

我给她测量血压,她伸出的是左手,而右手一直插在裤袋里,手肘却往外拐,既像缩,又像撑。我也没在意,或许她习惯用左手。进入手术间后,我丁零当啷又窸窸窣窣,做着术前准备。她站在手术床边,茫然中带着恐惧,可右手仍然插着,那样子跟她的神情很不般配。我提示她术前的程序。她低低地央求,原来,她的右手手指全被冲床磨去了,只留下半个手掌,无法配合我的检查。

在手术中,她的左手紧紧抓着手术床,每一次疼痛,她手上的青筋就暴露一次。她的右手也抽了出来,但光秃秃的,像一把铲子,在空中,在床沿,胡乱地舞着。我很矛盾,停止操作,会延长手术时间,而继续手术,她对疼痛忍受不了。我只好用"马上结束了"抚慰她,像递给她一根竹竿,渡她走过独木桥。

术后她告诉我,她的右手一直有握的感觉,明明知道已无法完成这个动作,可内心的意愿比左手更强烈。所以,她有时用一块布把右手紧紧包起来,用勒紧来驱除握的意念。她一个人的时候,倒没什么,七八年过去了,右手的功能逐渐转移到了左手,握筷子,捏针,洗衣服。只是,在人前她把右手藏在裤袋里,不想被人看出她的残疾,后来变成了习惯,一跨出家门,她的右手就往裤子里插。如果别人的目光往她手上看,虽然不一定真的在看,但她会惊慌,以为别人看出了她的残手。于是,她的右手更加拼命往裤袋里躲。

有时,在门诊遇见皮肤光滑、身上没有一处瘢痕的女人,我有些妒忌,跟她们说话的声音也特别温和,给她们做检查时,我知道自己的眼光里布满藤蔓。

当然,有些疤痕,是永远藏匿在身上的。只有疤痕发生疼痛时,才会暴露给医生。

病人找我看病,必须告诉我她哪个部位疼痛,哪个点上酸麻,以及哪个地方出血,伴之会有发热、面色苍白、双眉紧蹙等症状,我根据自己的临床经验,以及我的触诊、检查,来诊断患者患的是哪种疾病。如果有时模棱两可,我会在疾病的名称后写上待查,如发热待查、腹痛待查。对面的童医生从来不用病历,病情与诊断都是口述,病人也不介意,听懂比看懂更直接。

而她的疼痛点经常在游走,一会儿说腹部有包块,坐着也能摸得到,边撩起衣摆让你触摸。你不伸手过去,她会固执地撩着衣服。可一会儿改口说腰处特别酸痛,睡在床上整个人像钉在那里,一动浑身痛。

她又说经常失眠,整夜整夜睡不着,胸口像压着一块石板,人像是被推进了池塘。她说,她还老是做噩梦,梦见自己的肚子被刀剖开了,看到了肠子,看到了肺。

她的表述误点很多。失眠与噩梦是两回事,肠子与肺,也不在同一个部位。我没去点破,她继续陈述她的病情。这是她的主诉。医生首先是听主诉。

我的检查,一无所获,只看到肚脐下有处两指指关节长度的疤痕。这是绝育手术的切口。

她很不满意,问我年龄,然后打电话给计生办的陈阿姨。

陈阿姨不在,唐阿姨来了。唐阿姨被她叫成长脚老宁(女人)。她一见到唐阿姨就急急地痛诉,说她肚子里有钳子在搅动,肠子都拎起来了。她开始呻吟,哎哟,嗯啊。

唐阿姨四十出头,声音却很年轻,甚至年轻得过分,只要一激动,嗓音就显得细细的。唐阿姨说,我也做过绝育手术,半年里老是有这种感觉,像钳子在拉肠子,以后慢慢会好。唐阿姨连哄带安慰,还伸手去揉她的肚子。谁知,唐阿姨的手一碰到她,她尖叫起来,仿佛唐阿姨捅了她。她一只手往外推,另一只手托着腰。她说,她现在疼得没办法坐,没办法站,没办法躺。她在凳上移着,挪着,让我和唐阿姨看到了她不能坐,不能站,也不能躺。

一会儿,她的男人赶到,一见唐阿姨在,就开始大骂起来。我一连听到七八个娘希匹。他瞪着眼睛,让唐阿姨赔好。他直吼,这样的痛法一定是手术动坏了。唐阿姨在边上弱弱地安慰着,显得孤零而无助。这时院长也过来了,看得出院长跟他是熟悉的,不停地叫他名字,让他气缓缓。可她男人没有缓气的意思,嘴角慢慢积起了两坨白沫。在他骂声的间歇,是她的哎哟哟,院长与唐阿姨几乎插不上话。

唐阿姨没办法,只好再次打电话给镇里。不久,一辆面包车开了过来,送她到县人民医院就诊。

过了几天,她被她男人用手拉车拉到医院。她躺在被褥里,微闭着双眼,脸色苍白。她男人还没有进门,就大喊院长的名字。院长奔了出来,一见又是他,可能想平缓一下他的情绪,说他喉咙介响啦。他说,我是箍桶出身,喉咙能不胖吗?我老太婆肚皮又痛了。院长问他上次县人民医院怎么说。他梗着脖子说,看了个呒告,照了照,配了些药,问问是什么病,也说不出明确的病。痛得介结棍,肯定有大问题。

她掏出在县人民医院看过的病历、化验单、处方,还有配的一些药。她说,她疼得不想做人了,好像有老虎钳在拧她的胃。给她看化验单与病历的是阿其医生。她问那些化验单怎么样。阿其医生老实地回答,大部分指标好的,只有一个指标不太好,血色素稍稍偏低。她说,血色素偏低是什么原因造成的。她警惕地盯着阿其医生。

阿其医生说,女性血色素低有时是生理性的,比如来月经,有时是饮食方面的,营养不够。她很不满意地剜了一眼阿其医生,说,这是因为里面在出血,所以,有鸭蛋样的包块。它们在大。我每天在摸,每次都比上次要大些。

阿其医生说,B超单显示左侧输卵管有一个2毫米乘2.5毫米的弱回声,还好的。阿其医生可能想安慰她。结果,她非常恼火,说阿其医生怎么能这样,我好不好难道你说了算?她男人继续爆粗,责问阿其医生会不会看病。

阿其医生老实地说,我是看单子说的,妇产科的病我是不会看的。

诊室里的气氛顿时尴尬起来。院长见状,忙问她人民医院的药有没有作用,她男人扯着嗓子,说,效果有点,原来痛起来叫天叫地,现在喊爹喊娘就够了。阿其医生差点扑哧一声,喉咙里轻轻响了几下。院长牵了下嘴唇,忙拦回来,说,要不,人民医院的方子再用三天?得到她的同意,阿其医生抄了方。

输完液,她男人用自行车来带她,手拉车留给了她的弟弟。她弟弟嘀嘀咕咕,很不情愿。手拉车从医院出去时叽里咕噜,两只轮子一路念念有词。

她的疼痛断断续续,似乎没有任何征兆。她说痛就痛,慢慢痛出了一些症状,有时会脸色苍白,精神疲惫不堪,像是大病初愈,有时蜷曲着身子,头发凌乱,哐哈哐哈,在嘴里进进出出。

她不痛的时候就去镇政府,一个办公室一个办公室地坐过去,手里拎着毛线团,说她腹部的包块越来越像鹅蛋,她比画着,用抽出来的毛线在针上套出一个个圆形。她从一楼坐到二楼,又从二楼坐到三楼,显得很执着。只是她的毛衣越织越短,而毛线团越来越大。她拆了织,织了拆。

她的男人跟着她,但他是串,从一个门到另一个门,见人分根烟,也不说什么,喝茶抽烟。待下班的时候,他能准确地从某间办公室里找到老婆,然后两人一前一后地离开。

对她的鉴定,我没有看到过,只是听说她被定为神经官能症。因为有鉴定,她的医药费在卫生院可以长久地挂着。可她看病再也不上我们妇产科。

牛医生说,上次她来补牙,执意让自己写成神经官能症。牛医生不肯。她就跟牛医生磨,磨着磨着,结果给牛医生做起介绍来。

牛医生说这话的时候刚过中秋。我和童医生自然很关心牛医生到底有没有去相亲。牛医生似乎有些不好意思,说,只看了下照片。童医生忙问她,照片上看看咋样?牛医生脸腾地红了,不响。

牛医生的终身大事,成了医院每个同事的关心点。叶医生给她介绍过他的同学,丽姨帮她推荐过自己的远亲,计生办的陈阿姨做过她的红娘,算起来也有一堆,可每次都是雷声大雨点小,最后都不了了之。她依然一个人进,一个人出。

有次她值班,有个男的来找她,大家很兴奋。连门卫老伯也很热情,引着那个男人找到值班室。谁知牛医生很快把他送出了门。

有一天下午,医院里冷冷清清的,病人几乎没有,大家在诊室里坐不住了,便捧着茶杯出来闲聊。牛医生也出来,跟往常一样,她离大家稍微远点。说着说着,童医生突然问起牛医生的对象处得怎么样?众人的目光都集到了牛医生那里。牛医生涨红着脸,支支吾吾,把手里的保温杯抱进了怀里。

牛医生被童医生逼得没法退,说,刚开始倒谈得不错,面也见了几次,好像也有感觉。有次那个男的忽然坐过来,想挨着她坐,她吓得浑身起疙瘩。自那次起,她再也不肯跟男的见面了。

众人嘻嘻哈哈,像听笑话。

牛医生没笑。同样没笑的,还有我。

我想起一个病人,她找我看病是因为月经紊乱,月经不来的时候可以隔好几个月,最长的有半年,来了后老是不干净,甚至会拖上二十多天,身上总觉得潮热,脸发烫,情绪也很坏,提不起精神。我注意到她一直用手帕捂着嘴角,而且朝左边挤压,似乎右边的嘴角㖞斜,她特意用手帕去牵引。她的症状是典型的更年期综合征。病是诊断出来了,但没有什么特效药。

对于女人来说,更年期是一生中最后一道坎。如果顺利迈过去,接下来的健康状况会相对良好。否则,它会遗留瘢痕,像是衔着光阴的枯枝,随时撩开伤口。这位病人的嘴巴后来真的歪了。那块颜色模糊的旧手帕一直被她捂在嘴边。

牛医生肯定也有一块手帕,只是我们看不到罢了。就像别人看到我的永远是穿丝袜的双腿。

大年三十熄灯

到医院的第一年,我跟童医生商量,我值大年三十,她值正月初一。童医生也没什么意见。后来每年如此,除夕夜我都在医院里过。

这天,极少有人来看病。大家像守着一个约定,大年三十不上医院。

在年味浓重的镇上,医院突然变得很寡淡,那些鞭炮声、喧闹声,裹挟着酒肉香不断游走,顺着空气飘,贴着窗口挤,沿着屋脊浸,可到了医院仍被来苏尔拦截。

医院前段时间刚刚刷了外墙。院长说,过年了,给医院穿件新衣服。不过,这新衣服做得有些粗糙,说白了不够专业,是几个男同事趁下午没病人自己刷的。阿其医生他们坐着一身白时是看病,站着一身白时是刷墙,脖子上挂着听诊器,手里握着滚筒,或推或拉,仿佛给墙壁做健康体检。

虽然,白是多么单调的颜色,但这种颜色偏偏不会让人觉得简单与枯燥,或是厌倦。白引领了所有的色彩。

即使大年三十我一个人守着妇产科诊室,对着白墙发呆,也不觉得有什么伤感,反而,我觉得白墙帮我抵御了虚妄,仿佛时间绕白墙而走。

像是被人突然提醒,我从白墙前回过神,忙起身去查看分娩室的产包和接生器械。看病可以自己熬一熬,拖一拖,但生孩子可没得商量,正月初一会生,大年三十也会生。有句老话:人小主意大。这话是替妇产科医生说的。

产包只有一个。我犹豫之间还是整理了两只产包,给接生器械换了消毒水。

除夕生孩子的概率很小,我查看了产检卡,到预产期的没有。但不得不备着,因为以前有过。我到医院的第一个除夕夜遇上过。那天我正在宿舍里喝鸡汤,一只手握调羹,一只手捧书,汤喝得有滋有味,书也看得津津有味。外面雪花飘飘,零星的鞭炮东一下西一下,偶尔还有嗞啪嗞啪,那是焰火在空中燃烧。这样的夜晚弥漫着岁月的深情,我差不多都快忘记自己正在值班了。待菊姆姆顶着雪花敲开我的门时,我才猛然记起今天自己除了守岁,还要守班。产妇的预产期其实还有半个月,而且也没有任何要生产的征兆,因看春晚节目,被说相声的姜昆逗乐,笑了一阵子,肚子就开始痛。产妇忍着,继续看春晚,结果肚子越来越痛,只好来医院。产程并不长,不到两个小时顺利娩出一个大胖小子,哭声很响亮,似乎他早已预知自己能被母亲笑着生出来。

我把产包拿给菊婶婶消毒。菊婶婶正忙,煮饭,烧菜,炖老酒,倒是门卫老伯闲庭信步,在医院天井里每踱几步,拢起双手看看天,看累了靠在墙上打瞌睡,头慢慢歪过去。菊婶婶探出头,喊:"大炮,老酒好了。"菊婶婶的大炮一个激灵,疾步而来,手仍拢着。菊婶婶把产包放进高压锅,双手一拎,消毒锅坐到了刚才老酒壶的位置,下面火苗开枝散叶似的舔着锅底。这情景突然让我觉得温暖。不知道里面的产包谁会用上。

刘会计撅着屁股在晒处方,下班前她将把处方存入库房。医院的门诊量不算多,但一年积累下来的处方居然也可观。一张处方一个病人,在那里已不分内外科和妇产科,只有不同的病情和不同的药名。处方被装订成册,像一本本书摊着,封面是天空,封底是大地。它将在光阴的漫漶中慢慢模糊一个个人的名字,包括右下角的一栏,医生与病人同时接受时间溢出来的沧桑。

我翻了翻处方，像翻开一本书法作品集，有几张狂草得不像话，仿佛给字动了手术，部首被一笔笔拆散，再与别的字组装在一块儿，扭成一个个疙瘩后往纸上一扔，说是天书，一点都不过分。我敢打赌，过上一段时间，把这些处方还给医生，医生能说出个大概，也算是对得起被肢解过的字。

至此，我是真心佩服挂号室的梅姨，她每天要面对这些天书，一只手捉着处方，一只手往算盘上打，打着打着，手指在算珠上停了下来，像慢镜头一点点推进。病人趴在小小的窗口前，手里拽着一只看不出姓钱的钱包，随着梅姨手指头的拨拉，病人的手一会儿松，一会儿紧。梅姨左手推了推酒瓶底似的眼镜，然后配合右手捧起处方，凑到眼镜底下，仔细辨认着处方上的每一个字，实在识辨不出的，梅姨只好跑进医生办公室去问。病人在医生那里望闻问切，医生的处方在梅姨这里也要经历望闻问切，像是个轮回。

确实，医院里坐实了轮回。有人在医院里死去，也有人在医院里出生。有人带着病痛走进医院，也有人绝望地离开医院。医院既是奔赴希望的地方，也是被人忌讳的场所。就像今天，没有人愿意踏进医院的门，医院是被排除在祥和欢乐之外的，但产科是例外。

带不走的处方

我翻到了自己的处方,夹杂在同事们的处方间,有点醒目。我用的是蓝黑墨水,与别人的蓝色圆珠笔相比,这个颜色显得特别老成,再加上我的字比较结实,一翻,似乎能翻出资历来。我的字带有多大的欺骗性啊。字如其人,到了医院居然成了一个辽阔的民间故事。呵呵不由在心底荡漾了几下。微黄的灯光洒过纸页,如岁月抚摸字里行间,文字散发着怀旧的气息。指尖划过,纸张上擦出声响,滑向医院里的宁静,也飘向医院外的热闹,如历史的天空。

处方上的名字我已不太记得。记不起来最好,病人也不跟我说再见。有次,有个年轻的孕妇产检后跟我说干医生再见,一旁的母亲赶紧纠正,嘴里连吐呸呸呸,然后面带灿烂的笑容说小干再见。这位母亲的意思很明白,医生不可以再见,但小干可以见。医生,既被人敬着,也被人防着。

处方在太阳底下静默着,风一吹,吹起边边角角,有窸窸窣窣的声息,似乎有人解读着那些病人的岁月去向,而医院的宁静正好衬着去向的空白。

医院对面的水泥路上,人车喧闹,拖拉车突突往南,突突朝北,间或夹杂着手拉车、自行车或摩托车,但没有一辆是空车,装的是鼓鼓囊囊的好心情,也渗出好声好气的话语。

偶尔,也有生气的人。

有年除夕夜,一辆拖拉机突突奔进了医院。除夕谁还会坐着拖拉机来医院,除了产妇。结果是个服农药的。这下全院总动员。服药的是个三十出头的女人,送来时意识还有,我们想让她自己喝水,免得插管,既痛苦又有风险。可她嘴巴像紧闭的门窗,怎么劝都不肯松开。她老公在旁边不停认错,不停扇自己耳光,她仍不为所动。谢医生只好插管子。

事情其实很简单,她要做祭祀,让男人给她斩一盘鸡肉。她男人切的是鸭肉,被女人数落了几句。男人觉得面子上过不去,骂了她。这一骂耽误了祭祀时间,女人气不过,抓起农药就喝。好在,女人本意是吓吓男人,并不存心自杀,洗了胃后没什么大碍。但这年过得有些七零八落,像一地鸡毛。

牙科的丁医生正在专心致志做假牙,嘴里叼着香烟,烟灰险棱棱的,有一寸长。桌上摆着一颗颗牙齿,洁白无瑕,旁边是一堆零乱的工具,他敲着、磨着、粘着,不时露出焦黄的牙齿,一同焦黄的还有他白大褂的衣领。丁医生长时间低头做假牙,烟雾习惯了跑到脖子后面。每年过年前,丁医生特别忙,忙着给病人补病牙、拔坏牙、装假牙,完了后嘱病人咬牙切齿,从中发现一些瑕疵,深深吸一口烟,帮病人取下红白相间的牙套。

今晚,那些假牙们正快活地履行职责,大年三十的味道充分地留在了舌尖。

丁医生解决了镇上许多难啃的问题。

下班后,我在宿舍前的走廊里站了一会儿。有米酒的香气飘散过来,仿佛踩出一条小巷子,而我仿佛迷失其间,摸着斑驳的老墙,脚下是光滑的鹅卵石,一缕残阳泊在巷口,像一幅版画,每一个细节窝着世间的包浆。我不会喝酒,但并不影响对醉意的遐想,尤其大年三十,有多少人坐在饭桌前端起酒碗与过往干杯,跟新年碰杯。包括处方上的那些人,但愿他们余生能挣脱医院的气息。

天渐渐黑下来,我感到光阴的触角慢慢扎进肌肤,有点痛,也有点痒。那里,人生的感悟与经验聚集在一起深情张望。我忽然想起自己在春天许下的承诺,好像没有兑现。书单上的书没有读完,工作的状态不够有质感,情绪仍有起伏。看来,这一切还得在新年里延续。

我返身时瞥见一只老南瓜躺在楼梯的角落里,黄得有些不像话,好像与这个季节对峙着。旁边有一株茶花树,花很艳,把花蕊吐得滚圆,花蕊也是黄的,但黄得很有分寸。

路灯还没有亮,一个个窗口次第辉煌,与其说像一次集体奢侈,不如说是一次集体憧憬。大年三十的灯要一直点到午夜,借喻来年红红火火。人们的祝福常常四平八稳,但摇曳生姿,在各自的心底春光明媚,灼烧着一年来的日子。尽管那些祝福充满了不确定,甚至无法眷顾其一生,但仍会让期盼与梦想涨满除夕。而那些祝福里,医院永远是被绕开的。

当四周燃起绚烂的焰火时,我拉灭了桌上的台灯。

大年三十,医院熄灯。

后记

我是靠经验写作的人,这也是我选择散文的主要原因,只有散文才接近作者的内心。

《带不走的处方》,是我至今写得最慢的一部散文集。

我有从医经历。我视它为人生最重要的历程。这不仅仅是我青春的开始,也是我体验生命的渡口。无论如何,这应该是我写作最好的元素,因为医生的视角,是命运与人性的最佳取景镜头,除了接近高尚与纯真,也靠近卑贱与渺小,以及痛苦与无奈。可,我没有动用过这笔资源。我清楚自己在等待一个机缘,就像等待被引渡一样。

当我卫校的老班长以43岁的年龄备孕二胎时,我觉得我可以写了。

我没想到文字与记忆之间出现了爬坡,有时记忆追不上文字,而有时文字跑不过记忆。几度,我不得不离开书桌。我需要静一静,才能让回忆得到喘息。

无疑,我在纪念与反省中徘徊。我也有过彷徨,不知道书能不能出版。也有人问我这本书的主题是什么。原谅我并没有给出非常宏大的词。

我对回忆非常敬畏,也很虔诚,因为,回忆让我读到遗憾与错过。这是人到中年后体悟生命的方式之一。离开了反省,思考便毫无意义。

我早已开始用电脑写作。可写这本集子,我大多时候还是用笔写。我说不清楚这是什么原因,有一点倒很明白,我感觉自己匍匐于笔尖,只有这种情绪,才能支撑起那些人和那些事。

与以往不同,我每完成一篇,便让它在电脑里躺一段时间。之后,我再打开修改。这期间,我经常失眠。我似乎回到了卫生院,在大雪夜,产妇冷,我也冷,那台取暖器给了产妇,我往衣服里塞热水袋,撑得几乎跟孕妇一样。医疗器械的简陋如同传说。刚开始做人工流产,靠燃烧酒精棉球,然后用血管钳一点点放负压。化验室里的显微镜摆在窗口,舍不得开灯,只能做两个常规。消毒水自己配制,针头消毒全靠高压锅煮,噗嗤噗嗤的声音跟煮饭没什么两样。

孕育,是女人生命中的关键词。尤其是二十世纪八十年代的女人,她们把孕育写进日常,甚至用命运去赌孕与育。我见证了她们的运气,如同看她们抓牌、打牌,当牌倒在桌上时,给她们整牌的往往是别人。她们用各自的方式呈现了女人的孕育史,而我往往是其中不完整的参与者。我的病人比我年长,她们孕育的事,与我既不贴肉,也不贴心,在她们的疼痛、窘迫、挣扎,以及羞怯中,我的年轻显得很不懂事。我不怀疑自己的善良与同情,然而,这些感知也只有在自己孕育之后才会更真实,更贴近。

带不走:这里有记忆之深。我说过,这是一本靠回忆写回忆的作品。但,回忆的意义不在于目的,而是能不能载动你的思考。

处方:病人找医生看病的时候,她说的话叫主诉,医生靠主诉来分析病情,然后给病人一张处方,薄薄的,上面几行字,可能像天书,那是对症下药的体现。这自然是医生与病人之间的联系具象。

感谢宁波出版社对本书的肯定。

感谢浙江省作协、浙江文化艺术发展基金、宁波市文联、中共余姚市委宣传部和余姚市文联的支持与鼓励。